Stuart Horten

Sieben Rätsel und ein magischer Stern

Für meine Mutter,
die schnell wie der Wind las und Bücher liebte
und immer die Erste war, die meine gelesen hat.

First published as Big Change for Stuart
by Random House Children's Publishers UK,
a division of The Random House Group Limited
Die Autorin versichert, alleinige Schöpferin des Werkes zu sein.
Illustrationen: Temujin Doran

Für die deutschsprachige Ausgabe:

www.mixtvision.de

Übersetzung: Elisa Martins
Grafik und Gestaltung: Anke Elbel
Druck und Bindung: GGP Media GmbH, Pößneck

MIX
Papier aus verantwortungsvollen Quellen
FSC® C014496

ISBN 978-3-95854-136-8

Auch als E-Book erhältlich

STUART HORTEN

Sieben Rätsel und ein magischer Stern

Lissa Evans

Aus dem Englischen von Elisa Martins

MIXTVISION
Weiter. Erzählen.

Du hast meine Werkstatt gefunden, aber willst du sie auch behalten? Dieser Stern wurde aus den wenigen Überresten hergestellt, die nach dem Brand vom Wunschbrunnen übrig geblieben waren. Wenn man einmal mit der Magie angefangen hat, dann ist es schwer, wieder damit aufzuhören. Wenn du wirklich der Besitzer dieser Illusionen werden willst, dann benutze den Stern, um die Buchstaben zu finden.

Kapitel 1

Stuart Horten saß am Küchentisch und schaute auf die Titelseite der lausigen kleinen Zeitung, die er gerade bekommen hatte. Mit einem mulmigen Gefühl begann er zu lesen.

BEECH ROAD GUARDIAN
Exklusiv!!!

Ein Anwohner der Beech Road, Stuart Horten (10, sieht aber jünger aus), findet die verlorengeglaubte versteckte Zauberwerkstatt seines Großonkels unter dem Konzertpavillon im Stadtpark von Beeton!!!

Erst am Anfang der Sommerferien war Horten (10, sieht aber jünger aus), nach Beeton gezogen, behauptet aber schon jetzt, eine einzigartige Entdeckung gemacht zu haben. Sein Großonkel Kenny Horten (auch bekannt als Klitze-Kleiner Kenny Horten, denn er war echt winzig), war ein berühmter Bühnenmagier, der 1944 verschwand. Niemand wusste vom Verbleib seiner Werkstatt.

Wie sich herausstellte, befand sie sich in einem großen unterirdischen Raum unter dem Konzertpavillon im Stadtpark von Beeton. Bekannt wurde dies während eines Talentwettbewerbs, der letzte Woche im Rahmen des Sommerfestivals in der Stadt abgehalten wurde, als plötzlich der Boden während des Auftritts einer Gruppe von Ballettschülerinnen nachgab.

Stuart gibt zu, dass es seine Schuld war, dass der Boden eingestürzt ist. Grund dafür sei gewesen, dass er »aus Versehen« an einem unterirdischen Rad gedreht habe.

Stuart behauptet, er habe dadurch, dass er »Hinweisen nachging«, »herausgefunden«, wo sich die Werkstatt befand. Allerdings weigert er sich, dem Beech Road Guardian zu berichten, was das für Hinweise waren. Außerdem behauptet er, Besitzansprüche an dem Inhalt

der Werkstatt zu haben, der aus verschiedenen Werkzeugen und Werkbänken besteht, sowie einigen Zaubertricks, die sein Großonkel bei seinen Bühnenauftritten benutzt hatte. »Sie gehören definitiv mir«, behauptet Stuart. »Mein Großonkel hat sie mir hinterlassen.«
Auf die Nachfrage, ob er irgendeinen Beweis dafür habe, dachte er ein wenig nach und gab dann zu, dass das nicht der Fall sei.
Das Stadtmuseum von Beeton hat eingewilligt, den Inhalt der Werkstatt vorübergehend aufzunehmen. Der Kurator, Rod Felton, sagte: »Dies ist eine aufregende Entdeckung für unsere Stadt. Allerdings nicht so aufregend wie der Fund irgendeiner römischen Waffe, zum Beispiel einer Balliste, gewesen wäre.«
Stuart (10, sieht aber jünger aus) behauptet, dass …

»Warum schreiben deine Schwestern das immer?«, fragte Stuart genervt.

»Schreiben immer was?«, fragte seine Freundin und Nachbarin April Kingley, die ihm die Zeitung gebracht hatte. »Du meinst: *10, sieht aber jünger aus?*«

»Nein, *behauptet. Stuart behauptet dies, Stuart behauptet das.* Als ob ich das alles erfinden würde.«

April zuckte mit den Schultern. »Reporter brauchen eben Beweise.«

Stuart verdrehte die Augen. Die Kingley-Drillinge nannten sich immer *Reporter*, als würden sie für eine wichtige überregionale Zeitung schreiben anstatt für dieses fadenscheinige vierseitige Käseblatt, das sie sich als Projekt für die Ferien ausgedacht hatten, in ihrem Zimmer ausdruckten und den Nachbarn aufdrängten.

»Ich konnte ihnen ja wohl schlecht die Wahrheit sagen, oder?«, fragte er. »Ich konnte ihnen nicht sagen, dass ich ein paar magische Threepenny-Münzen gefunden habe, die mein Großonkel versteckt hatte, zusammen mit einem Zettel auf dem stand, dass ich versuchen solle, seine verschwundene Werkstatt zu finden. Ich konnte ihnen kaum erzählen, dass ich überall in Beeton die Münzen in alte Automaten gesteckt habe – was mich schließlich zu dem Raum unter dem Konzertpavillon geführt hat. Ich konnte ihnen doch nicht erzählen, dass eine der Bühnenillusionen, die ich dann dort gefunden habe, ein Wunschbrunnen war, der tatsächlich Wünsche erfüllte, wenn man eine Münze hineinwarf. Sie hätten doch gedacht, ich spinne.«

Er konnte sich nicht überwinden, den Rest des Artikels zu lesen. Stattdessen drehte er die Zeitung um und betrachtete die Rückseite.

BÜRGERMEISTERIN VERSCHWUNDEN

Jeannie Carr, die Bürgermeisterin von Beeton (und Besitzerin von »Tricks und Kniffe – Fabrik für Zaubertricks« und der »Schule für Bühnenmagie«) wurde das letzte Mal gesehen, als sie den Raum unter dem Konzertpavillon untersuchte. Ihr Assistent, Clifford Capstone (42), behauptet, sie habe sich so über den Schaden am Boden des Konzertpavillons aufgeregt, dass sie sich entschlossen hat, mit sofortiger Wirkung als Bürgermeisterin zurückzutreten und in den Urlaub zu fahren – allerdings konnte er nicht sagen wohin oder für wie lange.

»Länger als ihr glaubt«, sagte Stuart leise. Das war eine weitere Sache, die er den anderen beiden Kingley-Schwestern nicht erzählen konnte: Der *Urlaub*, in dem sich die Bügermeisterin Jeannie Carr befand, würde wohl für immer sein, denn der Wunschbrunnen hatte sie zusammen mit Stuart in die 1880er Jahre geschickt und nur Stuart war wieder zurückgekommen.

»Ich frage mich, was Clifford jetzt wohl macht?«, überlegte April beiläufig. »Ich weiß ja, dass er unbedingt Magier werden wollte, aber ich glaube nicht, dass Jeannie ihm je etwas Nützliches beigebracht hat.«

»Sie hat ihm nur eine Menge Geld abgenommen«, stimmte Stuart zu. »Und hat ihn ständig in *Grundlagen der Magie Teil zwei* durchfallen lassen.«

Davon abgesehen gab es keine weiteren Nachrichten in der Zeitung, lediglich eine Liste mit Flohmärkten und die Termine für die Müllabfuhr. Ganz unten auf der Rückseite war ein Foto mit der Unterschrift: *Unser allzeit bereites Team, April, May und June Kingley.* Die drei cleveren Gesichter waren identisch, bis auf die Tatsache, dass April eine Brille trug.

»Wird das Foto ausgetauscht«, fragte er April, »wo du jetzt nicht mehr für sie arbeitest?«

Sie schüttelte den Kopf. »Vielleicht bleibe ich doch. Ich habe June gesagt, dass ich nicht mehr als Polizeireporterin arbeiten möchte, aber dann hat sie mir erzählt, dass sie auf der Suche nach einer Kulturkorrespondentin sind.«

»Einer was?«

»Jemandem, der über die Theateraufführungen in der Stadt schreibt und über Ausstellungen und so. Und ich dachte mir, das könnte ganz interessant sein, also habe ich mich für die Stelle beworben. Heute Nachmittag habe ich ein Vorstellungsgespräch.«

Stuart sah sie mit offenem Mund an. »Ein *Vorstellungsgespräch?*«

»Ja. Wir arbeiten schließlich professionell. Es ist um drei und ich bekomme das Ergebnis um vier Uhr mitgeteilt.«

Stuart hatte Mühe, sich das Lachen zu verkneifen. In der Zeit, in der er April jetzt kannte, hatte sie sich als schlau, einfallsreich, mutig und loyal herausgestellt, als die absolut beste Freundin, die man sich vorstellen konnte, wenn man Ärger hatte oder in Gefahr war. Aber sie war auch (das musste man zugeben) eine kleine Besserwisserin und einer der rechthaberischsten Menschen, die er je kennen gelernt hatte. Und ihre Schwestern waren sogar noch schlimmer.

»Was grinst du denn so?«, fragte April.

»Nur so.«

Sie sah ihn misstrauisch an, doch dann öffnete sich die Tür und Stuarts sehr großgewachsener Vater kam in die Küche.

»Salve, o fili«, verkündete er in dem Augenblick, in dem das Telefon im Flur anfing zu klingeln. Er drehte sich wieder um und ging ran.

»Was hat dein Vater gerade gesagt?«, flüsterte April.

»*Salve, o fili.* Das ist Latein für *Hallo, Sohn.* Du weißt ja, wie er ist.«

April nickte. Stuarts Vater war Kreuzworträtselerfinder von Beruf und er benutzte nie ein gewöhnliches, modernes Wort, wenn es auch eine mittelalterliche Alternative mit vierzehn Buchstaben gab.

Nach ein paar Sekunden tauchte er wieder auf. »Ein Mister Felton hegt den Wunsch, mit dir zu kommunizieren«, sagte er.

Stuart nahm das Telefon und sagte zögernd »Hallo«.

»Rod Felton, Chefkurator des Stadtmuseums in Beeton. Du bist der Junge, der behauptet, die magischen Maschinen gefunden zu haben, nicht wahr?«

»Ja«, sagte Stuart. »Sie gehörten meinem Großonkel.«

»Nun, wir hatten da eine Idee, die dich interessieren könnte. Es ist eigentlich ein Jobangebot. Du hast doch noch Sommerferien, oder?«

»Ja, noch zwei Wochen.«

»Großartig. Wenn du heute Nachmittag ins Museum kommst, dann erkläre ich dir alles …«

Kapitel 2

»Hallo, Jungchen«, sagte die Dame am Empfang des Museums und lächelte zu ihm hinunter. »Bist du wegen der Vorlesestunde zum heutigen Kindererlebnistag hier?«

»Nein«, sagte Stuart.

»Da bekommst du aber einen lustigen Hut«, fügte sie ermutigend hinzu.

»Nein«, stieß Stuart hervor und knirschte mit den Zähnen. Er wurde ständig jünger geschätzt als er tatsächlich war; das war eines der schlimmsten Dinge daran, dass er kleiner als alle anderen in seinem Alter war.

Er ging den Korridor zu Rod Feltons Büro entlang und blieb zögernd vor dessen Tür stehen.

»Was ist mit dir?«, fragte sein Vater, der ebenfalls mitgekommen war – hauptsächlich aus dem Grund, weil das Museum einen Buchladen hatte.

»Denkst du, Mister Felton weiß, dass ich es war, der diese ganzen Sachen kaputtgemacht hat?«

Stuart sprach von dem schrecklichen Zwischenfall, der sich vor zwei Wochen ereignet hatte. Er hatte damals aus Versehen in einem Raum voller landwirtschaftlicher Geräte aus der viktorianischen Zeit das lebensgroße Modell einer Milchmagd umgestoßen. Diese hatte ihrerseits ein Wagenrad zum Rollen gebracht, das einen künstlichen Hufschmied zu Fall gebracht hatte, der dann wiederum ein riesiges Pferd umgeworfen hatte. Das Pferd hatte ein Ohr und ein Bein verloren. Stuarts Vater hatte damals einen großzügigen Scheck ausgestellt, um für den Schaden aufzukommen.

»Das ist ein Sachverhalt, den wir wohl in Kürze verifizieren werden«, sagte sein Vater vorsichtig. Er beugte sich über Stuarts Kopf und klopfte an die Tür.

»Herein!«, rief eine überschwängliche Stimme. Rod Felton hatte unglaublich viele große Zähne im Mund und er zeigte sie alle in einem breiten Lächeln, als Stuart den Raum betrat. »Aha«, sagte er. »Der junge Pferdezertrümmerer und sein Vater.«

»Hallo«, sagte Stuart mit einem schwachen Lächeln.

»Setzt euch, setzt euch.« Während Stuart und sein Vater sich auf zwei sehr niedrige Stühle hockten, saß

Rod Felton auf der Kante seines Schreibtisches und sah auf sie hinunter.

»Ich wollte mich noch einmal entschuldigen«, murmelte Stuart. »Wegen des Pferds, meine ich. Ehrlich, ich wollte nicht ...«

Rod Felton hob eine Hand, um ihn zu stoppen. »Wir sind bereit, das alles zu vergessen«, sagte er, »denn wir hier im Museum hatten eine, wie ich denke, fantastische Idee. Unsere Ausstellung *Beeton im Krieg* ist gerade zu Ende gegangen und wir haben zwei Wochen Leerlauf, bevor *Das römische Beeton* beginnt, was offensichtlich ein riesiger Publikumsmagnet und Kassenschlager werden wird. Es wird sogar ein *Triclinium* in halber Lebensgröße geben und ein funktionierendes *Balneum*.«

»Könnte das etwa ein *Triclinium stratum* sein?«, fragte Stuarts Vater.

Rod Felton nickte so schnell, dass sein Kopf ganz verschwommen war. »In der Tat. Die *Triclinia lecti* wurden an das *Accubatio* angepasst und aufregenderweise haben wir sogar die Replik einer *Cathedra*, die auf einer Illustration basiert, die in der ...«

Stuart saß da wie versteinert, während die Unterhaltung, die größtenteils in Latein war, über seinen

Kopf hin- und herfegte. Nach ein, zwei Minuten hob er seine Hand, als sei er in der Schule. Nach weiteren ein, zwei Minuten nahm Rod Felton ihn dann auch wahr.

»Ja?«, fragte er.

»Sie hatten von der großartigen Idee gesprochen. Die mit der Werkstatt meines Großonkels zu tun hat ...«

»Ach ja, stimmt. Nun, du weißt ja, dass das Museum angeboten hat, die Bühnentricks aufzubewahren, bis sich ein endgültiges Zuhause für sie gefunden hat.«

Stuart nickte.

»Wir haben uns überlegt, dass wir in den zwei Wochen, in denen *Das römische Beeton* aufgebaut wird und die meisten der Galerien geschlossen sind, einen Nebenraum des Museums nutzen könnten, um die Bühnenillusionen deines Großonkels auszustellen. Wir würden es *Klitze-Kleiner Kennys kurioses Kabinett* nennen. Und – das ist der großartige Teil – wir hatten die Idee, dich zum Kurator der Ausstellung zu machen.

»Mich?«, fragte Stuart ungläubig.

»Ja. Um den anderen Jugendlichen zu zeigen, dass das Museum wirklich für jeden etwas ist, sogar für Leute, die in der Vergangenheit durch schlechtes Verhalten aufgefallen sind. Du weißt schon: Einst war ich ein Vandale, nun bin ich eine Hilfe!«

»Ich war kein Vandale«, protestierte Stuart. »Es war ein Unfall.«

»Und es wäre fantastische Publicity«, fuhr Rod Felton fort und ignorierte die Unterbrechung, »da du ja schließlich mit Kenny Horten verwandt bist. Ich denke, wir könnten sogar das Lokalfernsehen dazu bringen, darüber zu berichten. Also, bist du interessiert?«

»Was müsste ich denn da tun?«

»Besucher begrüßen, den Leuten von deinem Großonkel erzählen, Fragen zu den Ausstellungsstücken und ihrer Geschichte beantworten. Gibt es da nicht eine Anekdote von einem schrecklichen Brand?«

»Ja, Großonkel Kennys erste Werkstatt befand sich in der Horten-Fabrik, aber im Krieg wurde sie von einer Brandbombe getroffen. Jede einzelne Bühnenillusion, die sich darin befunden hatte, wurde zerstört und seine Verlobte Lily, die auch seine Assistentin war, verschwand gleichzeitig. Doch dann hat Großonkel Kenny seine Bühnentricks in der geheimen Werkstatt unter dem Konzertpavillon wieder aufgebaut. Und vier Jahre später verschwand auch er.«

»Fantastisch«, sagte der Kurator begeistert. »Ich sehe schon, du wirst das sehr gut hinbekommen. Und du erhältst sogar eine offizielle Kennzeichnung.« Er nahm einen kleinen Gegenstand von seinem Schreibtisch und hielt ihn Stuart hin. Es war eine Plakette, auf der ein Kleinkind abgebildet war, das eine Robe und einen Doktorhut trug und darunter stand:

»Was meinst du?«, fragte Rod Felton.

Stuart zögerte. Die Plakette war schlimm, der Titel dumm, und er war ziemlich sicher, dass die Besucher ihn entweder ignorieren oder auslachen würden. Auf der anderen Seite ...

»Darf ich denn die Ausstellungsstücke anfassen?«, fragte er zögernd.

Rod Felton sah ihn überrascht an. »Natürlich«, sagte er. »Als Kurator der Ausstellung musst du schließlich mit den Gegenständen gut vertraut sein, für die du zuständig bist. Willst du mitkommen und sie dir mal ansehen?«

»Ja, *bitte.*«

Stuart ging hinter Rod Felton aus dem Raum und bemerkte erst dann, dass sein Vater immer noch auf seinem Stuhl saß und mit leerem Blick vor sich hin starrte – sein üblicher Gesichtsausdruck, wenn er mit einem Kreuzworträtsel-Hinweis beschäftigt war.

Stuart tippte ihm auf den Rücken. »Dad?«

Sein Vater griff in seine Hosentasche und zog ein winziges Notizbüchlein und einen Stift heraus.

»Kriegen den Stoß ab, der als Kumpels Anstoß gedacht«, sagte er verträumt.

»Was?«

»Die Antwort ist RIPPEN-stoß.«

»Aha!?«

»Als du mir gerade auf den Rücken getippt hast, fiel mir eine zufriedenstellende Lösung ein. Und ich hatte noch einen anderen aufregenden Gedanken ...«

»Dad, ich gehe mir nur kurz Großonkel Kennys Sachen anschauen.«

Mister Horten nickte zerstreut. Stuart hatte schon vor langer Zeit erkannt, dass *aufregend* für seinen Vater etwas ganz anderes bedeutete als für die meisten

Menschen. Auf einer Skala von eins bis zehn würde das wahrscheinlich irgendwie so aussehen:

0	Besuch eines Jahrmarkts
1	Fallschirmspringen im freien Fall
2	die Entdeckung einer Werkstatt voll mit magischen Bühnenillusionen und Zaubertricks, die von einem vor langer Zeit verlorenen Angehörigen entwickelt wurden, der fast siebzig Jahre zuvor auf mysteriöse Weise verschwunden ist
5	ein Gespräch auf Latein führen
8	zu Weihnachten ein neues Wörterbuch bekommen
6 Trillionen	ein neues Kreuzworträtsel erfinden

»Also, bis später«, sagte Stuart und folgte dem Kurator. *Beeton im Krie*g wurde gerade abgebaut. Teile eines Luftschutzbunkers waren auf dem Boden der Galerie ausgebreitet und an der Wand lehnte eine in Bandagen gewickelte Puppe, die ganz schön unheimlich aussah.

»Hier durch«, sagte Rod Felton und öffnete eine Tür, die bislang hinter einem Poster zu den Schutzmaßnahmen bei Luftangriffen versteckt gewesen war.

Die Tür führte in einen quadratischen Raum mit hoher Decke, der nur ein einziges Fenster hatte, das sich hoch oben an einer der Wände befand. Der Kurator klickte ein paar Mal mit dem Lichtschalter und schnalzte dann ungeduldig mit der Zunge. »Anscheinend ist die Glühbirne kaputt«, sagte er. »Ich gehe den Hausmeister holen. Du kannst dich gerne in der Zwischenzeit umsehen. Ich bin sicher, dass ich mich darauf verlassen kann, dass du nicht mit Absicht etwas kaputt machst.«

»Es war ein *Unfall*«, sagte Stuart noch einmal, aber der Kurator war schon verschwunden. Stuart war allein im Raum, zusammen mit dem Vermächtnis seines Großonkels.

Kapitel 3

Stuart blickte auf die Ansammlung von Gegenständen, die mit Decken verhängt waren, um sie gegen Staub zu schützen. Als er die Werkstatt seines Großonkels Kenny in dem weitläufigen und düsteren Raum unter dem Konzertpavillon im Park entdeckt hatte, war keine Zeit gewesen, sie richtig zu erkunden. Die städtische Feuerwehr hatte erklärt, dass der Ort nicht sicher sei, und Stuart und seine Begleiter waren weggescheucht worden, bevor er mehr als einen kurzen Blick auf die meisten der darin enthaltenen Gegenstände werfen konnte. Nun ging er auf das nächstgelegene Objekt zu und zog an einer Ecke der Decke.

Als sie zu Boden glitt, kam ein hoher ovaler Schrank zum Vorschein, dessen Oberfläche glatt und rubinrot war. Aus der Mitte der Tür ragten die glitzernden Griffe von vier Schwertern hervor. Stuart griff nach dem untersten und versuchte, es aus seinem Schlitz zu ziehen.

Es steckte fest. Er ließ wieder los und trat einen Schritt zurück. Der Schrank hatte weder Schloss noch Griff und Stuart konnte nicht erkennen, wie er zu öffnen war. Er klopfte sacht daran und hörte den dumpfen Hall seiner Knöchel. »Viel Spaß mit der Werkstatt«, flüsterte er, »sie birgt viele Geheimnisse.« Großonkel Kenny selbst hatte diese Worte auf der Bühne eines viktorianischen Theaters an Stuart gerichtet. Das war vor gerade einmal fünf Tagen (und ungefähr hundertdreißig Jahren) gewesen ... Stuart hörte ein Geräusch hinter sich und als er sich umdrehte, sah er Rod Felton, der mit einer Trittleiter und einer Glühbirne in den Händen den Raum betrat. Ihm dicht auf den Fersen war April.

»Ich habe den Job bekommen!«, verkündete sie fröhlich.

»Welchen Job?«, fragte Stuart.

»Als Kritikerin für den Beech Road Guardian. Und rate mal, was das Erste ist, über das ich eine Kritik schreiben soll?«

»Was?«

»Diese Ausstellung! Mister Felton hat mir gerade die Erlaubnis gegeben, dass ich sie mir ansehen darf – nicht, dass es schon viel zu sehen gäbe. Sollen wir nicht die restlichen Schutzdecken abnehmen?«

Bevor Stuart protestieren konnte, war April schon an ihm vorbeigeschossen und zerrte die Decken von den anderen Illusionen. Er fühlte sich, als sei er Heiligabend ins Wohnzimmer gekommen und müsste zusehen, wie jemand anderes seine Geschenke öffnete. Rod Felton drehte die neue Glühbirne ein und schaltete das Licht an, und der Raum, der vor einer Sekunde noch geheimnisvoll und aufregend gewirkt hatte, sah nun aus wie ein hell erleuchtetes Schaufenster.

»Sieben«, sagte April. »Sieben Zaubertricks.«

Rod Felton kletterte die Leiter hinunter und stellte sich hin, die Hände in die Hüften gestemmt. »Was wir nun wirklich brauchen ist ein Name und eine kurze Beschreibung für jede der Illusionen – wie sie funktionieren und so weiter. Denkst du, du könntest damit schon einmal für uns anfangen, Stuart?«

»Ich werde es versuchen«, sagte dieser.

»Gut. Dann lasse ich dich mal in Ruhe. Übrigens, äh«, sagte Rod Felton verlegen, »dein Vater sitzt immer noch in meinem Büro. Es scheint so, als rede er mit sich selbst. Ich weiß nicht, wie ich ihn da rausbekommen soll.«

»Sagen Sie ihm, dass der Buchladen gleich zumacht«, schlug Stuart vor.

Der Kurator nickte und verließ schnellen Schrittes den Raum. Die schwere Tür fiel mit einem lauten Knall ins Schloss.

Dann war es einen Moment lang still.

»Weißt du, ob diese ganzen Tricks überhaupt Namen *haben*?«, fragte April.

»Manche schon«, erwiderte Stuart. »Als die Bürgermeisterin noch klein war, hat sie einmal eine Bühnenshow von Großonkel Kenny gesehen. Sie hat mir davon erzählt.« Das war beim ersten Mal gewesen, als er die Bürgermeisterin, Jeannie Carr, getroffen hatte, und damals hatte er zwei Dinge über sie erfahren: erstens, dass sie Zaubertricks liebte und zweitens, dass sie Geld liebte und zwar in einem beängstigenden Ausmaß.

Er begann, im Raum herumzugehen. »Das Kabinett des Pharaos«, sagte er und berührte sanft eine goldene Pyramide, die größer war als er selbst.

»Der Rosen-Thron.« Ein Thron aus Bronze, der mit Silberdraht umwickelt und mit rosa und dunkelrot lackierten Blumen dekoriert war.

»Das Buch der Gefahren.« Ein riesiges Buch, dessen pechschwarzes Cover mit einem großen Schlüssel verschlossen war.

»Der Wunsch...«

»...brunnen«, fiel April ihm ins Wort. Sie standen beide einen Moment lang vor dem Objekt, wegen dem sie auf eine solch verrückte und magische Jagd quer durch Beeton gegangen waren.

»Es ist seltsam«, sagte April zögernd.

»Was ist seltsam?«

»Der Wunschbrunnen sieht irgendwie nicht mehr so aus wie neulich, als er noch im Raum unter dem Konzertpavillon stand. Ich meine, er hat dieselbe Form und alles, aber ...«

Stuart runzelte sie Stirn. »Ich finde nicht, dass er anders aussieht.«

Sie schüttelte den Kopf. »Ich komme nicht darauf, was genau sich verändert hat, aber *irgendetwas* ist anders. Egal, wie heißt das hier?«, fragte sie und zeigte auf einen eleganten Bogen, der aus Spiegelglas bestand.

Stuart hatte keine Ahnung, aber April Dinge zu erklären, von denen sie noch nichts wusste, war ein neues und befriedigendes Gefühl, also dachte er kurz nach, um sich etwas auszudenken.

»Der Spiegelbogen«, sagte er nicht gerade einfallsreich. »Und das daneben«, er zögerte einen Moment, um den riesigen Fächer zu betrachten, der grün und blau lackiert war, »das ist der Fächer der Fantastikheit.

Und das da«, sagte er und ging zu seinem Ausgangspunkt zurück, »ist die Kammer des Bluts«.

»Igitt«, sagte April.

Wie Stuart zuvor versuchte auch sie, an einem der Schwerter zu ziehen, aber im Gegensatz zu ihm kam sie an das oberste heran. »Wie öffnet man die?«, fragte sie.

»Das weiß ich noch nicht.«

»Siehst du, der Boden des Schranks steht auf einer Art Scheibe. Ich frage mich …« Sie gab dem Schwertgriff einen seitlichen Schubs, woraufhin der ganze Schrank sich drehte, bis nur noch ein unscharfes Durcheinander von Rot und Gold zu sehen war. Als die Spiegelung durch den Raum huschte, bemerkte Stuart etwas sehr Sonderbares. Während die anderen Illusionen in dem flackernden Licht blitzten und strahlten, schien der Wunschbrunnen seinen Glanz verloren zu haben. Kein Licht brach sich an seiner Oberfläche. Er war stumpf, als hätte man ihn aus Gummi gemeißelt.

»Du hast absolut Recht mit dem Brunnen«, sagte er zu April.

Sie nickte langsam und starrte in die gleiche Richtung wie er. »Sehr eigenartig«, stimmte sie zu. »Aber egal, willst du mit den Beschreibungen anfangen? Ich kann alles aufschreiben – ich schreibe sehr schnell.«

Sie zog ihr lila Reporter-Notizbuch aus der Tasche und stand erwartungsvoll bereit.

Stuart fühlte sich unter Druck. »Ich fange wohl am besten mit dem Buch an«, sagte er. »Da weiß ich wenigstens, wie es funktioniert.« Er war hineingeklettert, als er sich in dem Raum unter dem Konzertpavillon vor der Bürgermeisterin versteckt hatte.

Er ging zu dem riesigen, aufrecht stehenden Buch hinüber. Die Worte *Öffnen auf eigene Gefahr* standen in silbernen und roten Buchstaben auf der Vorderseite. Er drehte am Schlüssel und hob den schweren Buchdeckel an, hinter dem ein leerer Innenraum zum Vorschein kam.

April war ihm gefolgt, das Notizbuch immer noch in der Hand. »Okay«, sagte sie. »Schieß los.«

Stuart räusperte sich. »Wenn man den vorderen Deckel dieser Illusion öffnet, sieht sie nur wie ein großer, leerer Schrank aus Metall aus. Aber wenn man hinein geht und den vorderen Deckel wieder schließt, dann öffnet sich die Rückseite, so dass man hinten rausklettern kann, ohne von jemandem gesehen zu werden. Und dann, wenn jemand den vorderen Deckel wieder öffnet, schließt sich die Rückseite automatisch, so dass es für die Zuschauer wie ein leerer Schrank aussieht.

Und auf der Rückseite gibt es eine Art Sicherheitsverschluss, den Kenny Horten erfunden hat.«

Er wartete, bis April mit dem Kritzeln aufhörte. »Ist das in Ordnung?«, fragte er.

»Ich werde das noch ein wenig ausschmücken«, sagte sie. »Das ist ein Begriff, den wir Journalisten benutzen, wenn wir eine Geschichte verschönern.« Sie machte sich ein paar schnelle Notizen und strich eine ganze Menge des Geschriebenen wieder durch, wie es schien.

»Okay.« Sie las aus ihrem Notizbuch vor. »Ein Verschwindeschrank, bei dem sich der vordere Deckel und die Rückseite nicht gleichzeitig öffnen lassen, außer man wendet das so genannte Horten-Hintertürchen an.« Sie sah mit einem selbstsicheren Lächeln hoch. »Weiter!«

»Jetzt warte mal«, sagte Stuart, der sich ein wenig gehetzt fühlte. »Es gibt doch keinen Grund zur Eile, oder? Das ist das erste Mal, dass ich die Gelegenheit habe, mir alles genauer anzusehen.«

Es war seltsam, wenn er sich überlegte, dass fast siebzig Jahre lang niemand (außer ihm selbst) diese Tricks benutzt hatte. Wahrscheinlich waren Großonkel Kennys Fingerabdrücke noch darauf. Er wollte den

Buchdeckel gerade wieder schließen, als einige Zeichen auf dem Boden des Schranks seine Aufmerksamkeit auf sich zogen. Er ging in die Hocke und runzelte die Stirn. In das Metall waren in winzig kleiner Schrift folgende Worte eingraviert:

AUF EIGENE GEFAHR

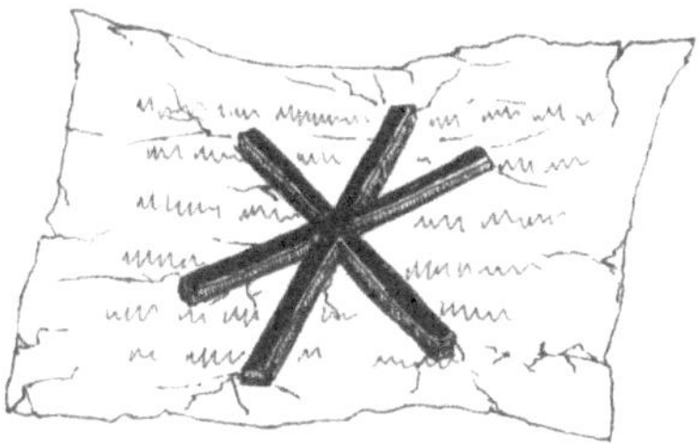

Kapitel 4

»Das ist ja komisch«, sagte Stuart. »Da steht *Öffnen auf eigene Gefahr* auf dem Buchdeckel, aber hier unten steht nur *Auf eigene Gefahr.*«

April kam herbei und spähte über seine Schulter auf die winzige Schrift. »Wirklich sehr komisch«, stimmte sie zu. »Und warum stehen die Worte in einem Kasten?«

Sie hatte Recht. Ein Rechteck, ungefähr so groß wie ein Kartenspiel, war um die Schrift herum eingraviert.

Eine Weile starrten die beiden stumm darauf.

»Weißt du was?«, fragte April. »Es sieht aus wie eine kleine Version des Buchdeckels. Abgesehen von dem fehlenden Wort.«

Stuart nickte. »Abgesehen von *Öffnen*«, sagte er leise. Einen Moment lang war es still, dann sprachen beide gleichzeitig.

»Ich weiß ...«

»Was, wenn ...«

»... die Antwort!«

»... das eine weitere Tür ist?«

Sie sahen sich grinsend an.

»Die Schrift auf dem Buchdeckel ist eine Anleitung«, sagte Stuart. »Öffnen auf eigene Gefahr!«

»Aber für die Minitür gibt es keinen kleinen Schlüssel«, gab April zu bedenken. »Und keinen Griff.«

Sie gingen neben der Inschrift in die Hocke. April versuchte, die winzige Tür mit ihren Fingernägeln aufzustemmen, aber diese gab nicht nach. »Was machen wir jetzt damit?«, fragte sie.

Stuart dachte über die Rätsel nach, die Großonkel Kenny in der Vergangenheit gestellt hatte. Er dachte an das allererste: eine Schachtel mit einem doppelten Boden, den man gegen den Uhrzeigersinn aufdrehen musste, anstatt wie gewöhnlich im Uhrzeigersinn. »Was, wenn die Lösung das Gegenteil von dem ist, was wir erwarten?«, fragte er. »Der *vordere* Deckel öffnet sich, wenn man daran zieht. Vielleicht ist es mit diesem hier ...«

Noch bevor Stuart zu Ende gesprochen hatte, legte April ihre Finger auf die rechte Seite der kleinen Tür und drückte kurz aber kräftig dagegen. Ein kratzendes

Geräusch erklang, dann sprang sie auf und gab eine flache Mulde darunter frei.

»Was ist das denn?«, fragte sie.

Stuart griff hinein und nahm einen kleinen Gegenstand heraus, der in verknittertes braunes Papier gewickelt war. Es war ein Stern mit sechs Zacken aus dunklem, schwerem Metall. Seine Oberfläche war leicht geriffelt, als ob er geschmolzen und dann wieder fest geworden wäre. Er erinnerte in der Form an ein kleines Wagenrad, aber ohne den äußeren Rand. Stuart drehte ihn in seiner Handfläche um. »Ich habe keine Ahnung«, sagte er. »Eine Art Weihnachtsschmuck? Teil von einem Spielzeug?«

»Warte mal«, sagte April. »Ist da drin noch etwas anderes?« Sie fuhr mit den Fingern die Mulde ab und schüttelte dann den Kopf. »Nein, da ist nichts. Da ist nur eine kleine Mulde im Boden.«

Stuart warf einen Blick auf das zerknitterte Papier, in das der Stern gewickelt gewesen war, und mit einem Aufschrei begann er, es zu glätten. »Es ist eine Nachricht!«, rief er und blickte prüfend auf die verblichenen Großbuchstaben.

April sprang auf, damit sie über seine Schulter hinweg mitlesen konnte.

Du hast meine Werkstatt gefunden, aber willst du sie auch behalten? Dieser Stern wurde aus den wenigen Überresten hergestellt, die nach dem Brand vom Wunschbrunnen übrig geblieben waren.
Wenn man einmal mit der Magie angefangen hat, dann ist es schwer, wieder damit aufzuhören.
Wenn du wirklich der Besitzer dieser Illusionen werden willst, dann benutze den Stern, um die Buchstaben zu finden, und wenn du alle sechs gefunden hast, werden sie

Stuart drehte den Zettel um und April stöhnte auf. Ein großer, runder Fleck prangte auf dem Papier, als hätte jemand Bleiche darüber geschüttet. Er hatte den gesamten mittleren Teil der Nachricht ausradiert:

dich zu meinem T   führen. Du kannst
entscheiden ob du   halten willst
oder sie lieber An   ben willst,
denn die Magie   ärker als ich
beabsichti
Ganz herzli   kel Kenny
PS: Als ich   alten Gefährten von mir
verloren namens Ch   Wenn du ihn
findest pass bitte au

Einem Impuls folgend legte Stuart den Metallstern auf das Papier. Er hatte genau die Größe des fehlenden Textes.

»Seltsam«, sagte April nachdenklich. »Aber man kann trotzdem einen Teil der Nachricht erraten. Im oberen Teil geht es um die Entscheidung, ob du dir wirklich wünschst, die Tricks zu behalten oder ob du sie an jemand anderen abgeben willst. Aber warum solltest du sie weggeben wollen?«

»Keine Ahnung«, antwortete Stuart verwirrt. »Und was soll das heißen: Werden sie dich zu meinem *T* führen? Welches Wort fehlt denn da?«

»Thron?«, schlug April vor. »Tausch? Tier? Traktor?«

»Und der Teil mit dem *alten Gefährten*? Was meint er denn damit?«

Sie sahen sich an. »*Wenn man einmal mit der Magie angefangen hat, dann ist es schwer, wieder damit aufzuhören*«, zitierte April ehrfürchtig. »Das ist noch ein Rätsel, nicht wahr? Ein weiteres Abenteuer?«

Stuart schloss seine Hand um den Stern und fühlte, wie die sechs Zacken sich in seine Haut bohrten. Plötzlich fing sein Herz an zu pochen; er war gleichzeitig aufgeregt und ein wenig ängstlich und er sah an Aprils

Gesichtsausdruck, dass es ihr genauso ging. Die Suche nach Großonkel Kennys Werkstatt war eine wilde und aufregende Verfolgungsjagd gewesen, gewürzt mit Gefahr und Magie, und nun lockte eine weitere Suche. Aber wonach? Was war dieses Mal der Preis?

Er fühlte, wie seine Hand zu kribbeln begann und er fühlte, dass das Objekt, das er in der Hand hielt, so voller Magie steckte, dass es im Laufe der fünfzig Jahre, während derer es eingewickelt war, das Papier ausgeblichen hatte. Er konnte seine magische Kraft spüren.

»Ich denke, wir sollten ...« begann er, hielt aber dann inne, als sich hinter ihnen die Tür öffnete.

»Ah, ich habe meinen Sprössling lokalisiert«, sagte Stuarts Vater mit zufriedenem Gesicht. »Ich wurde soeben von Mister Felton vor der imminenten Einstellung der Besuchszeit gewarnt.«

Stuart stöhnte auf. »Sie schließen gleich«, übersetzte er für April.

»Er hat mich informiert, dass du deine Aktivitäten in den frühen Morgenstunden wieder aufnehmen mögest. Die Türflügel werden präzise um neun Uhr aufgeschwungen.«

»Gut, dann machen wir eben morgen weiter«, flüsterte Stuart. »Treffen wir uns hier um Punkt neun?«

»Viertel nach neun. Ich muss erst noch die Wochenmitte-Ausgabe des Beech Road Guardian austragen. Du fasst ja nichts an, bevor ich hier bin, versprochen?«

Stuart zögerte. Er wollte am liebsten noch in dieser Sekunde anfangen, nach Hinweisen zu suchen, und der Gedanke, auch nur eine viertel Stunde zu verschwenden, schien ihm fast unmöglich.

»Bitte«, sagte April.

Stuart nickte widerstrebend. »Okay.«

An diesem Abend kam Stuarts Mutter noch später heim als üblich. Sie war forschende Ärztin in einem Krankenhaus in der Nähe von Beeton und verbrachte die meisten Tage damit, durch ein Mikroskop zu schauen. Die meisten Abende verbrachte sie allerdings damit, sich Sorgen um Stuart zu machen (jedenfalls hatte er das Gefühl, dass das so war). Im Gegensatz zu seinem Vater sprach sie normal und hauptsächlich in Fragesätzen.

»Hast du das Gefühl, dass du dich langsam in Beeton einlebst?«, fragte sie, als sie am Fußende seines Betts saß.

Stuart schloss seine Hand um die Nachricht von Großonkel Kenny, die er gerade durchgelesen hatte. »Schon irgendwie«, sagte er. Er war erst vor vier Wochen, am Anfang der Sommerferien, mit seinen Eltern in die Stadt gezogen, aber diese vier Wochen waren so ereignisreich gewesen, dass es sich fast so anfühlte, als lebten sie schon seit Jahren hier.

»Und du hast dich mit den kleinen Nachbarsmädchen gut angefreundet?«

»Schon irgendwie«, sagte Stuart wieder. Klar war er mit April befreundet, aber das mit den beiden anderen Drillingen war eine ganz andere Geschichte.

»Und es wird dir auch nicht zu langweilig?«

»Nein«, versicherte Stuart, froh, dass es eine einfache Frage war. »Mir ist überhaupt nicht langweilig.«

»Einer meiner Kollegen hält nämlich nächste Woche einen Grundlagenkurs Statistik für aufgeweckte junge Mathematiker. Ich könnte dir einen Platz dort reservieren, wenn du magst.«

»Nein, danke«, sagte Stuart schnell. »Ich habe jede Menge zu tun. Gerade kuratiere ich eine Ausstellung im Museum.«

»Wirklich?« Seine Mutter war erstaunt. »Das wusste ich gar nicht.«

»Hat Dad es dir nicht erzählt? Er war doch dabei, als sie mich gefragt haben. Er saß direkt neben mir.«

Sie schüttelte besorgt den Kopf.

»Na ja.« Stuart zuckte mit den Schultern. »Du weißt ja, wie Dad ist. Er hat in dem Moment wahrscheinlich über ein langes Wort nachgedacht und es gar nicht mitbekommen.«

Seine Mutter lächelte, aber der besorgte Gesichtsausdruck blieb. »Die Sache ist die«, sagte sie, »ich wurde gerade erst gefragt, ob ich zu einer Konferenz nach Singapur fliegen kann. Es ist auf den letzten Drücker, ich würde einen Kollegen vertreten, der krank geworden ist. Ich wäre für fast zehn Tage weg. Und ich müsste morgen Nachmittag schon fliegen.« Sie sah ihn eindringlich an. »Wäre das denn in Ordnung?«

»Natürlich.«

»Kommt ihr zurecht, du und Dad?«

»Natürlich kommen wir zurecht. Ich meine, wir werden dich vermissen, aber ...«

»Wirst du auch immer vernünftig und gesund essen und nicht nur das, was du gerade im Kühlschrank findest?«

»Ja.«

»Und ab und zu deine Klamotten wechseln?«

»Ja.«

»Und zu einer vernünftigen Uhrzeit ins Bett gehen?«

»Ja.«

»Und schreibst du Dad immer eine Nachricht, wenn du tagsüber weggehst, damit er weiß, wo du bist? Und gehst du auch nur mit Freunden raus?«

»Ja.«

»Denn wenn du es ihm nur *erzählst*, dann vergisst er es. Du musst es aufschreiben.«

»Ich weiß.«

Sie biss sich unentschlossen auf die Lippe.

»Mach dir keine Sorgen, Mum«, sagte Stuart. »Das kriegen wir absolut sicher super hin.«

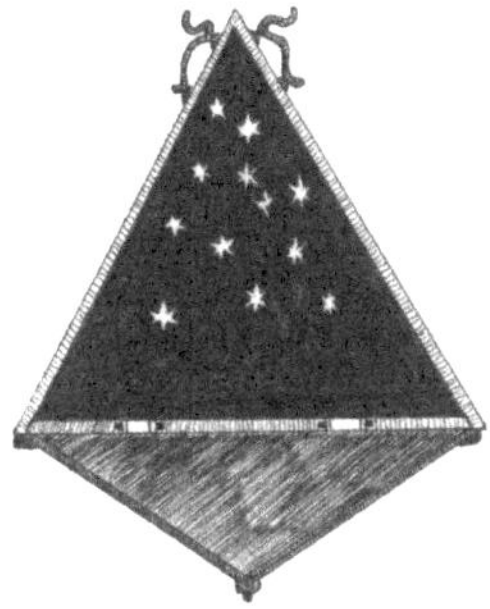

Kapitel 5

Am nächsten Morgen war Stuart schon sehr früh beim Museum und ging in kleinen ungeduldigen Kreisen vor dem Haupteingang herum, bis endlich um zehn nach neun der Hausmeister auftauchte. Kurz nach ihm folgte auch der Kurator.

»Vergiss nicht deine offizielle Kennzeichnung«, sagte Rod Felton und Stuart steckte sich den schrecklichen *Mini-Experte*-Button an. Dann machte er sich auf den Weg in den Nebenraum. Durch das Fenster fiel Sonnenlicht.

»Kannst du bis heute Mittag die Beschreibungen fertigstellen?«, fragte Rod Felton, der den Kopf durch die Tür steckte. »Dann können wir sie ausdrucken und laminieren, damit sie für die Ausstellungseröffnung morgen fertig sind.«

Stuart nickte, denn er war sich sicher, dass April an ihr Notizbuch und einen Stift denken würde. Er sah auf die Uhr und runzelte die Stirn. Wie konnte sie sich nur verspäten, wo doch so viel zu tun war?

Er wartete weitere fünf Minuten. Noch immer kein Zeichen von April.

Er nahm den kleinen Stern mit den sechs Zacken aus seiner Hosentasche und untersuchte ihn aus allen Winkeln, aber es gab nichts Neues zu entdecken.

Schließlich trottete er zu Rod Feltons Büro und lieh sich Schmierpapier und einen Bleistift. Dann fiel ihm noch ein, ein Maßband mitzunehmen.

Oben auf die Seite schrieb er in großen, sorgfältigen Buchstaben *Das Kabinett des Pharaos* und unterstrich es. Zwei Mal. Und sah wieder auf die Uhr.

Es war zehn.

April war schon eine Dreiviertelstunde zu spät. Sie hatte gesagt *Du fasst ja nichts an, bevor ich hier bin, versprochen?*

Aber wenn er tat, was sie gesagt hatte, dann wäre er nicht in der Lage, die Tricks vernünftig zu beschreiben, und dann würde er die Frist, die Rod Felton ihm gesetzt hatte, nicht einhalten können. Und außerdem waren es *seine* Tricks, auch wenn er das nicht wirklich beweisen konnte. Deshalb konnte er sie natürlich anfassen, wann immer er wollte.

»Also dann«, sagte er laut und freute sich insgeheim ziemlich. »Dann muss ich wohl schon einmal alleine anfangen …«

Eine goldfarbene Pyramide, die Seiten mit schnörkeligen Zeichen bedeckt. Der Boden ist quadratisch und jedes der vier Seitenteile besteht aus einem gleichseitigen Dreieck. Der Scheitelpunkt der Pyramide liegt bei etwa 1,5 Metern.

Er musste *etwa* schreiben, weil er (wie gewöhnlich) zu klein war, um es richtig zu messen.

Jede der Seiten besitzt oben einen Griff aus Gold und Silber, der wie eine sich windende Schlange geformt ist. Es gibt keine sichtbaren Scharniere, die die Seitenteile zusammenhalten.

Er stellte sich auf die Zehenspitzen, fasste nach dem nächstgelegenen schlangenförmigen Griff und zog daran. Das gesamte dreieckige Seitenteil schwang nach unten und schlug ihm auf den Kopf. Das Scharnier war also am Boden und das Seitenteil schwerer als gedacht.

Stuart senkte es zu Boden und rieb sich einen Moment lang den Kopf. Dann bückte er sich, um besser in das Innere der Pyramide sehen zu können.

Drinnen war sie pechschwarz und so glänzend, dass der Lack immer noch wie nass aussah. Die Wände waren mit einem Muster aus roten Sternen bemalt. Stuart nahm den Metallstern aus der Hosentasche und hielt ihn gegen einen der gemalten. Er hatte exakt die gleiche Größe und Form.

Er steckte den Stern zurück in seine Tasche und ging noch einmal um die Pyramide herum. So fest er auch an den Griffen der anderen drei Seitenteile zerrte, keines davon ließ sich bewegen.

Er hob das erste Dreieck wieder hoch und mit einem Klicken fügte es sich mühelos in seine Position zurück. Die Pyramide war nun wieder komplett.

Dann zog er noch einmal an einem der anderen Griffe. Dieses Mal ließ sich die Seite leicht öffnen.

Grinsend fügte Stuart seiner Beschreibung noch eine Zeile hinzu.

Man kann immer nur eine Seite öffnen, nicht mehrere gleichzeitig.

Stuart bückte sich und betrat die Pyramide. Sie war ziemlich geräumig – groß genug, dass ein Erwachsener darin sitzen konnte. Er stellte sich die Szene auf der Bühne vor, wie der Klitze-Kleine Kenny Horten den Trick vorstellt: Verehrtes Publikum, meine reizende Assistentin Lily wird nun in das Kabinett des Pharaos klettern. Wie Sie sehen können, hat sie keinerlei Möglichkeit zu entkommen, sobald sich die Seite wieder geschlossen hat …

Und doch musste es einen Weg nach draußen geben: einen versteckten Knopf oder eine Feder oder einen Griff im Inneren, so dass die Assistentin heimlich entkommen konnte. Stuart fuhr mit den Fingerspitzen an den Wänden entlang und ertastete kleine Metallschlingen oben an jeder der Seiten. Sie waren gerade groß genug, um einen Finger darin einhaken zu können und waren, genau wie die restliche Oberfläche, pechschwarz lackiert. Er überprüfte die offene Seite und sah, dass sich dort auch eine Schlinge befand.

Dort hakte er seinen Finger ein und hievte das Seitenteil hoch. Langsam begann sich die Pyramide zu schließen. Sollte ich lieber auf April warten?, fragte er sich. Nein, beschloss er und zog fester. Das will ich alleine lösen.

Was war schließlich das Schlimmste, was passieren konnte? Er könnte in der Pyramide festsitzen, bis April oder Rod Felton auftauchten. Ein wenig peinlich, aber keine Katastrophe.

Außer natürlich, wenn die Pyramide luftdicht wäre.

In diesem Fall könnte es sein, dass er keine Luft mehr bekäme und ein paar Stunden später bewusstlos oder möglicherweise tot aufgefunden würde. Das war also vielleicht doch keine so gute Idee – und wenn er genauer darüber nachdachte, wäre es eigentlich besser, die Tür nicht komplett ...

Es gab ein lautes und endgültiges Klicken und Stuart fand sich in absoluter Dunkelheit wieder. Nicht der kleinste Lichtspalt war zu sehen. Er drückte gegen die Wände, aber sie gaben nicht nach. Er zog an den Metallschlaufen: nichts. »Na super«, murmelte er und versuchte, nicht in Panik zu geraten.

Und dann sah er ein schwaches rotes Licht, ein Glimmen, das stärker wurde und wuchs und sich vervielfältigte – eine ganze Ansammlung von glimmenden Lichtern um ihn herum. Die roten Sterne leuchteten im Dunkeln!

Neun oder zehn funkelten von jeder Wand. Als er sich umdrehte, um sie zu betrachten, fiel ihm etwas Rotes auf dem Boden ins Auge. Ein einzelner Stern leuchtete dort in der Mitte.

Stuart bückte sich, um ihn zu berühren, doch statt einer flachen, bemalten Oberfläche ertasteten seine Finger eine Reihe von Kerben mit einem kleinen flachen Knopf in der Mitte. Vorsichtig drückte er ihn. Er hörte ein metallenes Quietschen, wie eine Türangel, die mal wieder geölt werden müsste. Dann bewegte sich eine der Seiten ein kleines bisschen, genug, um einen schmalen Lichtstreifen hereinzulassen. Er drückte dagegen, und das Seitenteil öffnete sich vollständig.

So funktionierte das also, dachte Stuart. Großonkel Kennys Assistentin Lily drückte den Knopf und schlich sich hinten hinaus. Wenn Kenny dann die Pyramide öffnete, um das Publikum hineinsehen zu lassen, war sie leer!

Stuart überlegte, ob er April einen Streich spielen sollte, um ihr heimzuzahlen, dass sie zu spät war. Er könnte sich in der Pyramide verstecken, warten, bis sie im Raum war und dann hinauskriechen und sie überraschen.

Dieses Mal fühlte sich Stuart sicher, als er die Seite wieder zuzog. Er wartete eine Weile in der nur von den roten Sternen durchbrochenen Dunkelheit, bis etwas in seinem Hinterkopf ihn nicht mehr in Ruhe ließ, etwas, das mit dem Leuchtstern auf dem Boden zu tun hatte.

Er streckte noch einmal seine Hand nach unten, um ihn zu berühren und mit seinen Fingerspitzen das Muster der Kerben nachzufahren. Es waren sechs Stück, die strahlenförmig von der Mitte wegführten, wie die Speichen eines randlosen Rads. Stuart spürte, wie große Aufregung in ihm aufkam. Hastig griff er in seine Hosentasche und nahm den Metallstern heraus. Er würde hineinpassen, das wusste er einfach.

Mit pochendem Herzen und trockenem Mund drückte er den Stern in die Vertiefung.

Der Effekt stellte sich sofort ein.

Alle vier Seiten der Pyramide fielen mit einem donnernden Geräusch zu Boden und Stuart schrie auf.

Er befand sich inmitten einer Wüste.

Kapitel 6

Langsam, ganz langsam stand Stuart auf und blickte um sich.

Statt des Nebenraums des Stadtmuseums sah er eine Düne aus gräulichem Sand, der mit Steinen übersät war. Die einzigen Pflanzen waren ein paar niedrige Dornbüsche. In der Nähe knabberte ein Kamel an einem davon.

Die Luft war kalt, feucht und neblig, der Himmel ein schmutziges Weiß. Über seinem Kopf kreiste ein großer dunkler Vogel.

Stuart zitterte. Dies fühlte sich viel zu echt an für einen Traum.

Das war Magie – so musste es sein.

Eine Brise fegte über die Anhöhe und wirbelte den Nebel auf. Stuart wartete ab, er war noch ganz betäubt von der plötzlichen Veränderung seiner Welt. Wo war er? Was machte er hier? Wie würde er wieder nach Hause kommen?

»Es ist ein Rätsel«, hatte April gesagt, als sie Großonkel Kennys Brief gefunden hatten. Aber was für eine Art Rätsel war das hier?

Der Nebel bewegte sich und wehte hin und her wie ein Spitzenvorhang. Er gab gelegentlich einen Blick auf eine weite, leere Landschaft frei. Der Sand erstreckte sich in alle Himmelsrichtungen. Es war so leise, dass Stuart das Kamel hören konnte, wie es zähe Streifen der Rinde abriss. Dann hörte er das weiche, dumpfe Geräusch seiner Hufe, als es sich zum nächsten leckeren Busch weiterbewegte.

Stuart sah auf seine eigenen Füße hinunter. Er stand noch immer auf der quadratischen Bodenplatte der Pyramide. Der sechszackige Stern lag in seiner passenden Mulde. Die Bodenplatte sah nicht kaputt oder beschädigt aus, obwohl Stuart jetzt erkannte, dass am Rand jeder Seite zwei kleine Löcher gestanzt waren.

Aber wo war der Rest der Pyramide?

Gerade war ihm diese Frage durch den Kopf geschossen, als sich ein dünner Sonnenstrahl durch die niedrige Wolkendecke bohrte und den Sand von Grau in Gold verwandelte. Aus dem Augenwinkel sah Stuart einen hellen Blitz, und als er sich umdrehte, entdeckte er etwas entfernt ein blendend helles Lichtdreieck.

Er schirmte seine Augen gegen die Helligkeit ab und lief darauf zu. Stuart erkannte, dass es eine der Pyramidenseiten war, die an einem Felsbrocken lehnte und die Sonne reflektierte.

Genau in diesem Moment schnaubte das Kamel direkt hinter ihm und machte einen weiteren Schritt auf Stuart zu. Einer seiner Hufe machte dasselbe weiche, dumpfe Geräusch wie vorher, der andere klapperte metallisch. Stuart drehte sich dort hin und entdeckte eine weitere Pyramidenseite, die halb im Sand vergraben war. Er wartete, bis das Kamel vorbeigegangen war und holte dann das Metalldreieck. Es war schwerer, als er sich vorgestellt hatte, und an einer seiner Kanten standen zwei Zinken hervor wie kurze, stumpfe Finger.

»Ah, jetzt verstehe ich das«, sagte Stuart laut. »Ich glaube, jetzt kapiere ich es. Es ist ein Puzzlespiel.«

Die dritte Seite fand er in eine Felsspalte eingezwängt und auf der vierten schien jemand ein Campingfeuer gemacht zu haben: Sie war von Asche bedeckt und darauf lag ein halb verkohlter Holzscheit.

Es dauerte eine halbe Ewigkeit, bis er alle vier Seiten zur Bodenplatte zurückgeschleppt hatte. Die Sonne hatte den Nebel verdrängt und es wurde immer heißer. Stuarts T-Shirt war bereits von Schweiß durchnässt.

War es möglich, in einer magischen Landschaft zu verdursten? Es gab kein Fleckchen Schatten, in den man sich setzen konnte, nichts zu trinken und nichts zu essen, einmal abgesehen von einem einzigen Streifen Kaugummi, den Stuart noch in der Tasche seiner Jeans hatte. Er riss ihn entzwei und hob sich die zweite Hälfte für später auf.

Über seinem Kopf waren zu dem großen dunklen Vogel noch drei weitere gekommen. Sie flogen ruhig am Himmel, der immer blauer wurde, hin und her.

»Okay«, murmelte Stuart. Er machte sich bereit und hob eine der Seiten an. Die beiden Zinken glitten mühelos in die beiden passenden Löcher der Bodenplatte. Das war ja einfach!

Da hörte er ein Rülpsen hinter sich und als er sich umdrehte, sah er das Kamel, das ihm scheinbar verächtlich zusah.

»Was?«, fragte Stuart.

Das Kamel blähte die Nüstern und fraß weiter. Stuart bemerkte, dass es Zügel und die Überreste eines Sattels trug. Anscheinend hatte es seinen Reiter irgendwo in der Wüste abgeworfen.

Stuart wandte sich wieder seiner Aufgabe zu. Die zweite und dritte Seite der Pyramide ließen sich genauso gut einsetzen wie die erste. Stuart hob die vierte Seite an, versuchte, sie an ihren Platz zu manövrieren, und hielt dann inne. Er hatte plötzlich die Horrorvision vor Augen, wie sich das Kabinett des Pharaos in Luft auflöste und ihn alleine in der Wüste zurückließ. Er musste *im Inneren* der Pyramide sein, wenn sie verschwand. Stuart trat auf die Bodenplatte, ging in die Hocke und steckte die vierte Seite an ihren Platz. Dann begann er, sie zu schließen.

Sofort fielen die anderen drei Seiten mit einem dumpfen Schlag um.

Stuart sah sich um und starrte mit offenem Mund auf die Dreiecke, die flach auf dem Sand lagen. »Nein«, sagte er laut. »Das ist doch nicht fair.«

Die Sonne brannte auf seinen Rücken. Der Horizont flimmerte in der Hitze.

Stuart stand wieder auf und machte sich an den zweiten Versuch. Eine Seite, zweite Seite, dritte Seite, vierte Sei... *Rumms!* Als er die vierte Seite zuzog, fielen die drei anderen Seiten wieder auf den Wüstenboden zurück.

Stuart stand da, die Hände in die Hüften gestemmt, und atmete schwer. Panik schnürte ihm die Brust zu. Wie sollte er das hier nur lösen? Und was, wenn er es nicht *konnte?* Er holte tief Luft.

»Okay, es ist ein Rätsel«, sagte er wieder laut. Irgendwie war es einfacher, ruhig und logisch zu denken, wenn er sich vorstellte, mit jemandem zu sprechen. »Und es ist doch nicht nur ein Puzzle.«

Zum dritten Mal hob er verbissen die drei Seiten an ihren Platz. Er erinnerte sich daran, dass an jeder von ihnen oben eine kleine Metallschlaufe war und diesmal hakte er die Finger einer Hand durch sie hindurch. Konnte er drei Seiten festhalten, während er die vierte hochhob?

Er streckte sich vergeblich.

Nein, das konnte er nicht, sie war zu weit weg. Er würde einen Arm so lang wie der eines Orang Utans brauchen.

»Wenn ich irgendein dünnes Seil hätte«, sagte er zu sich, »könnte ich es durch die Schlinge der vierten Seite fädeln und sie hochziehen, während ich die drei anderen festhalte. Aber wo nehme ich jetzt ein dünnes Seil her?«

Die Antwort auf seine Frage trottete nur ein paar Meter entfernt mit baumelnden Zügeln an ihm vorbei.

»Okay«, sagte Stuart. »Alles was ich tun muss ist also, ein Kamel einzufangen.«

Kapitel 7

Stuart hatte einmal eine Sendung über Kamele gesehen, in der gezeigt wurde, dass sie sehr präzise spucken und in alle Richtungen ausschlagen können. Aber war dies ein echtes Kamel oder ein Produkt der Einbildung seines Großonkels Kenny?

Er näherte sich ihm.

Es sah echt aus. Es *roch* echt.

»Bleib«, sagte er schwach und ging Schritt für Schritt voran. »Braves Kamel.«

Es warf ihm einen Blick zu und rupfte dann weiter an dem Dornbusch, mit Zähnen so groß wie Klaviertasten.

Die Zügel waren an ein Nasenband geknüpft, das direkt unter seinem Kinn geschlossen war. Direkt unter seinem Kinn und sehr nahe an seinen Zähnen.

»Guter Junge.« Stuart fiel der halbe Kaugummistreifen in seiner Hosentasche ein. Er nahm ihn heraus und hielt ihn so weit von sich weg, wie sein Arm reichte.

Das Kamel hörte auf zu fressen.

»Hier, Junge«, sagte Stuart und seine Stimme krächzte vor Nervosität. *»Mjam, mjam.«*

Das Kamel machte einen Schritt nach vorne.

»Leckerer Kaugummi.«

Mit unglaublicher Schnelligkeit machte das Kamel einen Satz auf Stuart zu und schnappte sich den Kaugummi aus seiner Hand. Stuart griff nach den Zügeln. Das Kamel schüttelte den Kopf und Stuart flog durch die Luft.

»Aua«, sagte er, als er einige Meter entfernt im Sand landete. Das Kamel warf ihm einen verächtlichen Blick zu und galoppierte dann langsam kauend in die glimmende Ferne. Stuart war allein.

Als er wieder auf die Beine kam, erinnerte er sich an eine Stelle aus Großonkel Kennys Brief:

Denn die Magie ärker als ich
beabsichti

»... ist ein wenig stärker als ich beabsichtigt hatte«, vervollständigte Stuart und rieb sein Bein. Dabei entdeckte er etwas auf dem Boden und er bückte sich, um es aufzuheben. Es war ein Stück Rinde, das widerlich triefte, weil das Kamel es besabbert hatte. Trotzdem, es war lang und zäh. Er sah sich nach weiteren Stücken um und knotete vier Streifen zusammen, bis sie lang genug waren, um sie durch die Schlaufe fädeln zu können. Als er versuchsweise an der Rindenschnur zog, fühlte Stuart sich ein bisschen wie ein Überlebensexperte im Fernsehen. Die Schnur riss. Offensichtlich musste sie dicker sein.

»Wenn ich drei Schnüre mache und sie dann zusammenflechte …«, überlegte er zweifelnd. Er hatte noch nie etwas geflochten, aber es konnte schließlich nicht so schwer sein, oder?

Nachdem er ungefähr drei Minuten lang vergeblich herumgefummelt und gedreht und alles wieder entwirrt hatte, ertappte er sich dabei, dass er sich wünschte, April wäre hier. Er hatte keinen Zweifel, dass sie wüsste, wie man flocht. Sie wären in zwei Minuten hier raus.

Ein Tropfen Schweiß rann in seine Augen und er hielt einen Moment inne, um sich die Stirn zu trocknen. Sein T-Shirt war feucht, seine Jeans klebte an seinen Beinen, die Schnalle seines Gürtels war so heiß, dass sie ...

»Gürtel!«, rief Stuart und sprang auf die Beine. »Mein *Gürtel!*«

Er brauchte etwa sechs Sekunden, bis er wieder in der Pyramide war, den Gürtel abgenommen und durch die Schlaufe des vierten Dreiecks gezogen hatte und die Schlaufen der anderen drei Seiten in der Hand hielt. Er warf einen letzten Blick auf die sengende Landschaft, die kreisenden Vögel, den verschwommenen Fleck in der Ferne, der das Kamel war, dann zog er am Gürtel.

Als sich die vierte Seite schloss, kam der verschwommene, entfernte Fleck näher und Stuart erkannte, dass es gar nicht das Kamel war, sondern etwas viel Kleineres. Etwas Weißes und Braunes. Und dann, bevor er es richtig sehen konnte, schnappte die vierte Seite zu.

Langsam lockerte er den Griff in den Metallschlaufen. Einen Moment lang war alles dunkel, abgesehen vom roten Glimmen der Sterne. Als plötzlich eine leuchtende grüne Form im Inneren der Pyramide erschien und sich hin und her wand, schrie Stuart auf. Es war ein smaragdgrünes *W*, das sich streckte und straffte und glühte und größer wurde – und dann völlig verschwand, als sich eine der Pyramidenseiten öffnete.

»Geht es dir gut?«, fragte eine von Aprils Schwestern, die ängstlich zu ihm hineinspähte. Das Museum hinter ihr sah beruhigend normal aus. »Ich habe dich schreien gehört«, fuhr May (oder June) fort.

»Mir geht's gut«, sagte Stuart und kletterte hinaus, obwohl er sich in Wirklichkeit zittrig und komisch fühlte und schleunigst ein Sofa und ein Glas Wasser brauchte. »Was machst du denn hier? Warum ist April nicht gekommen?«, fügte er hinzu.

Der Drilling runzelte die Stirn. »Ich *bin* April«, sagte sie.

»Nein, das bist du nicht.«

»Was meinst du damit: *Nein, das bist du nicht?* Ich sollte doch wissen, wer ich bin, oder etwa nicht? Ich *bin* April und du hast mir versprochen, dass du wartest, bis ich hier bin, bevor du mit deinen Erkundungen anfängst.«

»Aber du trägst keine Brille«, sagte Stuart. »Und du hast eine Kamera dabei.«

Sie rollte mit den Augen und seufzte theatralisch.

»Ich war mit meinem Fahrrad unterwegs, um Zeitungen auszutragen und dann habe ich einen Schlenker gemacht, um einem Igel auszuweichen, bin runtergefallen, habe mein Knie aufgeschürft und meine Brille ist zerbrochen«, sagte sie. »Darum bin ich zwei Stunden zu spät hier. Und dann habe ich mir eben noch Mays

Kamera ausgeliehen, weil ich dachte, dass sie vielleicht nützlich wäre.«

»Oh.«

»Ich würde mir wirklich wünschen, dass du wenigstens versuchst ...«, begann sie und neigte dann verwundert ihren Kopf zur Seite. »Warum sind deine Schuhe ganz sandig?«, fragte sie. »Und warum rutscht deine Hose runter?«

Es entstand eine Pause im Gespräch, als Stuart zurückkrabbelte, um seinen Gürtel zu holen.

»Die Sache ist die«, sagte er und bückte sich, um einen Dorn aus seiner Socke zu ziehen, »du wirst mir nie glauben, wo ich diese zwei Stunden über gewesen bin. Ich glaube es ja nicht einmal selbst.«

April gab ihren verärgerten Gesichtsausdruck auf und sah ihn neugierig an. »*Magie?*«, flüsterte sie.

»Ja. Definitiv.« Und er erzählte ihr von dem Puzzle in der Wüste. Und von dem smaragdgrünen *W*, das er bei seiner Rückkehr gesehen hatte.

»*Benutze den Stern, um die Buchstaben zu finden!*«, rief April. »Das stand doch in der Nachricht, oder? Ach, ich wünschte, ich wäre dabei gewesen!«

»Ich auch«, erwiderte Stuart ehrlich. »Und das nächste Mal kommst du mit.«

»Versprochen?«

»Ich verspreche es.« Stuart streckte seine Hand aus und April schüttelte sie. Mitten in der Bewegung erstarrte sie und blickte mit offenem Mund an seinem Kopf vorbei.

»Sieh mal«, sagte sie. »Sie glänzt nicht mehr.«

Stuart drehte sich um. Die Sonne strömte durch das Fenster, aber die goldene Oberfläche der Pyramide schimmerte kaum mehr. Sie war immer noch schön, aber genauso wie der Wunschbrunnen hatte sie ihren Glanz verloren.

»Die Magie ist aufgebraucht«, sagte Stuart staunend. »Es ist wie bei einer leeren Batterie: Sie hat keinen Saft mehr.«

Dann erinnerte er sich an den sechszackigen Stern und ging gebückt in die Pyramide zurück, um ihn zu holen.

»Was ist denn jetzt los?«, fragte April, als er blinzelnd auf das Objekt in seiner Hand blickte.

Stuart hielt den Stern hoch, damit sie ihn sehen konnte. Einer der sechs Zacken war verschwunden.

Sie starrte einen Moment lang mit offenem Mund darauf. »Und was passiert, wenn du ihn wieder in die Mulde steckst?«

Stuart versuchte es. »Nichts«, sagte er und nahm den Stern zum zweiten Mal heraus. »Das bedeutet wohl, dass man jedes Abenteuer nur einmal machen kann.«

April nickte. »Eins ist erledigt«, sagte sie sanft. »Da waren's nur noch fünf.«

Kapitel 8

Die Eröffnung der Ausstellung war etwas unspektakulär. Nur eine Hand voll Menschen war dem selbstgemachten Schild im Eingangsbereich gefolgt, und die meisten von ihnen waren entweder mit Stuart oder mit April verwandt. Im Raum war der einzige Hinweis auf die Feier ein Tisch mit ein paar mickrigen Erfrischungen.

»Gut, dass ich nicht hungrig bin«, flüsterte April und schnitt dem Teller mit den Keksen und der einsamen Schale Chips eine Grimasse, bevor sie wieder zu ihren Eltern ging, die sich die Kammer des Bluts ansahen.

Stuart nippte an seinem Becher mit der wässrigen Apfelschorle und beobachtete, wie die Besucher zwischen den Ausstellungsstücken hin und her gingen.

Stuarts Vater wurde von Rod Felton begleitet, und obwohl es *aussah*, als würden sich die beiden Männer den Spiegelbogen ansehen, konnte Stuart hören, wie lateinische Fetzen durch den Raum flogen, und plötzlich sah es so aus, als mimte der Kurator einen römischen Schwertkampf.

April ging zum Tisch zurück und nahm sich drei Kekse und eine riesige Hand voll Chips.

»Ich dachte, du bist nicht hungrig«, sagte Stuart.

Sie funkelte ihn an.

»Oh«, sagte Stuart. »Du bist gar nicht April, oder?«

»Nein.«

»June?«

»Ich bin *May!*«, kreischte sie empört. »Bist du *blind?*«

Sie stapfte zu ihren Schwestern und fing an, mit ihnen zu flüstern. Grimmige Blicke trafen Stuart.

Er drehte sich weg und aß ein, zwei Chips. Er konnte einfach nichts dafür, dass er die Drillinge verwechselte: Sie hatten die gleichen Gesichter, die gleichen Haare und sie trugen die gleiche Art von Klamotten. Abgesehen von Aprils Brille gab es nichts, um sie unterscheiden zu können, doch wenn man ihnen das deutlich machte, flippten sie aus. Wenn sie wollten, dass die Leute sie unterscheiden konnten, dachte er, dann sollten sie sich unterschiedliche Farben anziehen.

»Entschuldigen Sie?« Ein Mann mit einer sanften Stimme sah auf Stuart hinunter. »Ich kann an Ihrer

Plakette sehen, dass Sie der Kurator sind. Auch wenn Sie dafür ein wenig jung zu sein scheinen.«

»Ich bin zehn«, sagte Stuart.

»Okay. Nun, es wäre schön, wenn Sie mir die Ausstellung zeigen könnten. Wäre das möglich?«

Stuart nickte. »Sind Sie Amerikaner?«, fragte er.

»Kanadier. Maxwell Lacey, sehr erfreut.«

Sie schüttelten die Hände. Maxwell Lacey trug ein teuer aussehendes Jackett und smaragdgrüne Manschettenknöpfe. Er schien in etwa so alt wie Stuarts Vater zu sein, aber er hatte einen großen schwarzen Schnurrbart und ordentlich gekämmte hellgraue Haare. »Wie kommt es, dass du hierfür verantwortlich bist?«, fragte er Stuart.

»Zum einen, weil ich die Zaubertricks als Erster gefunden habe, und zum anderen, weil der Klitze-Kleine Kenny Horten mein Großonkel ist.«

»Wirklich? Na, so was!«

Maxwell Lacey blieb vor dem ersten Ausstellungsstück stehen. Er lehnte sich über das Absperrungsseil und schaute auf den großen Thron aus Bronze, der von detailliert gearbeiteten Blumen und Ranken umgeben war. Dann wandte er seine Aufmerksamkeit der kleinen Karte zu, die daneben an die Wand gepinnt war.

Der Rosen-Thron

Ein großer Bronzesitz, der von Stängeln und Blumen aus Metall umgeben ist. Die Illusion hat mit dem Verschwinden und Wiederauftauchen der Rosen zu tun.

»Wir hatten nicht viel Zeit für die Beschriftung der Karten«, sagte Stuart entschuldigend. »Und wir haben auch noch gar nicht herausgefunden, wie der Trick funktioniert, deshalb ist der zweite Satz eigentlich nur geraten. Wir werden es morgen noch einmal ausprobieren.«

»Und mit *wir* meinst du …«

»Mich und April. Eine der Drillinge da drüben.«

»Und ist April auch mit Kenny Horten verwandt?«

»Nein, nur ich.«

»Aha.«

Sie gingen weiter zum Spiegelbogen. »Für den hatten wir leider auch noch keine Zeit«, sagte Stuart schnell.

Der Spiegelbogen

Ein Bogen, der vollständig mit Spiegeln bedeckt ist. Wie die Illusion funktioniert, ist zu diesem Zeitpunkt noch nicht bekannt.

»Das ist ein schön anzusehendes Objekt«, sagte Maxwell Lacey und rückte seine Krawatte in einer der vielen Reflexionen zurecht. »Und diese Werkstatt, wo du die Illusionen gefunden hast, war die auf deinem Grundstück?«

»Nein, sie war im Stadtpark, direkt unter dem Konzertpavillon.«

»Aha. Und wem gehört der Park?«

»Weiß ich nicht. Der Gemeinde vielleicht?«

Während sie an der Kammer des Bluts (die Stuart und April noch nicht geöffnet hatten) und dem Fächer der Fantastikheit (den sie noch nicht geschlossen hatten) vorbeigingen, stellte Maxwell Lacey weiter ziemlich komische Fragen über den Landbesitz des Gemeinderats.

Stuart gingen langsam die Antworten aus und er war erleichtert als er sah, dass eine der Drillinge auf ihn zukam.

»Ich bin April«, sagte sie spitz, »nur für den Fall, dass du mich nicht erkennst. Tut mir leid, wenn ich störe, aber es ist gerade jemand gekommen, von dem ich denke, dass du ihn sehen willst.« Sie kniff die Augen zusammen und schaute in Richtung Tür.

Dort stand Clifford Capstone, der einen glänzenden violetten Anzug trug und einen Stapel gelbes Papier in der Hand hielt. Bis vor einer Woche war er der unbezahlte Assistent der Bürgermeisterin gewesen, aber er hatte ihre Bosheit rechtzeitig erkannt und April und Stuart geholfen, als sie dringend Hilfe gebraucht hatten.

»Hallo!«, rief Clifford, als er sie entdeckte, und eilte herbei. »Ich dachte, dies wäre eine gute Gelegenheit, die hier zu verteilen. Nehmt einen Flyer«, fügte er hinzu und drückte jedem von ihnen einen in die Hand.

MYSTERIOSO
DER MAGGIER

zeigt zum allerersten Mal seine höchst
aufregende neue Show

im Kirchensaal von St. Cuthbert
Fig Street, Beeton
Dienstag, 20. August, 18 Uhr

»Ich bin Mysterioso«, erklärte Clifford, »nur falls ihr euch wundert.«

»Du hast Magier falsch geschrieben«, sagte April.

»Wirklich?« Clifford glotzte auf den Flyer und sah ganz geknickt aus. »Das ist mir gar nicht aufgefallen. Jetzt habe ich schon sechshundert Stück gedruckt ... ich kann das doch jetzt nicht mehr ändern.«

»Das macht nichts«, sagte Stuart. »Ich komme.«

»Ich auch«, fügte April hinzu. »Und weißt du was, ich werde eine Kritik darüber für meine Zeitung schreiben.«

»Das wirst du tun? Ich habe wirklich hart geprobt, aber es ist meine erste Solo-Show, und ich bin mir nicht so sicher, ob ich schon die richtigen Elemente habe. Flyer?«, fragte er und bot ihn Maxwell Lacey an.

»Ganz herzlichen Dank«, sagte der Kanadier. »Das ist also ihr Hobby, oder?«

Cliffords eifriges, rundes Gesicht sah plötzlich angespannt und ernst aus. »Es ist weit mehr als ein Hobby«, sagte er. »Es ist das, was ich schon immer tun wollte. Ich habe meinen Job aufgegeben und die meisten meiner Ersparnisse aufgebraucht, um eine Ausbildung als Magier zu machen, aber jetzt habe ich herausgefunden: Der einzige Weg dahin ist, es einfach zu *tun*.«

»Und welche Art von Magie zeigt Mysterioso?«, fragte Maxwell Lacey.

»Ich dachte ein bisschen hiervon, ein bisschen davon, da es ja mein erster Versuch ist«, sagte Clifford. »Ein paar große Illusionen, ein bisschen Tischzauberei, ein Finale mit wilden Tieren. Ich schaue einfach, was am besten ankommt und improvisiere ein wenig. Ich nehme an, Sie interessieren sich für Magie?«

»Nein«, sagte Maxwell Lacey unerwartet, »aber meine Arbeitgeberin dafür umso mehr. Apropos, ich muss sie gleich mal anrufen. War schön, Sie kennen zu lernen.« Lächelnd faltete er den Flyer zusammen und steckte ihn in seine Tasche, dann verließ er den Raum.

April wandte sich wieder Clifford zu. »Welches wilde Tier wird denn in deinem Wildtier-Finale auftauchen?«, fragte sie.

»Abwarten, du wirst schon sehen«, sagte er und zog geheimnisvoll die Augenbrauen hoch. »Ich verspreche dir, es wird eine Überraschung geben …«

Kapitel 9

Als Stuart am nächsten Morgen die Küche betrat, sah er, dass jemand zwei Briefe an die Korkpinnwand geheftet hatte. Der erste war an Stuarts Vater gerichtet.

Lieber Alan,
ich wünsche dir eine schöne Zeit, während ich weg bin.
Versuche dafür zu sorgen, dass Stuart ein wenig Gemüse und/oder Obst zu jeder Mahlzeit isst und vor Mitternacht ins Bett geht.
Alles Liebe an meinen süßen, cleveren Mann, wir sehen uns in zehn Tagen.
Bernie XXXXXXXXXXXXXXX

Der zweite richtete sich an Stuart. Als er ihn in der Küche stehend las, gesellte sich sein Vater zu ihm.

Lieber Stuart,
ich wünsche dir eine schöne Zeit, während ich weg bin. Sei vernünftig, vergiss nicht, deinen Vater zu jeder Zeit schriftlich zu informieren wo du bist, und denke immer daran, einen Haustürschlüssel dabei zu haben, nur für den Fall, dass dein Vater das Haus verlässt, ohne seinen mitzunehmen.
Alles Liebe an meinen mutigen, tatkräftigen Sohn, wir sehen uns in zehn Tagen.
Mum XXXXXXXXXXXXXXXXXXX

Vater und Sohn sahen sich an.

»Möchtest du lieber Orange, Banane, Pfirsich, Pflaume oder Melone zu deinem morgendlichen Mahl?«, erkundigte sich Stuarts Vater und sah zu ihm hinunter.

»Pfirsich, bitte. Ich werde den ganzen Tag mit April im Museum verbringen, und abends gehe ich mit April in den Kirchensaal von St. Cuthbert, um mir eine Zaubershow anzusehen ... Ich schreibe es dir noch auf. Und ich nehme meinen Haustürschlüssel mit.«

»Und darf ich dir ein tragbares Behältnis mit mittäglichen Nahrungsmitteln bereiten?«, fragte Stuarts Vater während er zum Kühlschrank hinüberging.

»Ja, danke«, sagte Stuart. Er hatte das leise Gefühl, dass der Inhalt seines Mittagessens sehr, sehr gesund sein würde.

April wartete bereits im Nebenraum des Museums auf ihn. Sie saß am Tisch des Kurators. Stuart war erleichtert als er sah, dass sie eine neue Brille trug. Sie trug auch eine neue Plakette. »Rod Felton hat sie mir gerade gegeben«, sagte sie reichlich düster. »Er sagte, sie würde mich offizieller machen. Lach nicht!«

Die Plakette zeigte ein Baby in einem Anzug, das an einem Computer saß, und darauf stand:

»Du lachst ja doch«, sagte April.

»Nein, echt nicht«, log Stuart.

»Und ich habe auch einen Besucher-Umfragebogen bekommen«, sagte April. »Da sind Fragen drauf wie: *Denken Sie, dass die Beschreibungen der Ausstellungsstücke genug Information geben?*«

»Na ja, im Moment tun sie das noch nicht«, gab Stuart zu. »Wir sollten loslegen, solange noch keine Besucher da sind, die uns stören. Willst du aussuchen, welche Illusion wir uns als Nächstes vornehmen?«

»Okay.« April lief in die Mitte des Raums, schloss ihre Augen, drehte sich ein paar Mal um ihre eigene Achse und zeigte dann zufällig auf etwas.

»Der Spiegelbogen«, sagte sie und wankte etwas, als sie wieder die Augen öffnete. »Zwei Fragen: Was ist der Trick dabei und wo passt der magische Stern rein?«

»Drei Fragen«, korrigierte Stuart sie. »Wenn wir die Stelle finden, in die der magische Stern passt, wo wird er uns dann hinbringen?« Wieder in die Wüste?, fragte er sich. Oder in eine andere magische Welt, mit einer anderen Art von Rätsel?

Er folgte April hinüber zu dem Bogen. Er war fast so groß wie Stuarts Vater und jeder Zentimeter davon war von Spiegeln bedeckt. Jeder der Spiegel war quadratisch und in einem leicht unterschiedlichen Winkel eingesetzt. In dem sonnigen Raum schienen die Lichtstrahlen über die Oberfläche zu springen wie Tischtennisbälle.

April drückte und zog an einem der kleinen Spiegel. »Er fühlt sich ganz elastisch an«, sagte sie, »als ob er dazu da wäre, sich zu bewegen. Ich wette, einer davon lässt sich irgendwie hochheben oder umdrehen.«

Stuart ging einmal um die Illusion herum und sah, wie seine Spiegelung sich hundertfach bewegte und veränderte. Es würde Stunden um Stunden dauern, jeden Spiegel auszuprobieren, und wahrscheinlich würden sie die Übersicht verlieren und vergessen, welche sie schon ausprobiert hatten.

»Mir tun davon jetzt schon die Augen weh«, beschwerte sich April. »Zu viele Reflexionen.« Sie ging hinüber zum Lichtschalter und schaltete das Licht aus, aber die Sonne schien immer noch durch das Fenster herein.

»Es gibt ein Rollo«, sagte Stuart und ging hinüber, wo eine Schnur um einen Haken an der Wand gewickelt war. Er fing an, sie abzuwickeln.

April kauerte neben dem Bogen.

»Das ist seltsam …«, sagte sie.

»Was?«

»Einer von ihnen hat keine Spiegelung.«

Das Rollo ratterte herunter und sperrte die Sonne aus.

Stuart drehte sich um.

Der Bogen war komplett verschwunden.

»April!«, rief er.

»Ich bin hier!« Sie lachte. »Zieh das Rollo wieder hoch!«

Er zog es hoch und hörte sich selbst nach Luft schnappen. Der Bogen war immer noch da, aber anstatt der Spiegel sah er, dass er total schwarz war.

»Und jetzt schau«, sagte April, die immer noch daneben kauerte. Sie fummelte an etwas herum und plötzlich erschienen die Spiegel wieder, als ob sich ein Auge öffnete.

»Sie sind alle an einer Drehachse angebracht«, erklärte sie. »Und einer der Spiegel ganz unten ist gar kein Spiegel, er ist nur so bemalt, dass er wie einer aussieht. Wenn du ihn umdrehst, drehen sie sich *alle* um und die Rückseiten sind alle schwarz bemalt.« Sie demonstrierte es noch einmal. Der Bogen verwandelte sich innerhalb einer Sekunde von hellem Glanz in etwas beinahe Unsichtbares.

»Also ist das«, fuhr sie fort, »der *verschwindende* Spiegelbogen. Ich wette, sie haben immer die Lichter im Theater gedimmt, einen Trommelwirbel ertönen lassen und dann hat das Publikum sich die Lunge aus dem Leib geschrien, wenn er plötzlich nicht mehr da war. Und schau mal hier ...«, fügte sie mit leiserer Stimme hinzu.

Stuart kniete sich neben sie. Auf der schwarzen Seite des bemalten Quadrats waren einige Kerben in Sternform: ein Stern mit nur fünf Zacken.

Sie grinsten sich an.

»So läuft das vielleicht«, sagte April. »Wir finden heraus, wie der Trick funktioniert – der Schalter oder das Schloss oder der Griff oder was auch immer –, und das ist dann der Ort, wo der Stern hingehört.« Sie hüpfte vor Freude. »Also legen wir los! Das ist das nächste, nicht wahr? Das nächste Abenteuer.«

»Ja. Klar. Okay.« Stuart merkte, dass er ein wenig nervös war. Diese Stunden in der Wüste hatten furchtbar real gewirkt und es hatte Momente gegeben, in denen er ein wenig verzweifelt gewesen war, nicht zu vergessen hungrig und durstig. Er ging zu seinem Rucksack hinüber und nahm seine Brotzeitdose und eine Wasserflasche heraus. »Alles klar«, sagte er noch einmal und bereitete sich mental vor, halb voller Vorfreude, halb ängstlich. Wenigstens würde er dieses Mal nicht alleine sein.

Er nahm den Stern heraus und kniete sich neben den Spiegelbogen.

»Können wir uns an den Händen halten?«, fragte April. »Ich möchte nicht zurückbleiben.«

Stuart stellte sicher, dass niemand sonst sich im Raum befand. »Okay«, sagte er widerwillig. April griff nach seiner linken Hand. Mit der rechten drückte Stuart den Stern in die Vertiefung.

Und dann wurde die Welt schwarz.

Kapitel 10

Es war nur eine Sekunde lang dunkel, aber als die Lichter wieder angingen, hatte sich alles verändert. Stuart stand immer noch vor dem Spiegelbogen, aber dieser war kleiner als zuvor – etwa so groß wie Stuart selbst –, und er war hell erleuchtet, wie von einem Scheinwerfer. Das einzige andere Objekt in Sichtweite war eine Staffelei, die ebenfalls im Scheinwerferlicht stand, aber vom Bogen weg zeigte. Alles andere lag komplett im Dunkeln. Stuart konnte nicht sehen, ob er sich in einem Raum, einer Halle oder sogar auf einer Bühne befand. Es herrschte völlige Stille. April war nirgends zu sehen. Ängstlich rief er ihren Namen, aber seine Stimme klang dünn und schwach und verschwand unbeantwortet in der Dunkelheit.

Stuart ging herum, bis er vor der Staffelei stand. Ein leerer Bilderrahmen war dagegen gelehnt. Er war quadratisch und in etwa so breit wie Stuarts ausgestreckte Hand. Er konnte hindurchschauen und den Bogen sehen. Ein kleines Bild von ihm reflektierte sich in jedem der Spiegel. Über dem Bilderrahmen stand geschrieben:

WER BIST DU?

Stuart nahm den Rahmen in die Hand und drehte ihn um, aber auf der Rückseite stand nichts. Als er ihn auf die Staffelei zurückstellte, hatte er das dumpfe Gefühl, dass etwas nicht stimmte, dass er irgendetwas nicht sah, das er sehen sollte. Er nahm den Rahmen ein zweites Mal zur Hand und entdeckte mit einem Schaudern, dass die Reflexionen nicht auf seine Bewegungen antworteten: all diese Stuarts in den Spiegeln waren an Ort und Stelle geblieben …

Er ging zum Bogen hinüber. Er konnte in den Spiegeln sein eigenes Gesicht sehen, hell erleuchtet vor einem dunklen Hintergrund. Er konnte das Blau seines T-Shirts sehen und den schmutzigen Fleck, der anscheinend auf seiner rechten Wange saß. Aber als er eine Hand an sein Gesicht hob, erschien keine Hand in den Spiegeln. Er ging näher heran. Die Bilder in den Spiegeln waren nicht aufgemalt: Sie hatten Tiefe, sie waren lebendig, sie atmeten, aber es waren keine *Reflexionen.* Es war, als sei jeder von ihnen ein Fernsehbildschirm, der eine fortlaufende Sendung über ihn zeigte. Der Stuart-Sender. Aber jede Sendung war etwas anders: Einer der Stuarts lächelte, ein anderer biss sich auf die Lippe, als sei er ratlos, ein dritter schien nach links in die Ferne zu schauen.

»Seltsam«, sagte Stuart. Er hielt immer noch den Bilderrahmen in der Hand. Dann, einer plötzlichen Eingebung folgend, stellte er ihn flach gegen den Bogen. Die Spiegel, die die Oberfläche des Bogens darstellten, hatten exakt die richtige Größe für den Rahmen.

»Muss ich mich also für einen entscheiden?«, fragte er laut.

Er schaute sich Bild für Bild an und überlegte, nach was er Ausschau halten sollte. Ein Stuart nach dem anderen grinste, nieste, starrte, blinzelte und zuckte seine Schultern.

Und dann erinnerte er sich daran, dass es ja noch die ganzen anderen Spiegel auf der Rückseite des Bogens gab. Die sollte er sich wohl auch ansehen. Er begann, um den Bogen herumzugehen, doch es stellte sich heraus, dass er das gar nicht konnte: Seine Füße bewegten sich, aber er kam nicht vorwärts, so als liefe er auf einem Laufband oder einer Eisfläche. Nachdem er sich einige Minuten lang keuchend abgemüht hatte, gab er auf. Offensichtlich sollte er da bleiben, wo er war.

»Okay«, murmelte er. »Ich muss eben einen auf dieser Seite aussuchen. Die sind sowieso alle ich.«

Er streckte seine Hand willkürlich nach einem Stuart aus, der gerade herzhaft gähnte. Der Spiegel ließ sich mit der kleinsten Berührung lösen. Wo er gehangen hatte, war jetzt nur noch eine schwarze Lücke.

Was nun?

Stuart ging zur Staffelei zurück, setzte den Spiegel in den Rahmen ein und stellte den Bilderrahmen auf den kleinen Vorsprung zurück, wo er ihn gefunden hatte.

Und der Spiegel im Rahmen verschwand sofort.

Stuart starrte erschrocken darauf und steckte sogar seine Hand durch das entstandene Loch, nur um sicherzugehen. Dann ging er zu dem Bogen zurück. Die schwarze Lücke hatte sich inzwischen geschlossen. Er konnte nicht einmal mehr sagen, wo er den Spiegel herausgenommen hatte.

»Das war also die falsche Wahl«, murmelte er. »Ich muss wohl einen ganz bestimmten aussuchen.«

»Mir ist langweilig«, sagte eine Stimme hinter ihm.

Stuart wirbelte herum und sah ...

Sich selbst.

Er schrie.

Blaues T-Shirt, Fleck auf der Wange, Jeans, abgewetzte Turnschuhe, Hände in den Hosentaschen.

»Ich meine, was *machst* du eigentlich hier?«, fragte der andere Stuart, der den Schrei völlig ignorierte. »Das ist der ödeste Ort an dem ich je war, und ich habe nicht einmal Geld dabei, also kann ich mir nichts kaufen, selbst wenn ich ein Geschäft finden würde.« Er hatte eine leicht weinerliche, nervige Stimme.

Klinge ich etwa so?, dachte der echte Stuart, der sich immer noch nicht so ganz vom Schock erholt hatte.

Der gelangweilte Stuart gähnte wieder. »Ich meine, es ist dunkel, es gibt nichts zu sehen, man kann nirgends hin, es gibt nichts, worauf man sich setzen kann. Ich kann keine Musik anmachen, ich kann ...«

»Psssst!«, sagte der echte Stuart. Er konnte von irgendwo eine andere Stimme hören, die seinen Namen rief. Er spitzte die Ohren.

»Ich meine, es sind nur noch zwei Wochen der Sommerferien übrig«, leierte der gelangweilte Stuart weiter vor sich hin, »und wenn ich die hier an diesem Ort verbringen muss, dann ...«

»Bist du bitte mal *ruhig*«, sagte Stuart. Er konnte wieder die andere Stimme hören und dieses Mal war er sich sicher, dass es April war.

»ICH KANN DICH NUR SCHWER HÖREN!«, schrie er. »WO BIST DU?«

Ein Moment verging, dann hörte er die Antwort in der Ferne.

»VOR DEM BOGEN. AUF DER ANDEREN SEITE VON DIR, DENKE ICH. HAST DU ES SCHON GESCHAFFT?«

»WAS GESCHAFFT?«

»DEN RICHTIGEN SPIEGEL AUSZUWÄHLEN UND IHN IN DEN RAHMEN ZU STELLEN?«

»NEIN, ICH WEISS NICHT, WIE ICH ES MACHEN SOLL. WELCHER IST DENN DER RICHTIGE?«

»DER, DER DICH ZEIGT.«

»ABER SIE ZEIGEN ALLE MICH.«

»NEIN, DAS TUN SIE NICHT.«

»DOCH, DAS TUN SIE.«

»NEIN, DAS TUN SIE NICHT. WENN DU GENAU HINSIEHST, DANN WIRST DU ERKENNEN, DASS SIE DIR VIELLEICHT SEHR ÄHNLICH

SEHEN, ABER SIE SIND NICHT WIRKLICH DU. ALLE BIS AUF EINEN. ES HAT NUR ZWEI MINUTEN GEDAUERT, BIS ICH DEN RICHTIGEN HATTE, ABER ICH BIN ES SCHLIESSLICH GEWOHNT, LEUTE ZU SEHEN, DIE MIR SEHR ÄHNELN, DIE ABER NICHT ICH SIND.« Sie klang ein wenig selbstgefällig, dachte Stuart.

»Mir ist so langweilig«, sagte der gelangweilte Stuart.

»Pssst.«

»Ich kann mich nicht daran erinnern, dass mir je so langweilig war, nicht einmal als ...«

»Jetzt HALT DIE KLAPPE«, blaffte Stuart.

»WAS?«

»ICH HABE NICHT DICH GEMEINT, APRIL.«

»WEN HAST DU DENN DANN GEMEINT?«

»JEMANDEN, DER MIR SEHR ÄHNLICH SIEHT. DER ABER NICHT ICH IST.«

»Ich meine«, fuhr der gelangweilte Stuart fort, »es gibt hier nicht einmal ein Buch oder eine Zeitschrift oder so etwas, wie soll ich hier also ...«

Stuart drehte sich um und starrte seinen Fast-Zwilling an, der immer weiterfaselte, dass nichts los sei. Er sah sich jeden Zentimeter des Gesichts des Jungen an und versuchte, jedes Merkmal damit zu vergleichen, was er jeden Morgen in seinem eigenen Spiegel sah. Aber das Problem war, er sah fast nie in den Spiegel. Vier Sekunden lang, während er sich die Haare kämmte, ein schneller Blick auf seine Zähne nachdem er sie geputzt hatte, und das war's. Die Wahrheit war – und diese Erkenntnis machte ihm ziemlich zu schaffen –, *er wusste nicht wirklich, wie er aussah.* Und wie der Zufall es wollte, befand er sich an einem Ort ohne Spiegel.

»VIEL GLÜCK«, hörte er April rufen. »DAS LICHT WIRD SCHWÄCHER AUF MEINER SEITE. ICH GLAUBE, ICH BIN AUF DEM WEG ZURÜCK. MOMENT MAL, ICH KANN EIN KOMISCHES GERÄUSCH HÖREN. ICH HÖRE EINE ART KLICKENDES GERÄUSCH IN DER …« Ihre Stimme wurde immer leiser.

»APRIL!«, schrie er. »APRIL?«

Aber sie antwortete nicht mehr. Er war völlig allein.

»Mir ist *so* langweilig.«

Na ja, fast allein.

Kapitel 11

Stuart schaute von einem Bild zum anderen, runzelte die Stirn, verglich, plagte sich, während der gelangweilte Stuart im Hintergrund weiter vor sich hin brummelte. Ein Spiegel nach dem anderen zeigte einen Jungen mit relativ kurzen Haaren, relativ grauen Augen, einem relativ runden Gesicht und einigen relativ braunen Sommersprossen. Ein ziemlich gewöhnliches Gesicht mit einer gewöhnlichen Anzahl von Gesichtsausdrücken: erstaunt, vergnügt, müde, interessiert ...

»Gelangweilt. Ich glaube, ich war noch nie in meinem gesamten Leben so gelangweilt«.

»Bitte«, sagte Stuart. »Ich versuche hier nachzudenken.«

»Es gibt *nichts* zu tun hier.«

»Du könntest mir helfen herauszufinden, welches dieser Bilder eigentlich mich zeigt.«

Der gelangweilte Stuart warf einen Blick auf die Spiegelwand und stöhnte. »Aber es gibt so *viele* davon. Das wird *ewig* dauern.«

»Es ist ja nicht so, dass du gerade etwas anderes zu tun hast, oder?«

Der gelangweilte Stuart seufzte und ging zu dem Bogen hinüber. »Dieser da«, sagte er fast sofort und zeigte auf einen Spiegel in der untersten Reihe.

»Bist du sicher?«, fragte Stuart. »Warum denn gerade dieser?«

Der gelangweilte Stuart zuckte mit den Schultern. »Keine Ahnung.«

»Das war nur geraten, oder?«

»Jepp.«

Stuart starrte auf das Bild; es sah – genauso wie die anderen – aus wie er. Es gab nichts zu verlieren. Er zog den Spiegel aus dem Bogen, setzte ihn in den leeren Rahmen und stellte den Rahmen auf die Staffelei. Sofort verschwand der Spiegel.

Hinter ihm war ein Grunzen zu hören. »Wie viele davon schaffst du in einer Minute?«, fragte eine Stimme.

Niedergeschlagen drehte Stuart sich um. Ein weiterer Stuart machte gerade eine Reihe einarmiger Liegestütze.

»Ich kann das überhaupt nicht«, sagte Stuart.

»Es nützt doch nichts, klein *und* untrainiert zu sein«, sagte der Stuart ein wenig atemlos.

»Ich bin nicht untrainiert.«

»Okay, wie wäre es mit Armdrücken?«

»Nein«, sagte Stuart.

»Armdrücken ist echt langweilig«, sagte der gelangweilte Stuart.

»Willst du damit sagen, ich bin langweilig?«, fragte der sportliche Stuart herausfordernd und sprang auf die Beine.

Stuart steckte sich die Finger in seine Ohren und ging wieder zum Bogen hinüber. Es war hoffnungslos. Er konnte ein Bild nicht vom anderen unterscheiden, also konnte er nur auf Glück hoffen. Er begann, Spiegel herunterzunehmen, bis er einen großen Stapel davon hatte und fing an, einen nach dem anderen in den Rahmen zu stellen …

»Blöde Idee«, murmelte Stuart wenig später. »Ganz blöde Idee.«

Die Dunkelheit um den Bogen herum war voller Stuarts. Der Streber-Stuart las in einem Geschichtsbuch. Der witzige Stuart machte Furzgeräusche mit seinen Achselhöhlen, während der ernste Stuart einen missbilligenden Gesichtsausdruck aufgesetzt hatte. Der sportliche Stuart hatte einen Hürdenlauf auf die Beine gestellt, indem er den faulen Stuart, den schläfrigen Stuart und den gelangweilten Stuart als Hürden benutzte. Der angeberische Stuart hatte allen schon von Vornherein erzählt, dass er ein brillanter Läufer war und hatte gerade eine herbe Niederlage gegen den stillen Stuart einstecken müssen, der bisher noch gar nichts gesagt, aber schon den Hürdenlauf, das Armdrücken und den Preis für die Anzahl der meisten Hampelmänner in fünf Minuten gewonnen hatte. Der Preis war eine Spinne in einer Streichholzschachtel gewesen, die von dem naturliebenden Stuart gestiftet worden war. Der jammernde Stuart hatte sich über den Lärm beschwert, den alle anderen machten.

Der echte Stuart klatschte einen weiteren Spiegel in den Rahmen. Auch dieser verschwand.

»Auf dem Bogen befinden sich einhundertsiebenunddreißig Spiegel«, sagte eine Stimme hinter ihm. »Das ist eine meiner Lieblingsprimzahlen.«

»Hallo«, sagte Stuart und machte sich gar nicht die Mühe, sich umzudrehen.

»Du bist also der Stuart, der Mathe mag, wie?«

»Ja.«

»Dann sag mir doch mal, wie die Chancen stehen, dass ich einen bestimmten Spiegel finde, wenn jedes Mal, wenn ich mich für einen falschen entscheide, wieder ein neuer auftaucht.«

»Unendlich«.

Stuart nickte niedergeschlagen. »Das habe ich mir schon gedacht«, sagte er.

Plötzlich fühlte er sich erschöpft, deshalb setzte er sich hin und stützte den Kopf in seine Hände.

»Ich weiß nicht, wonach ich suchen soll«, murmelte er. »Was macht mich aus? Worin bin ich am besten? Ich bin nicht sportlich oder mathematisch begabt oder ein Streber oder ein Witzbold.«

»Hast du was zu essen?«, fragte der gierige Stuart und riss Stuarts Brotzeitbox auf. Als er den gesunden Inhalt sah, zog er eine Grimasse. »Das ist alles, was du hast?«, fragte er angeekelt. »Salat? Und Obst?«

»Das ist gesund«, sagte Stuart.

Und er dachte an die Briefe, die seine Mutter geschrieben hatte: den an seinen Dad, in dem es vor allem darum ging sicherzustellen, dass Stuart gesund aß (*alles Liebe an meinen süßen, cleveren Mann*) und den an ihn selbst (*alles Liebe an meinen mutigen, tatkräftigen Sohn).*

Also war er vielleicht das: der tatkräftige, mutige Stuart. Aber wie konnte er diese Dinge in einem Spiegel sehen? Und außerdem, nur weil seine Mutter das gesagt hatte, hieß das noch nicht, dass es stimmte. Mütter gaben doch immer mit ihren Kindern an, und die Hälfte davon war übertrieben. Mit *tatkräftig* meinte seine Mutter lediglich, dass er Dinge lieber *machte*, als darüber *nachzudenken*. In seinem Schulzeugnis stand immer *Stuart ist ein tatkräftiger Junge*, als ob es nichts Gutes wäre, so zu sein. Und mit *mutig* spielte sie wahrscheinlich auf die Geschichte an, als Stuart im Alter von gerade mal vier Jahren die Trittleiter durch den halben Garten geschleppt hatte um eine Katze zu retten, die auf einem Baum festsaß. Immer wieder erzählte sie davon, wie die Katze den kleinen Stuart gekratzt hatte, und er dann von der Leiter gefallen und auf seinem Kinn gelandet war und dass man, wenn man genau hinsah …

Stuart setzte sich kerzengerade hin und schlug mit der Hand auf sein Kinn. Wenn man genau hinsah, *konnte man noch eine Art kleines Grübchen sehen, wo er damals mit zwei Stichen genäht worden war.*

Er stand hastig auf, rannte hinüber zum Bogen und fing an, angestrengt auf die Spiegel zu schauen.

»Was machst du da?«, fragte der gelangweilte Stuart mit gelangweilter Stimme.

»Ich suche nach einem Stuart mit einer kleinen Narbe am Kinn, wie ich sie habe. Kannst du mir helfen?«

»Klingt ein bisschen langweilig.«

»Ich werde ihn finden«, sagte Angeber-Stuart. »Ich bin wirklich richtig aufmerksam. Meine Lehrerin sagt sogar, ich sei das aufmerksamste Kind, das sie je getroffen hat. Das hat sie sogar in mein Jahreszeugnis geschrieben.«

»Na gut, dann mach mal«, sagte Stuart, der immer noch suchte.

»Ich wette, ich finde ihn zuerst«, sagte der sportliche Stuart und wippte auf seinen Zehen auf und ab. »Auf die Plätze. Fertig. *Los!*«

»Wie wäre es stattdessen mit einem Rülpswettbewerb?«, fragte Witzbold-Stuart, der daraufhin unglaublich laut rülpste und seine Arme triumphierend in die Höhe riss. »Ich habe gewonnen!«

Stuart spürte, wie jemand auf seinen Arm klopfte. Es war der stille Stuart, der zum anderen Ende des Bogens zeigte. Stuart folgte ihm hinüber. Der stille Stuart legte seinen Finger auf einen Spiegel und Stuart sah sich das Bild an. Und dort war sie, die kleine, eingekerbte Narbe am Kinn.

»Danke«, sagte Stuart heiser.

»Gern geschehen«, sagte der stille Stuart.

»Du kannst also doch sprechen?«

»Nur wenn ich muss.«

»Und was machst du die restliche Zeit?«

»Denken.«

»Oh. Vielleicht sollte ich das auch mal öfter machen.«

Der stille Stuart grinste und gemeinsam gingen sie zur Staffelei zurück. Stuart platzierte den Spiegel im Rahmen und plötzlich war der weite, dunkle Platz, der voller streitender, jammernder, gähnender, sprintender, rülpsender Stuarts gewesen war, leer. Nur Stuart selbst war noch übrig, und der Spiegel im Bilderrahmen war jetzt nur noch ein Spiegel. Stuart runzelte die Stirn, lächelte und gähnte, nur um sicherzugehen, dass sein Spiegelbild es genauso tat. Dann ging er wieder zum Bogen zurück.

Auch dieser hatte sich verändert. Statt reihenweise Stuarts zeigte jeder der Spiegel nun das Bild eines identischen Buchstabens.

Ein breites, silbernes *O*.

Das Licht wurde langsam immer dunkler, als ob jemand einen Dimmer betätigte. Die silbernen Buchstaben schrumpften und verschwanden. Eine Sekunde lang herrschte absolute Dunkelheit, dann ging wieder das Licht an und Stuart war zurück im Museum. Er blinzelte vor Schreck.

»Endlich!«, rief April, die auf dem hohen bronzenen Sitz des Rosen-Throns saß. Sie war von den sich windenden Stängeln hunderter Metallblüten umgeben. »Das hat ja ewig gedauert. Und ich bin fast verrückt geworden, weil ich dir unbedingt erzählen muss, was ich gefunden habe.«

Kapitel 12

»Was?«, fragte Stuart, immer noch ein bisschen mitgenommen. Als sie aufgebrochen waren, war der Raum sonnenhell gewesen. Nun war der Himmel, den er durch das Fenster sehen konnte, mit dunklen Wolken verhangen, und der ein oder andere Tropfen klatschte bereits gegen das Fenster. »Einen Moment noch«, sagte er und ging zum Spiegelbogen zurück, um den magischen Stern aus dessen Fassung zu holen. Vor dem Abenteuer hatte er fünf Zacken gehabt. Nun waren nur noch vier übrig.

April wartete darauf, dass er zurückkam. Sie sah ziemlich vornehm aus, wie sie so mit übergeschlagenen Beinen hoch auf dem Thron saß.

»Der Grund, warum ich so lange gebraucht habe ist, dass ich immer wieder die falschen Stuarts genommen habe«, sagte Stuart. »Wie hast du denn so schnell die richtige April gefunden?«

Sie zuckte mit den Schultern. »Das war leicht. Wie ich schon gesagt habe, ich habe nur nach der gesucht, die ich bin. Diejenige mit meinem Ausdruck.«

»Und was für ein Ausdruck ist das?«

»Irgendwie entschieden und bestimmt. Das ist es, was mich von meinen Schwestern unterscheidet.«

»Und welchen Ausdruck haben sie?«

»June ist sehr, sehr ernsthaft, und May ist einfach nur verrückt und hysterisch.«

»Echt?«

»Weißt du, wenn du einmal damit anfangen würdest zu beobachten anstatt nur zu *raten*, dann würde es dir sicher ganz leicht fallen, uns zu unterscheiden«, sagte April, die wie eine ausgesprochen herrische Lehrerin klang. »Aber ich wollte eigentlich erzählen, was ich gefunden habe. Ich saß hier und habe meine Brotzeit gegessen, als ich aus Versehen eine Weintraube neben den Sitz habe fallen lassen. Als ich sie aufheben wollte, konnte ich einen komischen kleinen Hebel fühlen.«

»Was passiert, wenn du daran ziehst?«, fragte Stuart, der plötzlich neugierig war.

»Ich habe es nicht versucht«, sagte April beleidigt. »Ich wollte *natürlich* auf dich warten.«

»Na, dann versuch es jetzt.«

»Okay.«

April glitt mit der Hand am Sitz entlang nach unten und zog an etwas.«

Klick-klack.

Sie stieß einen überraschten Schrei aus, als die rankende Rose zu einem dichten Dickicht zusammenklappte und den gesamten Thron wie ein silberner Käfig umgab.

Einen Moment lang konnte Stuart nicht sagen, ob er gerade Zeuge von Technik oder Magie geworden war. »Bist du noch da drin?«, fragte er und versuchte, zwischen den Zweigen hindurchzuspähen. Er konnte nichts sehen.

»Ja, ich bin da.« April klang etwas nervös. »Eine Art silbernes Band hat sich um mich herum geschlungen. Ein bisschen wie ein Sicherheitsgurt.«

»Zieh noch einmal am Hebel«, schlug Stuart vor.

»Okay. Vorsicht.«

Klack-klick.

Dieses Mal schrie sie laut auf.

»April?«, rief Stuart besorgt.

»Hol mich hier raus!«, schrie sie. Aus den Tiefen der Illusion kamen einige ganz schön kräftige Tritte.

»Wo bist du?«

»Ich hänge *kopfüber*. Der Thron hat sich komplett umgedreht.«

»Deshalb gibt es also einen Sicherheitsgurt«, sagte Stuart nachdenklich.

»Aber wie komme ich wieder raus?«

»Am Hebel ziehen?«

»Okay.«

Klick-klack.

Sofort entspannten sich die rankenden Rosen in ihre Ausgangsposition und Stuart konnte wieder den Thron sehen.

Er war allerdings leer und sah irgendwie … anders aus. Auf dem Sitz war ein Muster, das vorher nicht da gewesen war.

Er fuhr mit der Hand darüber und fühlte drei Kerben unter seinen Fingern: ein Rad mit nur drei Speichen.

»Da ist es!«, rief er. »Dahin gehört der magische Stern. Es muss zwei Throne geben, einen oben und einen darunter, und sie drehen sich.«

»Darf ich dich daran erinnern«, rief April von irgendwo direkt unter ihm, »dass ich noch immer *kopfüber* in *totaler Dunkelheit* hänge.«

»Entschuldige. Zieh noch mal am Hebel.«

Klack-klick.

Mit einem Klappern und Quietschen schnappten die Rosenzweige wieder zu und versperrten die Sicht auf den Thron.

»Immer noch kopfüber«, rief April, die inzwischen ziemlich ärgerlich klang.

»Zieh noch einmal.«

Klick-klack.

Wieder ertönte ein Schrei von hinter dem Geflecht aus Blumenstielen.

»Jetzt bin ich richtig herum«, rief sie zähneknirschend. »Noch einmal ziehen.«

Klack-klick.

Die Hecke öffnete sich quietschend und April kam zum Vorschein, mit rotem Kopf und Haaren, die in staubigen Nestern vom Kopf abstanden. Hastig kletterte sie herunter. »Das war *nicht* schön«, brummelte sie und klopfte ihre Kleider aus.

»Aber wir haben herausgefunden, wie der Trick funktioniert und wo der Stern hingehört«, sagte Stuart in einem Versuch, sie aufzumuntern.

Sie verschränkte die Arme und sah auf den Thron zurück. »Hm. Es gibt nur ein Problem, nicht wahr?«

»Was?«

»Wer wird es machen?«

»Was meinst du damit?«

»Man kann den Stern nur an den richtigen Platz legen, wenn der Hebel gezogen wurde und der Thron umgedreht ist. Also kann nur einer von uns auf das Abenteuer gehen. Der andere wird die ganze Zeit kopfüber in einer siebzig Jahre alten Metallbox voller Staub und *Insekten* hängen.«

Vorsichtig zupfte sie einen Ohrenkäfer von ihrem T-Shirt und schnipste ihn weg.

»Alles klar«, sagte Stuart und nickte. »Ich verstehe dich. Aber es ist sowieso nicht das nächste Abenteuer, es ist das übernächste.«

Während er sprach, ging draußen ein gleißend heller Blitz nieder, auf den ein Donnergrollen folgte. Als das Licht des Blitzes den Raum flutete, sahen die beiden, dass es nun drei Illusionen gab, die in der plötzlichen Helligkeit nicht mehr glitzerten: den Wunschbrunnen, das Kabinett des Pharaos und den Spiegelbogen.

»Ich habe vergessen zu fragen: Hast du auch ein *O* gesehen«, fragte April, »das direkt am Ende in den Spiegeln reflektiert wurde?«

Stuart nickte. »Wir haben also bis jetzt ein *W* und ein *O* gefunden.«

»Ich frage mich …«, begann April nachdenklich.

»Was?«

»Ich frage mich, wohin sie uns führen? Wir wissen das immer noch nicht, oder? Als du der Spur der Münzen gefolgt bist, wusstest du, dass du auf der Suche nach der Werkstatt deines Großonkels warst. Aber nun quetschen wir Stück für Stück die Magie aus diesen Dingen ... Was wird wohl hier am Ende übrig bleiben?«

Bevor Stuart über eine Antwort nachdenken konnte, fing sein Magen laut an zu knurren und er bemerkte, wie hungrig er war. Er hatte seine Brotzeitbox in dem Raum voller Stuarts gelassen und das Frühstück schien Stunden her zu sein. Als er auf die Uhr sah, war er überrascht, dass es bereits viertel nach fünf war.

»Müssen wir nicht irgendwo hin?«, fragte er stirnrunzelnd.

April schlug sich eine Hand vor den Mund. »Cliffords Show! Die hab ich total vergessen!«

Sie rannten los.

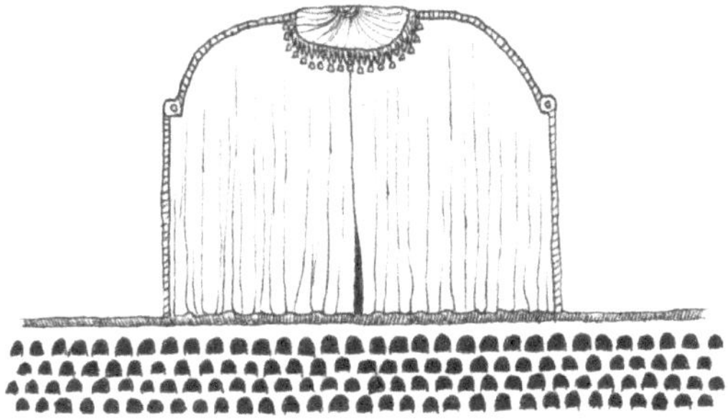

Kapitel 13

Der Eingang zum Kirchensaal lag in einer düsteren Gasse zwischen einem Pub und einem Metzger. An einer Wand lehnte eine Tafel, auf der in Handschrift stand: *Zaubershow hier entlang, 6 Uhr!* Die Buchstaben waren nach dem kurzen Regenschauer schon ganz verwischt. Eine sehr kurze Schlange wartete vor der Tür. Sie bestand aus einem Mädchen im Teenageralter, einem sehr kleinen Jungen und drei älteren Damen.

April holte ihr Notizbuch hervor und kritzelte irgendwas.

»Was machst du?«, fragte Stuart.

»Ich soll einen Bericht für den *Beech Road Guardian schreiben*«, sagte sie. »Ich notier mir nur schon mal die Einleitung.« Sie zeigte ihm, was sie geschrieben hatte:

Eine kleine aber begeisterte Menge hatte sich erwartungsvoll vor dem Saal versammelt.

»Für mich sehen die nicht so begeistert aus«, sagte Stuart.

Das Teenie-Mädchen überprüfte ihr Make-up in einem Spiegel, während der Junge an einem riesigen Bonbon lutschte, das er immer wieder aus dem Mund nahm um zu sehen, ob es die Farbe gewechselt hatte.

»*Wawum* ist es ganz *wot?*«, fragte er.

»Keine Ahnung«, sagte das Mädchen.

»Es war ganz *gwün* und jetzt ist es ganz *wot*. Wawum ist es jetzt *wot* geworden?«

»Keine Ahnung«, wiederholte das Mädchen. »Aber wenn du so weitermachst, wirst du es gleich fallen lassen.«

»Gar nicht. Wawum ist es nicht eckig? Wawum ist es *wund?*«

»Weil das halt so ist.«

Eine der alten Damen tippte dem Mädchen auf die Schulter. »Ist das dein kleiner Bruder?«, fragte sie.

»Ja.«

»Du bist ja ein liebes Mädchen, dass du ihn mitnimmst!«

»Mum bezahlt mich dafür«, sagte das Mädchen. »Sie hat gesagt, er macht sie verrückt mit seinen vielen Fragen.«

»Wawum warten wir hier?«, fragte der Junge. »Wawum können wir nicht *wein?*«

In dem Moment ging die Tür auf und zum Vorschein kam Clifford, der einen schlecht sitzenden silbernen Anzug trug und ein riesiges Pflaster an der linken Hand hatte.

»Tut mir leid, dass ich so spät anfange«, erklärte er, »aber ich hatte ein kleines Problem mit dem Wildtier-Finale. Kommen Sie rein.«

Sie traten hintereinander in den Saal. Etwa hundert Stühle standen aufgereiht, und vor der Bühne bauschte sich ein violetter Vorhang.

Clifford verschwand dahinter und Stuart und April ließen sich in der ersten Reihe nieder. April kritzelte wieder etwas.

Der Grund des verzögerten Beginns war eine Raubtierattacke auf den Magier.

»Das klingt ja, als wäre sein Arm halb ab«, sagte Stuart.

»Kritiken müssen dramatisch sein«, antwortete April hochmütig, »sonst liest sie keiner.«

Hinter dem Vorhang ertönte ein kurzes Intervall unheimlicher Musik, dann gingen alle Lichter aus, bis auf ein flackerndes grünes *Ausgang*-Schild über der Tür.

»Oooh«, sagte eine der alten Damen. »Aufregend!«

Eine lange Pause entstand, bevor der Vorhang sich in einigen ruckartigen Bewegungen öffnete und eine verdunkelte Bühne zum Vorschein kam.

Einen Moment später ging eine Schreibtischlampe an und Clifford eilte in das klägliche Scheinwerferlicht. Er schob einen kleinen Wagen, der mit silbernen Sternen dekoriert war.

»Willkommen«, sagte er, »zu der megamysteriösen Welt von Mysterioso dem Magier. Einer Welt, in der alles passieren kann! In der rote Taschentücher plötzlich grün werden …«

Er nahm ein rotes Taschentuch aus seiner Hosentasche, stopfte es sorgfältig in seine Faust, sagte »Abrakadabra« und zog es wieder heraus.

»Es ist *gwün* geworden!«, rief der kleine Junge mit bewundernder Stimme. Es gab langen, schmetternden Beifall.

»Eine Welt, in der grüne Taschentücher plötzlich rot werden …«, fuhr Clifford fort und machte denselben Trick noch einmal, nur umgekehrt.

»Und jetzt ist es wieder *wot*«, sagte der kleine Junge schon etwas weniger bewundernd.

»Ja, eine mysteriöse Welt, in der sich ein blaues Taschentuch in ein gelbes verwandelt …«, gab Clifford bekannt, nahm ein blaues Tuch aus der Hosentasche und machte den gleichen Trick noch einmal.

»Und in der sich ein gelbes Taschentuch in ein blaues verwandelt!«

Diesmal klatschten nur Stuart und April.

»Ich habe langsam keine Lust mehr auf Taschentücher«, flüsterte eine der alten Damen ziemlich laut.

Clifford grinste tapfer. »Eine mysteriöse und magische Welt, meine Damen und Herren, in der sich ein weißes Taschentuch …«

Der kleine Junge fing plötzlich an zu wimmern, gefolgt von dem Geräusch von etwas Hartem und Rundem, das über den Boden rollte.

»Ich habe es *fallen lassen.*«

»Ich hab dir doch gesagt, du lässt es noch fallen«, sagte seine Schwester genervt.

»Ich habe mein Bonbon fallen lassen.«

»Oh, der arme kleine Bub hat sein Bonbon fallen lassen«, sagte eine der Damen mitfühlend. »Pam, hast du nicht ein Karamellbonbon in der Tasche?«

»Ja, ich glaube das habe ich. Warte einen Moment.«

»Und ein schwarzes Taschentuch kann sich in ein weißes verwandeln!«, rief Clifford und versuchte, das Heulen und Rascheln zu übertönen.

»Bleichmittel«, sagte die alte Dame, die Pam hieß. »So bekomme ich meine schwarzen Taschentücher wieder weiß. Man kann sie aber auch mit Essig waschen und sie in die Sonne hängen.«

»Ich benutze Papiertaschentücher«, bemerkte ihre Freundin. »Viel hygienischer.«

Clifford benutzte das weiße Taschentuch, um sich den Schweiß von der Stirn zu wischen. »Und nun«, sagte er, »benötige ich nur ein paar Augenblicke, um meinen nächsten Trick vorzubereiten.«

Während Clifford am seitlichen Bühnenrand herumkramte, hörte Stuart ein zögerliches Klopfen an der Eingangstür. Nach einer kurzen Pause war ein zweites Klopfen zu hören, und da Stuart am nächsten saß, ging er hinüber, um die Tür zu öffnen.

Davor stand eine blasse kleine Frau in einem Overall, die um die eine Schulter eine große Tasche aus

Segeltuch geschlungen hatte, und um die andere eine Kabelrolle. »Der Hausmeister des Saals hat mir gesagt, dass es ein Problem mit der Elektrik gibt«, sagte sie. »Irgendetwas von einem *Ausgang*-Schild, das immer an und aus geht.«

Stuart nickte und zeigte auf das flackernde Schild über der Tür. »Es ist das hier«, flüsterte er, »aber im Moment findet hier eine Show statt.«

»Okay. Kann ich da hinten warten, bis sie vorbei ist?«

»Ich denke schon.«

Auf der Bühne trampelte Clifford wieder ins Scheinwerferlicht. »Tut mir leid, dass Sie warten mussten«, sagte er, »aber Sie werden gleich sehen, dass es sich gelohnt hat.«

Der folgende Teil der Show bestand aus einem Kartentrick, während dem Clifford aus Versehen den ganzen Stapel Karten auf die Bühne fallen ließ und eineinhalb Minuten lang herumkroch, bis er sie wieder alle aufgelesen hatte. Danach sägte er einen Teddybären entzwei und stellte dann eine kleine Topfpflanze in einen Verschwindeschrank.

»Und nun drehen wir ihn drei Mal um die eigene Achse«, verkündete er, »öffnen die Tür und ...«

»Sie ist noch da!«, rief der kleine Junge. »*Warum* ist sie noch da?«

Clifford schlug die Tür des Schranks wieder zu und zeigte ein verzweifeltes Lächeln. »Nun ist gerade noch Zeit für das aufregende Tierfinale«, verkündete er. »Ich brauche nur einen kurzen Moment, um es vorzubereiten.«

Er stapfte wieder von der Bühne.

April stieß Stuart an. »Was denkst du?«

Wortlos schüttelte der den Kopf.

Clifford tauchte wieder auf und trug einen großen leeren Käfig, den er mit einiger Anstrengung in der Mitte der Bühne auf dem Boden abstellte.

»Dieser Käfig«, verkündete er, »ist vollkommen sicher. Haben Sie keine Angst, meine Damen und Herren, dass das Tier darin entkommen und Verwüstung und Chaos im Publikum anrichten könnte.«

»Aber es ist *nix* drin!«, meldete sich der kleine Junge entrüstet zu Wort.

Clifford wirkte eigentlich ganz erfreut über die Unterbrechung. »Aha«, sagte er. »Im Moment ist nichts darin, aber ich werde diesen magischen und mysteriösen Umhang über den Käfig legen«, – er legte ein silbernes Cape über die Vorderseite – »und das magische Wort sagen und dann werden Sie sehen, dass er nicht ganz so leer ist, wie Sie denken …«

Zum ersten Mal kam so etwas wie Spannung im Publikum auf.

»Ich glaub, es ist ein Gepard«, flüsterte der Junge. »Oder ein Büffel oder eine riesengroße, megariesige, gewaltige, furchtbare *Schlange.*«

»Ich, äh, mag Schlangen nicht so gerne«, sagte April, die ungewöhnlich nervös klang.

Clifford trat vor. Er klopfte dreimal feierlich auf die Oberseite des Käfigs, rief langsam und dröhnend »Abrakadabra!«, zog dann das silberne Cape weg und stand triumphierend da.

Vom Insassen des Käfigs war ein leises Schniefen zu hören.

Ohne die Augen davon abzuwenden, stieß April Stuart in die Seite. »Werde ich langsam verrückt«, flüsterte sie, »oder ist das ein Igel?«

Kapitel 14

»Jepp«, antwortete Stuart. »Das ist definitiv ein Igel.«

Der Igel nieste, tapste geradewegs zwischen den Gitterstangen hindurch und rollte sich neben Cliffords Fuß zu einer Kugel zusammen. Clifford verbeugte sich, während sich die ausgeblichenen Vorhänge schwungvoll schlossen. Nur Stuart und April klatschten. Der Rest des Publikums machte sich ziemlich schnell davon und jeder (bis auf den kleinen Jungen) eilte an der Geldbüchse am Ausgang vorbei, auf der stand:

Wenn Ihnen die Show von Mysterioso dem Magier gefallen hat, zeigen Sie sich hier erkenntlich!

»Los jetzt!«, rief die Schwester des Jungen. Er ließ etwas in die Geldbüchse fallen und rannte hinter ihr her hinaus.

Stuart warf April, die mit ihrem Notizbuch und einem Bleistift auf dem Schoß dasaß, einen Blick zu. »Was um alles in der Welt wirst du in deiner Kritik schreiben?«, fragte er.

»Ich habe keine Ahnung«, sagte sie langsam. »Das war der schlechteste Auftritt, den ich in meinem ganzen Leben gesehen habe, und das beinhaltet den Tag, als mein Dad bei einem Karaoke-Wettbewerb meiner Schule vor mir und meinen ganzen Freunden den letzten Platz belegt hat.«

An der Seite der Bühne öffnete sich eine Tür und Clifford kam herein, immer noch in seinem silbernen Anzug. Er winkte ihnen nervös zu. »Und?«, fragte er. »Was denkt ihr?«

Stuarts Mund öffnete und schloss sich ein paar Mal, aber es kam kein Geräusch heraus.

»Interessant«, sagte April mit einem wenig überzeugenden Quieken in der Stimme. »Ungewöhnlich.«

»Ich war wegen des Finales vollkommen ratlos, bis ich neulich den kleinen Kerl gefunden habe, der an der Straßenseite zusammengerollt war. Und da dachte ich mir: *Ich habe noch nie einen Igel in einer Zaubershow gesehen! Ich frage mich, warum da vorher noch niemand daran gedacht hat?* Fabelhafte Idee, nicht wahr?«

»Mmm«, sagte Stuart und nickte energisch.

»Und gibt es irgendetwas, das ich in der nächsten Show besser machen könnte?«, fragte Clifford?

»In der *nächsten?*«, wiederholte Stuart.

»Ich habe den Saal noch einmal für Donnerstag gemietet, ich brauche die Erfahrung. Mir ist das ernst, wisst ihr. Magier zu sein ist alles, was ich je tun wollte. Ich muss weiter *üben.*«

»Klar.«

»Also denkt ihr, ich sollte irgendetwas verändern? Die Reihenfolge der Tricks? Das Kostüm? Die Musik?«

Während Stuart noch darüber nachdachte, womit er anfangen sollte, kam vom anderen Ende des Saals eine Antwort von einer leisen, schüchternen Stimme.

»Die Beleuchtung.«

Es war die Elektrikerin. Sie kniete neben der Tür, einen Drahtschneider in der Hand.

»Warum? War es nicht hell genug?«, fragte Clifford.

»Zu hell«, entgegnete sie. »Viel zu hell.«

»Aber will man denn nicht sehen, was passiert?«

»Nicht wenn es furchtb...« Sie biss sich auf die Lippe. »Ich meine … Ich wollte nicht …«

Es wurde unangenehm still.

Clifford wurde ziemlich blass und wandte sich dann wieder Stuart und April zu. »War es furchtbar?«, fragte er leise. »Und bitte sagt mir dieses Mal die Wahrheit.«

Sie sahen einander an und dann wieder zu Clifford.

»Ja«, sagten sie.

»So richtig furchtbar?«

»Ja.«

»Sogar der Igel?«

Eine kurze Pause entstand.

»*Vor allem* der Igel«, sagte April. »Das Publikum hatte erwartet, einen Gorilla oder so etwas zu sehen, deshalb war es echt eine Enttäuschung. Tut mir leid.«

Clifford nickte traurig. Er ging zur Geldbüchse neben dem Ausgang hinüber, klappte den Deckel auf, nahm ein staubiges, halbgelutschtes Bonbon heraus und starrte eine Weile darauf. »Ja«, murmelte er. »Es stimmt. Ich war furchtbar«, und dann drehte er sich zu der Elektrikerin um, die noch immer neben ihrer Tasche kniete. »Danke, dass Sie so ehrlich waren wie sonst niemand«, sagte er. »Ich sehe jetzt ein, dass ich mir nur etwas vorgemacht habe. Jeannie hatte in den meisten Dingen unrecht, aber sie hatte Recht, mich immer wieder bei *Grundlagen der Magie Teil zwei* durchfallen zu lassen. Ich werde wieder anfangen, Teppiche zu verkaufen. Darin war ich eigentlich ganz gut.«

»Nein!« Die Elektrikerin stand auf, ihr Gesicht dunkelrot. »Ich habe gar nicht gemeint, dass es furchtbar war. Ich habe die Beleuchtung gemeint. Es war nichts Mysteriöses daran. Man kann wundervolle Dinge mit Licht machen. Man kann alles verändern, das Gewöhnliche in Außergewöhnliches verwandeln, das Furchtbare in Wunderbares. Ich zeige es Ihnen …«

Sie kramte in ihrer Tasche herum und nahm eine lange, schwere Taschenlampe heraus. »Und jetzt schauen Sie zu.«

Sie ging durch die Tür neben der Bühne und zog die Vorhänge auf. Dann fummelte sie an einer Metallbox an der Wand herum. Nach einem Augenblick war ein Klicken und dann ein dumpfer Schlag zu hören, und der Saal verschwand in tiefster Dunkelheit. Eine Sekunde später war ein weiteres, sanfteres Klicken zu hören. Ein Lichtstrahl schoss nach oben und an der hinteren Bühnenwand erschien ein riesiger Schatten. Stuart schnappte nach Luft und trat einen Schritt zurück. Die monströse Silhouette kringelte und wand sich wie eine Kreatur aus einem Albtraum. Ihr Kopf war mit einem tödlichen Kranz aus fiesen Stacheln gekrönt.

Die monströse, furchteinflößende Silhouette öffnete ihr enormes, säbelbezahntes, bluthungriges Maul und nieste ganz leise.

Die Lichter gingen wieder an und sie sahen die Elektrikerin, die vorsichtig den winzigen Igel im Arm hielt.

»*Wundervoll!*«, rief Clifford ehrfürchtig.

»Nur ganz banale Beleuchtungstechnik«, sagte die Elektrikerin und wurde leicht rot.

»*Unglaublich!*«

»Einfach.«

»*Verblüffend!*«

»Es ist wirklich nicht viel dabei.«

»Wir müssen uns unbedingt darüber *unterhalten*«, sagte Clifford enthusiastisch. Er sprintete zur Bühne und innerhalb von Sekunden waren er und die Elektrikerin in ein Gespräch vertieft.

»Lass uns gehen«, sagte Stuart zu April. Er fischte ein Zehn-Pence-Stück aus der Hosentasche und warf es beim Rausgehen in die Geldbüchse.

Als sie in der Beech Road angekommen waren, hatte sein Magen schon angefangen, laut zu knurren. »Entschuldige«, sagte er zu April, »aber ich habe seit dem Frühstück nichts mehr gegessen und es muss jetzt schon fast halb acht sein. Ich hoffe wirklich, dass Dad Pizza gemacht hat. Oder Spaghetti. Oder Pommes.«

Er öffnete die Tür und es roch nach Rote Bete.

»Hallo, Dad«, sagte er, als er die Küche betrat. Überall waren Töpfe und Pfannen, das Spülbecken war voll mit schmutzigem Geschirr und neben dem Herd lag ein Stapel Kochbücher. »Was ist hier denn los?«

»Eine häusliche kulinarische Extravaganz«, sagte sein Vater, dessen Brillengläser von der Hitze beschlagen waren. »Um dem Mahnruf deiner Mutter gerecht zu werden, dich mit ausreichend nahrhaften Lebensmitteln zu versorgen.«

Stuart blickte sich um und sah einen Berg Gemüseschalen. Plötzlich fühlte er sich ganz bedrückt. Er vermisste seine Mutter. »Willst du damit sagen, du kochst einen ganzen Berg Gemüse?«, fragte er.

Sein Vater nickte. »Eine Rote-Bete-Consommé, gefolgt von einem Gratin aus Lauch und Brokkoli, mit einem Salade Frisée aus Chicorée, Grünkohl und Speck.«

»Speck?«, wiederholte Stuart begeistert.

»Nun, ehrlich gesagt«, gab sein Vater zu, »ich erinnere mich, dass ich so in der Präparierung des Gemüseanteils des Salats absorbiert war, dass ich versäumt habe, den Speck hinzuzufügen.«

»Du meinst, du hast vergessen, den Speck in den Specksalat zu tun?«

»Ein bedauerlicher Irrtum.«

»Also gibt es eine Gemüse-Vorspeise, gefolgt von einer Gemüse-Hauptspeise mit Gemüse als Beilage? Und nichts von dem Gemüse sind Kartoffeln?«

»In der Tat.«

Stuart stöhnte, aber in Wirklichkeit hätte er lieber mit den Füßen aufgestampft oder sich sogar auf den Boden geschmissen und einen Wutanfall gehabt wie ein Kleinkind. »Ich will einen *Burger*«, murmelte er kaum hörbar. »Einen dreifachen Cheeseburger mit einer doppelten Portion *Pommes.*«

Sein Vater hatte bereits angefangen, lila Suppe zu verteilen. »Und wie war die Exposition des Prestidigitateurs?«, fragte er über seine Schulter hinweg.

»Ich habe keine Ahnung, wovon du sprichst«, sagte Stuart genervt.

»Der Vertreter des Legerdemain?«

»Nein. Noch immer nicht.«

»Die Zaubershow?«

»Siehst du«, sagte Stuart grob, »du *musst* nicht immer nur lange Wörter benutzen. Du kannst, wenn du dir Mühe gibst, auch sprechen wie andere Menschen, nicht wahr?« Er ignorierte den verletzten Ausdruck auf dem Gesicht seines Vaters, schnappte sich eine Familienpackung Chips aus dem Schrank und rannte hinauf in sein Zimmer.

Er saß da und aß ohne große Freude, denn er wusste, dass er gemein gewesen war. Unten klingelte das Telefon. Sein Vater ging ran, dann hörte er Schritte die Treppe heraufkommen, gefolgt von einem sanften Klopfen an seine Tür.

Stuart öffnete.

»Es ist für dich«, sagte sein Vater und hielt ihm das Telefon hin.

Kapitel 15

Stuart nahm den Hörer.

»Hallo?«, sagte er.

»Das Kind?«, fragte eine knarrende Stimme, die Stimme von jemandem, der sehr alt war. »Bist du das Kind?«

»Welches Kind?«, fragte Stuart. Sein Vater, dessen Schultern ziemlich traurig herabhingen, war schon wieder auf dem Weg nach unten.

»Das Kind, das die Tricks gefunden hat?«

»Ja. Ich heiße Stuart.«

»Nun, zum Glück verstehe ich dich. Der Typ, der vorhin am Telefon war – hat er in einer Art Geheimsprache gesprochen, oder wie? Ich habe noch nie in meinem Leben solch eine Ansammlung von Wörtern gehört.«

»Das ist mein Vater«, sagte Stuart. »Er ist sehr schlau«, fügte er ein wenig stolz hinzu.

»Und wie ist es mit dir? Bist du schlau? Oder bist du klug? Was eine ganze Menge besser ist, als schlau zu sein.«

»Entschuldigen Sie, aber wer *sind* Sie denn?«, fragte Stuart.

»Du kannst mich Miss Edie nennen. Maxwell Lacey hat mir erzählt, dass du anscheinend ein kluger Junge bist.«

»Wer ist Maxwell Lacey?«

»Er ist Anwalt. Arbeitet für mich. Er war im Museum, um deine Tricks zu sehen. Grauhaariger Kerl mit Schnurrbart.«

»Ich erinnere mich. Er hat mich die ganze Zeit gefragt, ob ich mit Kenny Horten verwandt bin und ob die Tricks auf Gemeindebesitz gefunden wurden. Er hat gar nicht mehr damit aufgehört.«

»Anwälte werden nicht dafür bezahlt, interessant zu sein.«

»Aber warum wollte er das wissen?«

»Weil ich ihn dafür engagiert habe.«

»Wofür engagiert?«

»Die Zaubertricks zu kaufen. Sie alle zu kaufen. Und wenn er sie kaufen will, dann muss er schließlich herausfinden, wem sie gehören.«

»*Mir* gehören sie.«

»Kannst du das beweisen?«

Einen Moment lang herrschte Stille, und Stuart schüttelte den Kopf, weil er einen Augenblick lang vergessen hatte, dass er am Telefon war. Die Stimme am anderen Ende der Leitung war so munter und lebhaft, dass er sich die Sprecherin fast schon vorstellen konnte: uralt und weißhaarig, aber quicklebendig.

»Nun?«, fragte sie fordernd, denn sie wartete immer noch auf eine Antwort.

»Nein«, sagte Stuart zögernd. »Ich kann es nicht beweisen.«

»Das habe ich mir gedacht.« Sie lachte trocken, was in einem Husten endete. »Und ich habe heute schon mit Maxwell Lacey gesprochen. Er hat im Keller eurer Stadtbibliothek herumgestöbert und eine Gemeindeordnung gefunden, die besagt, dass alles, was auf Gemeindeboden gefunden wird, der Bürgermeisterin gehört, außer es gibt rechtlich wirksame Beweise des Gegenteils. Und wo ist eure Bürgermeisterin?«

»Sie ist verschwunden«, sagte Stuart.

»Das weiß ich. Da haben wir den Salat. Du hast keine Beweise und die Stadt hat keine Bürgermeisterin. Es könnte Jahre dauern, das zu klären. Und mir bleiben keine Jahre – kann sein, dass mir nicht mal einige Monate bleiben. Und ich will diese Tricks.«

»Warum?«

»Ich habe meiner Großmutter versprochen, dass ich sie besorgen werde.«

»Ihrer Großmutter? Aber sie muss ja … Ich meine, die Tricks sind ungefähr siebzig Jahre alt, und Ihre Großmutter war ja sicher ...«

»Meine Großmutter ist vor fünfundachtzig Jahren gestorben.«

»Aber ...«

»Und bevor sie gestorben ist, hat sie mir etwas erzählt, das ich nie vergessen habe. In einem der Tricks versteckt – und es ist tief versteckt, hat sie gesagt – ist Kenny Hortens Testament. Und darin hinterlässt er alle Zaubertricks der Person, die dieses Testament findet.«

»Aber ...«

»Es wäre der Beweis, den du brauchst. Finde das Testament und du kannst die Tricks behalten.«

»Aber ...«

»Oder du kannst sie verkaufen. Ich würde dir einen guten Preis dafür zahlen.«

»Warten Sie mal«, sagte Stuart. Er fühlte sich, als würde er gerade von einem starken Sturm durchgeschüttelt – stark genug, ihn in eine Richtung zu werfen, in die er gar nicht wollte. Er versuchte, seine Stimme stark und sicher klingen zu lassen.

»Jetzt *warten* Sie mal. Selbst wenn es ein Testament gibt – und ich verstehe immer noch nicht, wie Ihre Großmutter das überhaupt wissen konnte –, und selbst wenn ich es finde: Ich will die Tricks nicht verkaufen. Wenn ich tatsächlich beweisen kann, dass sie mir gehören, dann will ich sie behalten.«

»Weise Worte.«

»Aber ich meine es ernst.«

»Aha.« Die Sprecherin hustete wieder, ein trockenes, raues Geräusch. »Weißt du, es gibt etwas bestimmtes, das du nicht über mich weißt«, sagte sie.

»Was?«

»Ich bin reich. Sehr, sehr reich. Ich bin *Reich* mit einem riesengroßen goldenen R. Meine Oma war eine clevere Geschäftsfrau. Sie hat England mit zehn Pfund in der Tasche und einem Kopf voller Ideen verlassen und dann hier in Kanada eine Fabrik eröffnet. Sie hat mehr Geld verdient, als du dir je vorstellen kannst. Und es gehört jetzt alles mir. Ich bin die Letzte, die übrig ist und ich kann so viel davon ausgeben, wie ich möchte. Weißt du, wie es ist, reich zu sein?«

»Nein«, gab Stuart zu.

»Es bedeutet, dass du alles kriegen kannst, was du willst. Was willst du, Stuart?«

Stuart zögerte. »Nichts, was man kaufen kann«, sagte er.

»Nun, das ist ja eine interessante Antwort. Mal sehen, ob ich erraten kann, was du meinst … Maxwell Lacey hat mir erzählt, dass du neu in der Stadt bist und dass du ein kleiner Kerl bist – kleiner als die anderen Kinder. Das muss schwer sein, besonders, wenn man in ein paar Wochen in einer neuen Schule anfängt. Kinder können so grausam sein, besonders Kinder, mit denen man nicht aufgewachsen ist und besonders, wenn man S. Horten heißt. Dann hat man nämlich ziemlich schnell einen Spitznamen weg. Stimmts?«

Stuart sagte nichts, aber er konnte fühlen, wie sein Gesicht heiß wurde. Er dachte an all die Male in seinem Leben, in denen er *Shorty Shorten* genannt worden war. Das Telefon war ganz klebrig in seinen Händen. Miss Edies Stimme fuhr fort in ihrer krächzenden und überzeugenden Art.

»Mit Geld kannst du dir sicherlich keine Größe kaufen, aber du kannst dir Macht kaufen. Das beste Fahrrad der Stadt, den besten Computer, die besten

Turnschuhe, die besten Partys, die besten Ferien … Warst du schon mal in Disneyland?«

»Nein«, murmelte Stuart mit heiserer Stimme.

»Du könntest die ganze Klasse mitnehmen. Dann wäre es egal, wie groß du bist, sie hätten einen Heidenrespekt vor dir. Nimm die ganze Klasse mit, außer die, die gemein zu dir sind. Kaufe einen Rolls-Royce mit Chauffeur, der dich zur Schule bringt, und nimm nur die Kinder mit, die du magst. Kaufe ein Haus mit einem Swimmingpool im Garten und schau, wer dann alles nett zu dir ist. Freundschaft ist wie alles andere, Stuart: Du kannst sie dir kaufen, wenn du genug Geld hast.«

Stuarts Brust pochte, als schlüge jemand darin auf einer Trommel.

»Bist du noch da?«, fragte Miss Edie.

»Ja.«

»Denk gut darüber nach, was ich dir gesagt habe. Finde das Testament und ich lasse deine Träume wahr werden. Sie werden dich nicht mehr das kleinste Kind der Klasse nennen – sondern das reichste!«

»Aber ...«

Bevor Stuart noch irgendetwas sagen konnte, war die Leitung tot.

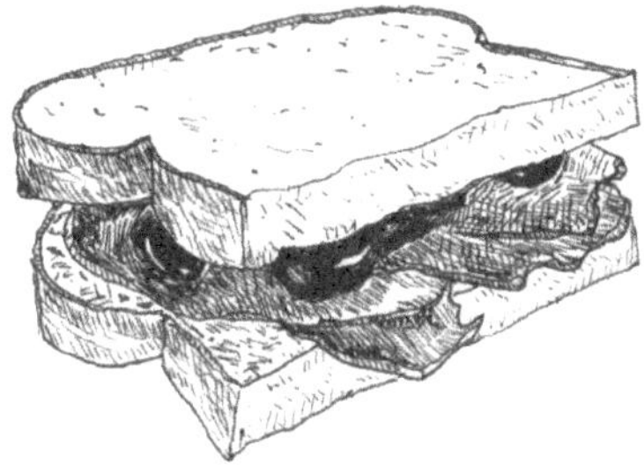

Kapitel 16

Stuart stand da und schaute auf den Hörer, als sich beharrlich ein Gedanke aus den Tiefen seines Gehirns meldete. Stuart holte die Geldbüchse aus Blech, die seine wertvollsten Schätze beinhaltete, und nahm Großonkel Kennys Nachricht heraus.

benutze den Stern, um die Buchstaben
zu finden. Und wenn du alle sechs
gefunden hast, werden sie dich zu
meinem T   führen

»Werden sie dich zu meinem Testament führen«, sagte Stuart leise.

Das war es also. Die Buchstaben waren Hinweise, die ihn zu dem Testament seines Großonkels führen würden, und wenn er es gefunden hatte, dann würde er eine Wahl haben.

Einen seltsamen Moment lang fühlte er sich, als stünde er auf einer Brücke über einem dunklen, reißenden Fluss. Auf der einen Seite der Brücke war ein Fest der Magie: Großonkel Kennys Illusionen und die bizarren Abenteuer, die Stuart und April darin fanden. Auf der anderen Seite war eine Welt voller Geld, glitzernd und voller Dinge, die Stuart kaufen könnte, wenn er denn nur reich wäre. Er stand in der Mitte der Brücke, wie ein Eisenspan zwischen zwei Magneten.

Und dann hörte er, wie sein Vater von unten seinen Namen rief, und er befand sich wieder in der realen Welt, tierisch hungrig, und schämte sich ein wenig über sich selbst.

»Tut mir leid, Dad«, murmelte er, als er in die Küche kam. »Tut mir leid, dass ich so böse zu dir war.«

»Eingeständnis erfreut akzeptiert. Ich vermute, dass du dich schmerzhaft nach etwas Nahrhaftem verzehrt hast und deshalb habe ich dir ein Lebensmittel mit gepökelter Einlage bereitet.«

Er winkte mit einer Hand in Richtung Tisch, wo Stuart ein großes, lecker aussehendes Sandwich entdeckte, das mit Speck belegt war und vor Tomatensoße nur so triefte. Und dann sah er all die anderen Dinge, die sein Vater den ganzen Nachmittag lang gekocht hatte.

»Kann ich auch etwas von der Suppe haben?«, fragte er. »Und vielleicht ein kleines Stück von dem Gemüseauflauf und ein bisschen Salat. Nur ein bisschen?«

Nachdem er fünf Minuten lang ununterbrochen gekaut hatte, fühlte Stuart sich viel satter und viel, viel gesünder.

»Danke, Dad.«

Sein Vater sah nachdenklich aus. »Denkst du, es würde das gegenseitige Kolloquium vereinfachen, wenn ich experieren würde, in einer weniger vielsilbigen Art zu sprechen?«, fragte er.

»Was bedeutet *gegenseitiges Kolloquium?*«

»Unsere Unterhaltung.«

»Und mit *experieren* meinst du versuchen, oder?«

»Zweifelsohne.«

»Also versuchst du mir zu sagen: Wäre es einfacher für uns, miteinander zu sprechen, wenn du kürzere Wörter benutzen würdest?«

»Ja.«

Stuart nickte zurückhaltend. »Es könnte zumindest etwas schneller sein. Worüber willst du denn sprechen?«

»Ich muss einen milden Anflug von Neugier zugeben, was deine kürzlich beendete telefonische Kommuni…« Sein Vater hielt inne und schluckte. »Dein Anruf«, sagte er ziemlich langsam, als spräche er in einer Fremdsprache. »Wer war da dran?«

»Eine sehr alte Dame. Sie wusste, dass Großonkel Kennys Werkstatt gefunden wurde und nun will sie die ganzen Tricks kaufen. Sie hat gesagt, dass sie sehr reich ist. Dad?«

»Ja?«

»Wolltest du je reich sein?«

»Solche Ambitionen sind nie in die Sphäre meiner … « Sein Vater stoppte und räusperte sich. »Ich will damit vermitteln, dass ich immer in weitläufigeren Erörterungen als …« Er räusperte sich noch einmal. »Nein«, sagte er dann einfach. »Es gibt wichtigere Dinge als Geld.«

In der kurzen Stille, die folgte, hörte Stuart, wie April aus dem Garten seinen Namen rief.

»Kann ich kurz zu ihr gehen?«, fragte er und anstatt irgend etwas zu sagen wie »Du hast meine uneingeschränkte Einwilligung«, lächelte sein Vater nur und antwortete »Ja.« Stuart dachte, mit einem Ausbruch von Freude, wie viel einfacher das Leben wäre, wenn sein Vater sich an seine neue Art zu sprechen halten würde.

Der Zaun zwischen den Gärten sorgte dafür, dass Stuart sich immer besonders klein vorkam. Er war so hoch, dass er nicht hinübersehen konnte, während April groß genug war, ihr Kinn darauf ablegen zu können.

Sie stand auf ihrer Seite des Zauns und lutschte an einem hellblauen Eis am Stiel. »Hallo«, sagte sie. »Du siehst seltsam aufgeregt aus. Was ist los?«

»Na ja, ich hatte gerade so einen mysteriösen Anruf und ...«

Der komplette obere Teil von Aprils Eis brach in ihrem Mund ab, woraufhin sie einen gellenden Schrei losließ.

Stuart starrte sie an.

»Es ist *kalt*«, jammerte sie wie verrückt und sprang von einem Fuß auf den anderen. »Meine Zähne kribbeln total. Oooh, meine Zähne fühlen sich an als würde jemand Naaaaaaadeln reinstechen!«

Stuart verschränkte die Arme. »Du bist nicht April«, sagte er.

»Was?«

»Sie würde nicht so ein Theater machen wegen so etwas. Du musst May sein.«

Sofort tauchte April neben ihrer Schwester aus ihrem Versteck hinter dem Zaun auf.

»Sehr gut«, sagte sie. »Wir haben dich nur getestet. Ich habe May meine Brille geliehen und mich dann versteckt.«

May lachte. Stuart war ein wenig verärgert. »Was wolltest du überhaupt?«, fragte er.

»Dir sagen, dass ich morgen Früh nicht mit ins Museum gehen kann. Wir müssen Schuhe für die Schule einkaufen.«

»Okay.«

»Also dann tschüss.« Sie ging weg und May, die immer noch wegen ihrer Zähne jammerte, lief hinter ihr her.

Stuart sah ihnen nach und erschrak fast zu Tode, als der dritte Drilling hinter dem Zaun auftauchte.

»Hi«, sagte sie grinsend. »Ich habe mich auch versteckt. Hat dir unser Test gefallen?«

»Nicht so besonders. Aber wenigstens habe ich alles richtig gemacht.«

»Halb richtig. Die mit dem Eis war May, aber die andere war June. *Ich* bin April. Du hast einen entscheidenden Hinweis übersehen.«

»Was?«, fragte Stuart.

»June ist nicht so neugierig wie ich. Sie hat dich nicht über den mysteriösen Anruf ausgefragt, ich hätte das getan. Es ist *was* wir sagen zusätzlich zu dem, *wie* wir es sagen.«

»Oh.«

»Vielleicht, wenn du dich richtig konzentrierst, kannst du uns beim nächsten Mal alle drei auseinanderhalten.« Sie lehnte ihr Kinn auf den Zaun und lächelte zu ihm herunter. »Also, worum ging es denn bei dem Anruf?«

»Es war, äh …« Plötzlich fühlte er sich nicht danach, April davon zu erzählen. Er brauchte ein wenig mehr Zeit, um über Miss Edies Angebot nachzudenken und was es bedeuten könnte. *Reich mit einem riesengroßen goldenen R* … April würde ihm keine albernen Tests aufdrücken und ihn dann über das Ergebnis belehren, wenn er haufenweise Geld hätte. Sie wäre viel zu beschäftigt damit, darüber nachzudenken, ob er sie in seinem neuen Auto mitnehmen würde. Er stellte sich vor, wie die Drillinge in strömendem Regen zur Schule trotteten, während er in seinem Rolls-Royce mit Chauffeur vorbeizischte.

»Tut mir leid«, sagte er. »Ich habe gerade keine Zeit, dir davon zu erzählen. Das muss noch bis morgen Nachmittag warten.«

»Okay.« Sie sah enttäuscht aus. »Bis dann.«

»Bis dann.«

»Ach, warte mal Stuart. Ich hatte einen Gedankenblitz wegen des Fächers der Fantastikheit. Du weißt doch, dass wir überzeugt waren, dass er sich irgendwie zusammenfalten lassen müsste, aber wir kamen nicht darauf, wie.«

»Ja.«

»Nun, mir ist eingefallen, dass May diesen dummen Plastikfächer hatte, den sie letzten Sommer auf einem Jahrmarkt gewonnen hat. Wenn man ihn geöffnet hat, blieb er offen, bis man versucht hat, ihn noch ein bisschen weiter zu dehnen, und dann ist er plötzlich zugesprungen. Er ist nach ungefähr zwei Mal kaputtgegangen, aber ich habe eine Zeichnung gemacht, um dir zu zeigen, was ich meine.« Sie reichte ihm ein Stück Papier über den Zaun. »Ich habe mich gefragt, ob Großonkel Kennys Fächer genauso funktionieren könnte. Nur denke ich, dass man wahrscheinlich zu zweit sein müsste, um es zu versuchen; der Mechanismus könnte nach all dieser Zeit ziemlich eingerostet sein.«

»Okay, ich werde darüber nachdenken.« Stuart steckte den Zettel in die Tasche, nickte ihr ganz erwachsen zu und ging zurück ins Haus.

Er hatte eine Idee.

»Dad, willst du morgen Früh mit mir ins Museum kommen? Ich kann dir zeigen, wie einige der Tricks funktionieren und vielleicht kannst du mir bei einem Rätsel helfen, das wir noch nicht gelöst haben.«

»Eine Lösung, die lexikographische Kenntnisse und zerebrale ... Ich meine, wofür man Wortwissen und Gehirnschmalz braucht?«

Stuart sah an der großen und spindeldürren Gestalt seines Vaters hoch (und immer weiter hoch) und schüttelte den Kopf.

»Was wir dafür brauchen«, sagte er grinsend, »ist *Muskelkraft*.«

Kapitel 17

Der Fächer der Fantastikheit sah aus wie ein riesiger, ausgebreiteter Pfauenschweif. Jede seiner *Federn* bestand aus silbernem Metall, das grün und blau lackiert war.

Stuarts Vater ging bewundernd um den Fächer herum.

»Genau genommen«, sagte er, während er darüber hinweg zu Stuart schaute, »gibt es das Wort Fantastikheit nicht. Wohingegen man die Wörter Fantastik und Fantasie im Lexikon findet.«

»Ich habe gedacht, du wolltest nicht mehr so viel über Wörter philosophieren, Dad«, sagte Stuart. »Jetzt fängst du schon wieder damit an.«

Er faltete die Zeichnung auseinander, die April ihm gegeben hatte und die zeigte, wie der kleine Plastikfächer ihrer Schwester zuschnappte, wenn man ihn noch weiter dehnte.

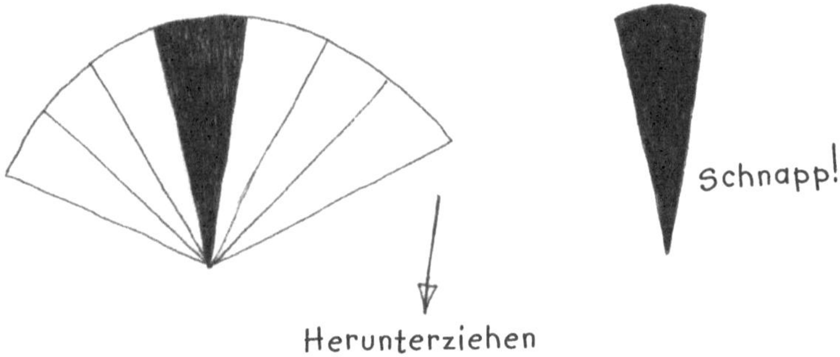

Dann sah er sich den echten Fächer der Fantastikheit an.

Jede der *Federn* war in Wirklichkeit ein sehr langes, schmales Dreieck, das mit den anderen nur an der unteren Spitze verbunden war. Der Fächer war offensichtlich so konstruiert worden, dass er sich in sich zusammenfalten konnte. Und man konnte sehen, dass dann alle Dreiecke hintereinandergleiten würden und das mittlere Dreieck ganz vorne wäre. Und er konnte auch erkennen, dass das Dreieck ganz rechts eine Art Hebel an der Seite hatte. Perfekt, um einen Fuß darauf zu stellen und ihn hinunterzudrücken …

Stuart unternahm einen Versuch und fühlte, wie der Hebel leicht nachgab. »Dad«, sagte er. »Kannst du mal herkommen? Ich brauche hier etwas Muskelkraft.« Sein Vater kam herbeigelaufen.

»Stell bitte deinen Fuß auf diesen Hebel, neben meinen, und wenn ich bis drei gezählt habe, dann drückst du ihn ganz fest runter. Als ob man versuchen würde, den Fächer noch weiter auseinander zu ziehen.«

»Wenn du positiv gestimmt bist, dass ich nicht zu dessen Destruktion beitragen werde.«

»Du benutzt schon wieder Fremdwörter, Dad.«

»Tut mir leid. Ich werde ihn doch nicht beschädigen, oder?«

»Ich denke nicht. Los: eins, zwei, *drei!*«

Ein rostiges Quietschen war zu hören, gefolgt vom *Boing!* einer riesigen Feder, und plötzlich flog Stuart in hohem Bogen durch die Luft. Er hatte das komische Gefühl, dass er mitten durch den Fächer flog, bevor er am anderen Ende des Raums mit einem dumpfen Knall auf dem Boden landete.

»Du hast doch keine schlimme Kontusion erlitten?«, rief sein Vater besorgt und lief hinüber, wo Stuart lag.

»Nein … ich glaube nicht.« Er setzte sich auf und fühlte sich tatsächlich etwas zerschürft und verdellt. Er hatte im Flug einen seiner Schuhe verloren.

»Dies ist zweifellos ein außergewöhnlich leistungsstarker Mechanismus«, sagte sein Vater, während er ihm auf die Beine half. »Man hätte denken können, jemand hätte dich aus einer Kanone geschossen.« Sie sahen beide zum Fächer der Fantastikheit hinüber. Er hatte sich wie ein Schweizer Taschenmesser zusammengeklappt. Von ihrem Standpunkt aus war nur noch das Dreieck in der Mitte sichtbar, die anderen Segmente waren dahinter zusammengefaltet.

»Von mehreren zu einem einzelnen«, bemerkte sein Vater. »Sehr in Einklang mit meinem fortwährenden Versuch, von einer mehrsilbigen zu einer eher einsilbigen Sprache zu wechseln.«

Stuart humpelte durch den Raum, um seinen Schuh zu holen. Hier und da war Kleingeld verstreut, das aus seinen Hosentaschen gefallen war, und als er herumkroch, um alles einzusammeln, fand er auch noch die Reste einer Packung Minzbonbons, die er schon vergessen hatte.

»Meine Güte«, sagte sein Vater, der gerade in den Mechanismus des Fächers spähte. »Direkt hinter diesem mittleren Segment befindet sich eine bemerkenswerte Lücke. Ich glaube, du bist während deines Flugs hier hindurchgesegelt. Sie ist wirklich groß genug, dass sich ein Individuum hier hinein interpolieren könnte – in der Tat würde man jemanden, der kleiner ist als ich, vom Zuschauerraum aus nicht mehr entdecken können.«

Stuart sah nach oben und musste lachen, als er sah, dass der Kopf seines Vaters über dem Dreieck herausragte.

»So haben sie das wohl damals gemacht«, sagte Stuart. »Großonkel Kennys Assistentin ist in dem Moment, als das ganze Ding zusammengeklappt ist, in die Lücke gesprungen. Und jeder hat gedacht, dass sie verschwunden ist.«

»Und hier gibt es auch noch ein Artefakt«, bemerkte sein Vater, der in die Hocke gegangen war.

»Ein was?«

»Ein von Menschen gemachtes Objekt. Man könnte es einen Stern nennen, abgesehen von der Tatsache, dass es nur vier Extrusionen hat.«

Stuarts Hand fuhr in seine Hosentasche. Der magische Stern war darin gewesen. Er musste herausgefallen sein, als er durch die Luft geschossen war.

»Und hier in der Lücke, wo ich gestanden habe, liegt ein eigentümliches Quartett von Sulci«, fuhr sein Vater fort. »Tatsächlich sieht es ganz so aus als wäre das stellare Objekt perfekt kongruent mit ...«

Stuart durchfuhr eine furchtbare Erkenntnis und obwohl er keine Ahnung hatte, was *Sulci* oder *stellar* oder *kongruent* bedeutete, so *wusste* er doch irgendwie, dass sein Vater gerade dabei war, den vierzackigen magischen Stern in die passende Mulde, die er im Fächer der Fantastikheit entdeckt hatte, zu setzen. Er stürzte quer durch den Raum, die Arme weit ausgebreitet, und schrie: »TU DAS NICHT, DAD! NICHT DEN STERN DA REINSETZEN!« Er schaffte es gerade noch, den Ärmel seines Vaters mit einer Hand zu packen, als es eine lautlose Explosion gab und er sich nicht länger im Museum befand, sondern in einem weißen, fensterlosen Raum. Er stand auf einem blau-violetten Teppich und blickte auf das Gemälde eines Vulkans.

»Noch mehr Magie«, flüsterte er.

Er sah sich um. Sein Vater war nirgends zu sehen. Der Raum war sehr groß; er sah aus, als befände er sich in einem herrschaftlichen Haus. Es gab einen mächtigen Kamin, einen Flügel in einer Ecke und drei verschiedene Türen. Der Raum war voller Sonnenlicht, die weißen Wände so hell, dass seine Augen schmerzten. Wie kann hier Sonnenlicht sein, wenn es keine Fenster gibt?, fragte er sich und sah dann nach oben. Er hörte sich selbst vor Überraschung aufschreien.

Der Raum hatte keine Decke. Über ihm erstreckte sich ein klarer, blauer Himmel. Das einzige sichtbare Objekt war ein großer, quadratischer Turm mit einem Balkon, der ganz oben ringsum lief.

»Hallo!«, rief Stuart. »Ist hier jemand? Dad? Bist du hier irgendwo?«

Es war keine Antwort zu hören.

Er ging hinüber zur nächstgelegenen Tür und öffnete sie. Sie führte in eine Betonzelle, die leer war bis auf eine Matratze auf dem Boden und einen Eimer voll schmutzigem Wasser. Auch die Zelle hatte keine Decke. Er schloss die Tür wieder und öffnete die daneben. Hinter dieser lag ein langer, sonnendurchfluteter Korridor, von dem noch mehr Türen zu beiden Seiten abgingen. Er ging den Korridor entlang und wählte willkürlich eine Tür aus. Sie führte in einen Stall, in dem ein riesiges Pferd wütend mit den Hufen stampfte. Es drehte schwungvoll den Kopf zu Stuart und starrte ihn mit wilden, geröteten Augen an. Stuart schloss schnell die Tür und probierte es mit der gegenüberliegenden. Darin befand sich ein Raum mit einem strömenden Fluss statt eines Bodens und einigen Trittsteinen im Wasser, die sich in drei Wege aufteilten, die jeweils zu einer anderen Tür führten. Die Sonne funkelte am Himmel, und der Turm war das Einzige, das einen Schatten warf.

Stuart bahnte sich einen Weg über die Trittsteine und wählte die linke Tür. Dahinter lag eine leere Wand aus Ziegelsteinen. Er ließ die Tür wieder zufallen. Dann stand er da und dachte konzentriert nach.

»Das ist ein Labyrinth«, sagte er langsam.

Und dann hörte er, wie jemand hoch über ihm seinen Namen rief.

Oder besser, die Hälfte seines Namens.

»Stu!«

Verblüfft sah er nach oben.

Hoch über ihm, auf dem Balkon des Turms, stand sein Vater.

Kapitel 18

»Hallo, Dad!« rief Stuart und winkte ihm zu. »Geht's dir gut?«

Sein Vater winkte eher zögerlich zurück. »Das ist höchst dumm«, rief er hinunter. Seine Stimme klang in der Ferne ganz schwach. »Was ist das hier und wie kam ich her?«

Stuart versuchte, einen einfachen Weg zu finden, die überwältigende und komplizierte Wahrheit zu erklären, doch dann entschied er, dass er das nicht konnte. »Du bist in einem Traum«, rief er. »Einem sehr seltsamen Traum. Kannst du hier runterkommen?«

»Da ist ein Weg mit Tür, doch das Schloss der Tür ist zu. Ich steck hier wohl fest.«

Sein Vater klang etwas verwirrt und sprach seltsam abgehackt. Stuart erkannte, dass er die Sache selbst in die Hand nehmen musste. Immerhin war dies schon sein drittes magisches Abenteuer, inzwischen sollte er doch einiges darüber gelernt haben. »Dad, kannst du erkennen, ob ich in einer Art verrücktem Labyrinth bin?«

»Ja.«

»Kannst du herausfinden, welchen Weg ich nehmen muss? Du musst von dort oben doch einen ziemlich guten Überblick haben.«

Eine Pause entstand, in der sein Vater heruntersah und seinen Kopf bewegte, als folge er einem Weg. Er umrundete einmal den Balkon hoch oben am Turm und verschwand für einige Augenblicke aus Stuarts Sichtfeld, doch dann tauchte er wieder auf und rief zu Stuart hinunter:

»Ja, das kann ich tun. Der Weg führt dich zum Turm.«

Stuart starrte zu seinem Vater hinauf. Er konnte dessen Gesicht aus dieser Entfernung nicht erkennen, aber es war klar, dass irgendetwas faul war.

»Warum sprichst du plötzlich so abgehackt und komisch?«

»Ich muss.«

»Warum musst du?«

»Ich muss halt. Es scheint, in dem Traum hier kann mein Mund nur ein Wort mit ein Mal … Dings tun.«

»Ein Mal Dings tun?«

»Ja.«

»Dein Mund kann nur … ein Wort auf einmal sagen? Du kannst nur einsilbige Wörter sagen?«

»Ja. *Ja!*«

Die Stimme seines Vaters klang frustriert, und Stuart kam in den Sinn, dass es wahrscheinlich für seinen Vater genauso schwer war, nur kurze Wörter zu benutzen, wie für Stuart, nur endlos lange zu benutzen. »Keine Sorge«, rief er beruhigend, »das ist nur ein Teil des Traums. Es wird bestimmt kein Problem sein. Du musst nur links oder rechts oder so sagen. Wo soll ich jetzt hingehen?«

Er stand immer noch auf den Trittsteinen inmitten des Raums voller Wasser, mit den drei Türen vor sich.

Sein Vater schaute suchend über den Balkon. »Geh durch die Tür!«, rief er und hielt dann kurz inne, um zu überlegen. »Die Tür, die nicht links und nicht rechts ist.«

Stuart ging los und öffnete die mittlere Tür.

Ein großes, glänzendes grünes Blatt versperrte ihm den Weg. Er schob es beiseite und stand plötzlich in einem riesigen Gewächshaus voller tropischer Pflanzen. Kletterpflanzen baumelten über seinem Kopf von Drähten und riesige, duftende Blumen blühten auf allen Seiten. Als er hinunterschaute, sah er ein Durcheinander von engen gepflasterten Pfaden, die sich durch die Vegetation schlängelten und sich immer wieder wie in einem komplizierten Netz kreuzten.

»Wohin soll ich jetzt gehen?«, rief er zu seinem Vater hinauf.

»Zu der Tür bei dem Ding.«

»Einem Ding? Was für einem Ding?«

»Das Ding aus dem das Zeug kommt, das tropft.«

»Wasser meinst du? Also muss ich einen Wasserhahn finden? Oder einen Schlauch?«

»Nein. So ein Ding steht auch im Park. Rund. Plitsch. Platsch. Man schmeißt Geld rein.«

»Ein *Brunnen?*«

»Ja.«

Stuart bewegte sich vorsichtig durch die Pflanzen. Zwischen den Blumen flatterten Schmetterlinge umher. Eine Eidechse tauchte auf, hielt kurz an einer Staude fast reifer Bananen an und zischte dann wieder davon. Irgendwo zu seiner Linken konnte Stuart das Plätschern von Wasser hören. Er duckte sich unter einem haarigen Ast hindurch, teilte eine Blätterwand und stand plötzlich neben einem steinernen Brunnen, in dem ein Wasserstrahl aus dem Maul eines steinernen Delfins schoss.

Daneben konnte er die Umrisse einer Tür erkennen, die fast vollständig mit Blüten bedeckt war.

»Hier durch?«

»Ja. Doch pass auf.«

»Warum?«

»Im Raum dort ist ein Tier. Es ist sehr groß.«

»Noch ein Pferd?«

»Nein. Es ist sehr groß und grau und liegt im Stroh.«

»Das ist nicht dein *Ernst*?«

Stuart öffnete die Tür nur einen kleinen Spalt und sah in einen quadratischen Raum aus Beton. Der Boden war mit Stroh bedeckt, und ein Elefant nahm den Großteil davon ein. Er schien zu schlafen, aber sein Bauch grummelte leise. Ab und zu bewegte er seinen Rüssel hin und her und pustete seinen warmen, nach Gras riechenden Atem durch den Raum. Stuart wagte kaum Luft zu holen, doch er schlüpfte hinein und ging auf Zehenspitzen vorwärts. Das Stroh raschelte unter seinen Füßen. Er fühlte sich so klein wie nie zuvor und unglaublich verletzlich. Der Elefant musste sich nur herumrollen, dann würde er platt gewalzt wie ein Klumpen Teig unter einem Nudelholz.

Vor ihm lagen zwei Türen aus Metall, eine links, eine rechts von ihm.

»Du musst durch die Tür, die rechts ist«, rief sein Vater.

»Das kann ich nicht«, rief Stuart gerade so laut wie er sich traute. »Da liegt ein Elefant davor.«

Der Elefant hatte sein riesiges Hinterteil im Liegen gegen die rechte Tür gepresst.

»Die Tür links führt zu nichts«, sagte sein Vater. »Doch wenn du in den Raum gehst der so grün war, dann kriegst du Obst, das gelb ist, für das Tier. Lock ihn dann mit dem Obst da weg.«

»Bananen!«

Stuart brauchte nicht lange, um die Staude wiederzufinden, wo er vorhin die Eidechse gesehen hatte. Er brach eine Hand voll Früchte ab und ging dann wieder in den nächsten Raum zurück. Als er eine der Bananen an die Spitze des Rüssels hielt, kippte der Elefant schläfrig nach vorne und öffnete ein Auge.

»Bananen!«, sagte Stuart und hielt sie etwas weiter weg. »Komm her und hol dir die leckeren Bananen!«

Als der Elefant sich ganz langsam auf die Beine hievte, warf Stuart die Bananen in die andere Ecke des Raums und lief dann blitzschnell seitlich um das schwerfällige Tier herum.

Die Tür war nun frei und er stürzte sich hindurch.

Kapitel 19

Stuart trat in einen langen Raum mit einem kühlen, grünen Marmorboden und Wänden, an denen große Gemälde hingen. Er brauchte ein paar Augenblicke, um zu realisieren, dass die einzige Tür die war, durch die er gerade gekommen war.

»Das ist eine Sackgasse, es gibt nur eine Tür«, rief er zu seinem Vater hinauf.

»Nein, das stimmt nicht. Es gibt elf.«

»Es gibt elf Türen? Wo denn?«

»Bei dem Bild, das heißt mehr als eins. Und nicht bei … oh je, das ist so schwer.«

»Du machst das gut!«, rief Stuart ermutigend. »Probier's noch einmal.«

»Mehr als ein Bild«, rief sein Vater.

»Du meinst die ganzen Gemälde?«

»Ja. Und es gibt dort mehr als nur die Tür. Nicht vor dem Bild …«

»Dahinter? Du meinst, es gibt hinter all den Gemälden hier Türen? Oder meinst du, die Gemälde *sind* die Türen?« Er ging zu dem Bild, das am nächsten zu ihm hing. Es zeigte das kitschige Porträt eines Mädchens, das eine Schachtel Pralinen in der Hand hielt. Er rüttelte am rechten Rand des Rahmens, und sogleich schwang dieser auf, wie eine Tür. Dahinter lag eine Wand mit einem Loch, das groß genug war, um durchklettern zu können. Auf der anderen Seite lag ein Süßigkeitenladen, und zwar ein richtig toller, dessen Regale voll mit Gläsern waren, die Vitrinen voller Pralinen und Kaugummi und Karamellbonbons und Marshmallows und Lakritz und Kaubonbons und Brause und Lollys …

»Ist das der richtige Ausgang?«, fragte Stuart hoffnungsvoll.

»Nein.«

»Oh.« Enttäuscht ließ Stuart das Gemälde wieder zufallen. »Durch welches soll ich dann gehen?«

»Durch das, auf dem ein … ein …«

»Ich kann genauso gut alle ausprobieren«, sagte Stuart.

»Nein, tu das nicht!«

»Das geht genauso schnell.«

Er zog am Rahmen des nächsten Gemäldes in der Reihe, einer Meereslandschaft mit einem riesigen Tintenfisch, der seinen Kopf über die unwahrscheinlich großen Wellen streckte. Das Bild schwang auf, als hinge es an einer Sprungfeder. Ein reißender Strom eiskalten Wassers sprudelte aus dem Loch, und Stuart, der sofort komplett durchnässt war und vor Kälte nach Luft schnappte, hatte Mühe, die Tür wieder zu schließen. Eine Qualle rutschte durch das Loch, gefolgt von einem langen, orangen, mit Saugnäpfen besetzten Tentakel.

»RAUS!«, rief Stuart und brauchte all seine Kraft, um das Bild gegen den Eindringling zu knallen. Der Tentakel zog sich zurück, die Tür schloss sich und ein Strahl Wasser, das grün vor lauter Algen war, sickerte den Boden des Flurs entlang und hinterließ eine dünne Schicht Sand.

»Okay«, sagte Stuart, dessen Zähne vor Schreck klapperten, »vielleicht doch keine so tolle Idee.«

»Geht es dir gut?«, rief sein Vater.

»Ja, geht schon.«

Plötzlich erinnerte er sich daran, wie er seiner Mutter versichert hatte, dass er und sein Dad schon zurecht kommen würden, während sie weg war, und er sah sich das nächste Gemälde an – eine arktische Landschaft mit einem Eisbären, der die Zähne fletschte – und entschied sich, es gut sein zu lassen.

»Das Bild, das du suchst«, rief sein Vater langsam und formulierte seine Worte bedächtig, »zeigt nen Raum im Dach von dem Haus. Ein Raum im Dach wo Zeug liegt, das man nicht mehr braucht.«

»Ein Dachboden«, sagte Stuart.

Er lief den Flur entlang und entdeckte schon bald das Gemälde, das er gesucht hatte. Es zeigte einen schummrig beleuchteten Raum, in dem Taschen und Kisten hoch aufgetürmt waren. In der Ecke stand ein altes Schaukelpferd. Er zog am Rahmen, und das Gemälde öffnete sich schwungvoll. Dahinter lag ein ähnlicher Raum, aber einer, der so mit Dingen vollgestopft war, dass es sogar schwer war zu erkennen, wo er hineinklettern konnte.

Schließlich quetschte er sich in eine schmale Lücke zwischen einem großen Schrankkoffer, einem Puppenhaus und einem Stapel Hutschachteln. Er begann, sich einen Weg um die Dinge herum zu bahnen und musste von dem Staub, den er aufwirbelte, husten.

»Ich kann überhaupt nichts sehen«, rief er. »Hier liegt zu viel Schrott herum. Wo ist die nächste Tür?«

»Geh nach rechts«, rief sein Vater. »Zu dem Schrank aus Holz. Halb an der Wand hoch.«

Als Stuart sie schließlich entdeckte, sah er, dass es eher eine Luke als eine Tür war. Sie sah jedoch groß genug aus, um hineinklettern zu können. Er zog am Griff.

»Sie ist verschlossen!«, rief er zu seinem Vater hoch.

»Oh.«

»Es steht etwas drauf«, rief Stuart und wischte ein Spinnennetz beiseite, das die Tür teilweise verdeckte. Dann stöhnte er. »Da steht: *Der Schlüssel ist in diesem Raum versteckt.*« Er sah sich verzweifelt um.

Direkt neben ihm stand ein Pappkarton und er hob die Laschen, um sich das Durcheinander im Inneren ansehen zu können: ein paar alte Glühbirnen, seltsame Werkzeuge, Nägel, verworrene Fäden, ein loses Kartenspiel, eine Uhr, ein Paket Vorhangringe. Er würde schon zwanzig Minuten brauchen, allein um sich das hier anzusehen, und in dem Raum waren noch vierzig oder fünfzig andere Kisten, Koffer, Müllsäcke und Möbelstücke. Es gab Millionen von Plätzen, wo der Schlüssel versteckt sein konnte.

Er drehte sich noch einmal um und rüttelte am Griff der kleinen Tür, nur für den Fall, dass er sie mit

Gewalt aufzwängen konnte, aber als er die Hand nach dem Griff ausstreckte, fiel der Rest des Spinnennetzes herunter.

»Da steht ja noch mehr«, rief Stuart und runzelte die Stirn, während er versuchte, die seltsame Anordnung von Wörtern vor sich zu entziffern. »Aber ich habe keine Ahnung, was das bedeutet. Und du kannst nichts sagen, was mehr als eine Silbe hat, also kannst du es mir nicht mal erklären.«

»Mal sehn«, antwortete sein Vater. »Lies vor.«

»Okay. Da steht: *Clavis in capsula caerulea casae puparum est.* Ist das Latein, Dad? Steht da, wo der Schlüssel ist?«

Sein Vater lachte.

»Was?«, fragte Stuart.

»Du hast recht, das ist es, ganz so wie ich es mag. Da steht, er ist in der Box, die blau ist, auf dem Haus aus Holz.«

»Wirklich?« Stuart überschlug sich fast, als er zum Puppenhaus stürzte. Die blaue Box klimperte, als er sie hochhob, und tatsächlich lag darin ein altertümlicher Schlüssel.

»Und nach dem Raum ist es dann gut«, rief sein Vater triumphierend.

Stuart drehte den Schlüssel, öffnete die Luke und schaute hindurch. Alles war grau: ein langer, sehr schmaler Raum, wie ein Flur, mit grauen Wänden, einem glatten grauen Boden – und einer grauen Decke, die aus sich bauschendem Stoff bestand, der in der Luft flatterte.

»Das ist sehr dumm«, rief sein Vater. Seine Stimmte war vom Stoff gedämpft.

»Ich weiß«, antwortete Stuart. »Der Raum hat eine *Decke.*« Am hinteren Ende des Raums war eine weitere Tür und er konnte sehen, dass sie ganz oben mit einem schweren Bolzen verriegelt war. Er fragte sich, ob er den Bolzen überhaupt erreichen konnte … Andererseits konnte er ja jederzeit in den Dachboden-Raum zurückkehren, um eine Kiste zu holen, auf die er sich stellen konnte.

Stuart zwängte sich durch die Luke und fiel auf den Boden. Das Material fühlte sich wie Gummi an und federte leicht. Er ging los in Richtung Tür, aber er war erst ein paar Schritte gegangen, da fing der gesamte Boden an, sich *rückwärts* zu bewegen, ganz gleichmäßig, wie ein Fließband. Stuart ging schneller, doch der Boden bewegte sich ebenfalls schneller. Er fing an zu laufen und wieder hielt der Boden die Geschwindigkeit und sorgte dafür, dass Stuart immer am selben Ort stehenblieb, als befände er sich auf einem riesigen Laufband. Frustriert wurde Stuart langsamer und blieb dann stehen. Der Boden hielt ebenfalls an. Er befand sich nicht näher an der Tür als am Anfang.

»Ich komme nicht hin!«, rief er. »Der Boden lässt mich nicht.«

Sein Vater antwortete etwas, aber es war schwer, ihn durch die Stoffdecke hindurch zu verstehen.

»Was?«, fragte Stuart.

»Seil.«

»*Was?*«

»Da ist ein Seil. Auf dem Stoff.«

»Ich verstehe nicht was du meinst. Schrei lauter.«

»ZIEH DEN STOFF WEG.«

Stuart ging zurück, kletterte wieder in die Luke hinein und streckte sich nach oben. So konnte er sich den Stoff gerade so mit seinen Fingern angeln.

»RUNTERZIEHEN?«, fragte er.

»JA!«

Stuart zog mit einem Ruck. Der gesamte Stoffhimmel riss sich sanft los und fiel in eleganten Falten zu Boden. Darüber befand sich tatsächlich ein dickes Seil, das den Raum von einer Seite zur anderen überspannte. Vor Überraschung holte Stuart geräuschvoll Luft und sah dann nach oben wo sein Vater stand, jetzt praktisch direkt über ihm.

»Hast du gesagt, dass im Inneren des Turms Treppen hinunterführen?«, rief er.

»Ja.«

»Dann sehen wir uns gleich unten, Dad.«

Er griff nach dem Seil und begann, sich daran entlang zu hangeln; dass er gut im Klettern war, war einer der wenigen Vorteile davon, klein und leicht zu sein. Er brauchte nur eine halbe Minute, bis er an der Tür am anderen Ende angelangt war, und nun machte es auch Sinn, dass der Bolzen so weit oben angebracht war. Er konnte ihn von *oben* mit einer Hand erreichen. Er entriegelte ihn und in der Mitte der grauen Tür erschien plötzlich ein violettes *M*.

Stuart gab der Tür einen Tritt. Sie öffnete sich nach innen, aber nur ein paar Zentimeter weit. Er gab ihr noch einen etwas härteren Tritt; sie schlug auf und traf irgend etwas, das sich wie der Kopf von jemandem anhörte.

Er hörte ein Stöhnen und einen unheilvollen Knall.

»Dad?«, rief Stuart entsetzt. »Bist du okay?«

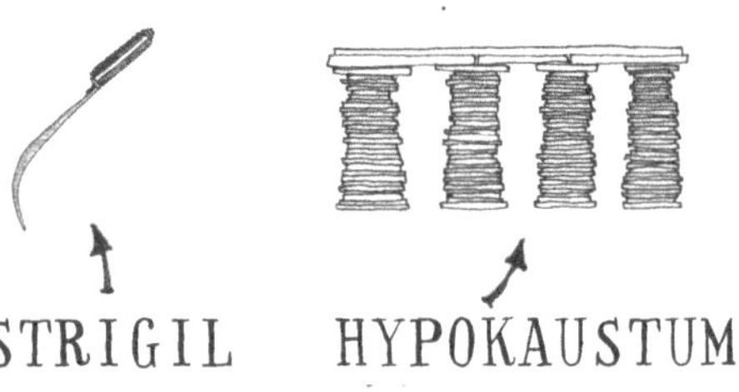

Kapitel 20

»Mister Horten?«, fragte eine weitere Stimme. »Geht es Ihnen gut?«

Stuart sah sich verwirrt um und erkannte, dass er im Bruchteil einer Sekunde wieder im Museum gelandet war und dass April ihm besorgt über die Schulter blickte.

Er drehte sich wieder zu seinem Vater, der neben dem Fächer der Fantastikheit auf dem Boden lag. Seine Augen waren geöffnet, aber auf seiner Stirn prangte ein roter Fleck.

»Geht es dir gut?«, fragte Stuart und kniete sich neben ihm hin.

»Das war so krass«, sagte sein Vater. »So krass …«

Stuart fühlte sich, als würde eine kalte Hand nach seinem Herz greifen. Hatte sich die Sprache seines Vaters für immer verändert? »Was war krass, Dad?«, fragte er heiser.

»Ich habe halluziniert, dass ich mich in der Position befände, einzig in einsilbiger Kommunikation zu verkehren, was selbstverständlich eine erkleckliche Vereitelung meines Bestrebens nach sich zog, dir Informationen zur Kenntnis zu bringen. Wie auch immer … da ich offenbar eine frontale kraniale Kontusion erlitten habe, hatte ich mutmaßlich die Erfahrung einer Reihe hypnagogischer Bilder, die nun aber nachhaltig dissipiert sind.«

Die kalte Hand zog sich wieder von Stuarts Herz zurück; sein Vater war offensichtlich wieder auf dem Damm.

»Du hast Recht«, sagte Stuart. »Du hast einen ganz schönen Schlag abbekommen, als der Fächer sich geschlossen hat.«

»Der Fächer der Fantastikheit?«, fragte sein Vater, der langsam wieder aufstand.

»Du hast mir schon erklärt, dass *Fantastikheit* kein echtes Wort ist. Wir sollten ihn Fächer der Fantastik nennen.«

»Aber ich dachte, du wünschtest dir von mir, eine etwas eingeschränktere Wortwahl an den Tag zu legen?«

»Kürzere Wörter meinst du?«

»Ja.«

»Nein«, sagte Stuart bestimmt. »Definitiv nicht. Ich will, dass du bei deinem üblichen verrückten langen Wortsalat bleibst, von dem ich nichts verstehe.«

April hatte die Unterhaltung mit verdutztem Blick verfolgt. »Was war denn eigentlich los?«, fragte sie.

Stuart nahm den magischen Stern aus seiner Vertiefung und winkte sie zu sich in eine Ecke.

»Dad hat den Stern benutzt«, flüsterte er und hielt ihn hoch, sodass sie sehen konnte, dass nun nur noch drei Zacken übrig waren.

»*Was?*«

»Aus Versehen. Und ich habe ihn gerade noch festhalten können und konnte deshalb mitkommen. Tut mir leid, das war keine Absicht. Es ist passiert, als wir versucht haben, den Fächer zu schließen. Und du hattest recht damit, wie er funktioniert.«

Er konnte sehen, wie sie gegen ihre Enttäuschung ankämpfte.

»Und was war das für ein Abenteuer?«, fragte sie ein wenig mürrisch.

Er dachte einen Augenblick nach. Es war schwer, es mit der Art von Wörtern zu beschreiben, die er sonst benutzte. »Eigentümlich, unvorhersehbar, frustrierend, außergewöhnlich«, sagte er.

»Du klingst wie dein Dad«, bemerkte April und schaffte es, ein wenig zu lächeln.

Die Tür öffnete sich mit einem Knall und Rod Felton kam mit schnellen Schritten herein.

»Famose Neuigkeiten«, posaunte er wie üblich in seiner überschwänglichen Art. »Das Fernsehen ist interessiert. *Midlands am Mittag* will einen Live-Bericht zu unserer besonderen magischen Ausstellung machen und sie schicken morgen Vormittag ein Kamerateam vorbei. Könnt ihr um Punkt neun hier sein?«, fragte er und blickte von Stuart zu April.

Sie nickten und sahen sich dann an.

»Wir werden berühmt!«, flüsterte April und grinste vor Aufregung. »Das muss ich May und June erzählen«, fügte sie hinzu. »Sie können auch mitkommen und für den *Beech Road Guardian* darüber berichten.«

»Und könnten Sie auch kommen?«, fragte der Kurator Stuarts Vater. »Es ist so, dass ich eine ziemlich brillante Idee hatte, wie man vorab auch schon einmal Interesse für die Ausstellung *Das römische Beeton* schüren könnte. Und ich brauche jemanden, der ein *Strigil* von einem *Hypokaustum* unterscheiden kann.« Er lachte, als hätte er gerade einen Witz erzählt, und Stuarts Vater lachte, als hätte er gerade einen gehört.

»Ich würde mich außerordentlich geehrt fühlen, eine solche Rolle zu übernehmen«, sagte Stuarts Vater und Rod Felton ging fröhlich federnden Schrittes aus dem Raum.

»Übrigens«, sagte April, »habe ich auch noch eine Einladung. Meine Mum fragt, ob ihr beiden heute Abend zum Grillen zu uns kommen wollt? Dad macht Steaks.«

Während Aprils Vater den Garten einräucherte und May und June Gemüse für den Krautsalat schnippelten, zog April Stuart in eine Ecke neben dem Gartenhäuschen und zwang ihn, ihr jedes Detail über das erstaunliche Labyrinth zu erzählen.

»Also haben wir bis jetzt die Buchstaben *W*, *O* und *M*«, sagte sie und kaute einen Moment lang auf ihrer Lippe. »Und was ist mit dem mysteriösen Anruf? Du hast mir davon auch noch nichts erzählt.«

»Ach ja, stimmt …« Stuart zögerte. Beim Gedanken an die seltsame aber auch verlockende Unterhaltung war ihm unwohl zumute. »Er kam von einer sehr alten kanadischen Dame namens Miss Edie, die Großonkel Kennys Tricks kaufen will.«

»Warum?«

»Na ja, das ist das Komische daran. Sie sagt, sie hat es ihrer Großmutter versprochen und dass ihre Großmutter ihr erzählt hat, dass Großonkel Kenny ein Testament in einem seiner Tricks versteckt hat, das alles der Person hinterlässt, die es findet, und ...«

»Warte mal«, unterbrach April ihn und flatterte mit den Händen. »Du hast gesagt, dass Miss Edie richtig alt ist.«

»Ja.«

»Und wann ist dann ihre Großmutter gestorben?«

»Vor fünfundachtzig Jahren.«

»Das war also, bevor Großonkel Kenny überhaupt auf der *Welt* war?«

»Ja.«

Es war lange still.

»Hat sie ein bisschen verrückt gewirkt?«, fragte April zögerlich.

»Nicht besonders.«

»Okay, ignorieren wir die Sache mit der Großmutter mal für einen Moment, das ist einfach zu seltsam. Dieses versteckte Testament hingegen ... das ist vermutlich das, wohin uns die ganzen Buchstaben-Hinweise führen werden. Es hieß doch: *Werden sie dich zu meinem T führen* – in der Nachricht, oder? Und ich wette, Miss Edie will, dass du es findest, weil du dann *beweisen* könntest, dass die Tricks dir gehören und dann könntest du sie an sie verkaufen. Aber das würdest du doch nicht tun, oder?«

»Würde ich was nicht tun?«, fragte Stuart, der immer noch platt war (so wie immer), wie schnell und clever April war.

Sie sprach weiter, mit ihrer selbstsicheren Stimme. »Du würdest das fantastische Vermächtnis deines Großonkels nicht verkaufen. Du hast so unglaublich hart gearbeitet, um es zu finden! Da würdest du es nicht irgendeiner Frau geben, die du noch nie getroffen hast, nur weil sie dir ein bisschen Geld dafür geboten hat, oder?«

Stuart antwortete nicht. In seinem Kopf konnte er noch immer Miss Edies brüchige, hartnäckige Stimme hören: »Reich zu sein bedeutet, dass du alles kriegen kannst, was du willst. Was willst du, Stuart?«

Drüben am Grill legte Mister Kingley mit einer Gabel die Steaks auf Teller, während Stuarts Vater einen Tisch und Stühle aufstellte. May (oder June) schleppte eine Salatschüssel aus dem Haus und June (oder May) fing an, Getränke einzuschenken.

»Essen ist fertig!«, rief Mister Kingley.

Stuart stand auf, sein Magen knurrte schon.

»Ich habe gerade an etwas echt Lustiges gedacht«, sagte April, die ihm in den Garten folgte. »Was, wenn *ich* das Testament finden würden? Dann würden die Tricks *mir* gehören!«

Grinsend machte sie sich daran, sich hinzusetzen, aber Stuart blieb stehen und *er* grinste überhaupt nicht. Obwohl ein Teil von ihm wusste, dass April nur Witze machte, brodelte ein anderer Teil vor Panik und Eifersucht.

Sie gehören mir, dachte er, nicht April. Ich darf sie behalten. Und verkaufen.

Kapitel 21

Als Rod Felton gesagt hatte, dass ein Kamerateam von *Midlands am Mittag* zum Museum kommen würde, um über die Ausstellung zu berichten, hatte Stuart folgendes erwartet:

a) einen Kameramann

und, möglicherweise:

b) einen Tontechniker

Was er nicht erwartet hatte, waren:

c) ein Assistent des Kameramanns
d) ein Assistent des Tontechnikers
e) ein Mann mit einem Werkzeugkoffer und dreihundert Metern Kabel

f) ein Assistent des Manns mit dem Werkzeugkoffer und den dreihundert Metern Kabel

g) ein Assistent des Assistenten des Manns mit dem Werkzeugkoffer und den dreihundert Metern Kabel

h) eine Frau mit einem Clipboard und einer Stoppuhr

i) ein Mann mit Kopfhörern und Bart

j) ein weiterer Mann, der sich als Produzent vorgestellt hatte und seitdem herumstand und gar nichts tat.

k) ein Junge, der jedem Kaffee gebracht hatte und seit dem herumstand und gar nichts tat

l) eine Frau, die sich als Regisseurin vorgestellt hatte und seitdem ungeduldig herumlief und nichts tat, aber Dinge sagte wie »Mir gefällt das Licht hier drinnen nicht« und »Wie soll ich das denn bitte ins Bild kriegen?«, und das alles mit einer Stimme, die klang, als sei gerade eine schlimme Tragödie geschehen

und schließlich

m) ein kleiner Hund

Eine Stunde lang standen Stuart und April in einer Ecke und sahen zu, wie der Produzent und die Regisseurin ziellos durch den Raum liefen und auf Dinge zeigten. Sie sahen zu, wie der Assistent des Kameramanns sechs Mal eine riesige Lampe umstellte, bevor er sie durch eine kleinere Lampe ersetzte. Sie sahen zu, wie der Hund jedes einzelne Objekt im Raum untersuchte, bevor er sich in einem Fleckchen Sonne niederließ und einschlief.

»Was stimmt mit diesen Leuten nicht?«, murmelte April. »Sie sind so *langsam.* Warum können sie sich nicht *entscheiden?*«

»Hey, ihr da!«, rief der Produzent, der endlich zu ihnen herübergeschlendert kam. »Wir warten nur noch, bis unsere Moderatorin da ist. Wenn sie kommt, dann stellen wir sie für das Interview vor eins dieser Trick-Dinger. Vielleicht kann sie sich auf den großen Sessel mit den vielen Blumen setzen.«

»Er heißt eigentlich der Rosen-Thron«, sagte April.

»Ach, tatsächlich?«, fragte der Produzent, doch er klang nicht sonderlich interessiert. »Oder vielleicht nehmen wir auch das Wunschbrunnen-Dings. Sie könnte eine Münze reinwerfen. Oder vielleicht auch das rote Schrankteil mit den Schwertern.«

»Sie meinen die Kammer des Bluts«, sagte April. »Die haben alle Namen, wissen Sie. Und da ich sehe, dass Sie sich noch nicht entschieden haben, darf ich vorschlagen, dass Sie den Fächer der Fantastikheit als Hintergrund benutzen? Er ist wirklich schön wenn er offen ist und wir haben auch schon herausgefunden, wie man ihn schließen kann. Wollen Sie, dass wir es Ihnen zeigen?«

»Nein, ist schon gut«, sagte der Produzent.

»Ist gar kein Problem. Und es würde sicher richtig gut aussehen. Und der Spiegelbogen ist auch ganz schön beeindruckend. Vielleicht könnten Sie mit einem Bild davon anfangen und dann könnte sich einer von uns im Kabinett des Pharaos verstecken und ...«

Der Produzent sah langsam ein wenig genervt aus, denn Aprils Fluss an Vorschlägen wollte einfach nicht enden. Stuart wollte ihr gerade einen Stoß geben, damit sie aufhörte, als die Tür aufging und noch eine weitere Person den Raum betrat.

Diesmal war es eine große Frau mit glänzenden, kastanienbraunen Haaren. Sie steckte in einem cremefarbenen Anzug und trug Schuhe mit so hohen Absätzen, dass sie praktisch auf Zehenspitzen ging.

»Ich habe vielleicht eine Fahrt hinter mir!«, rief sie. »Ich wusste gar nicht, dass diese Stadt überhaupt existiert. Die liegt ja am Arsch der Welt!«

Der Produzent eilte zu ihr, gefolgt von dem Jungen, der Kaffee holte. Wild gestikulierten sie in Richtung Stuart und April und flüsterten aufgeregt. Dann kam die Frau zu ihnen herüber und ihre Absätze klackerten auf dem Holzboden.

»Hallo!«, sagte sie und schaute auf Stuart hinunter. »Ich bin Rowena Allsopp.« An der Art, wie sie es sagte, war zu erkennen, dass sie von Stuart erwartete, dass er wusste, wer sie war. Er warf April einen Blick zu.

»Berühmte TV-Moderatorin aus den Midlands«, murmelte April fast unmerklich.

»Hallo«, sagte Stuart. »Sie sind eine berühmte TV-Moderatorin aus den Midlands, nicht wahr?«

»Das ist richtig! Und du bist der Junge, der die magischen Tricks des Komischen Konny gefunden hat, nicht wahr?«

»Wir beide haben das«, korrigierte April sie schnell. »Und er hieß nicht Komischer Konny, sondern Klitze-Kleiner Kenny Horten.«

»Und wie alt bist du?«, fragte Rowena, die April keines Blickes würdigte. »Acht?«

»Zehn.«

»Oh.« Rowena klang ein wenig enttäuscht.

»Ich bin auch zehn«, sagte April.

»Okay.« Rowena nickte und ignorierte sie vollständig. »Ich werde mich kurz mit meinem Produzenten unterhalten.«

Sie klackerte davon, dann drangen Fetzen der Unterhaltung zu ihnen: »... verstehe, was du über das Mädchen gesagt hast ... interessanter, wenn es nur um den kleinen Knirps geht ... wir müssen ja sein Alter nicht erwähnen ...« und dann, etwas leiser: »Ich kann rechthaberische Kinder nicht ausstehen ...«

Stuart wagte es nicht, April anzusehen, aber aus dem Augenwinkel konnte er erkennen, wie sie rot anlief. »Ich wollte nur helfen«, sagte sie schnippisch. »Ich dachte, sie sollten wenigstens bei den Tatsachen bleiben.«

Um sie herum wurde es langsam hektisch. Rod Felton tauchte auf und strahlte jeden an. May und June Kingley schlichen sich herein, May mit ihrer Kamera in der Hand, June mit Notizbuch. Stecker wurden eingesteckt, Lichter gingen an, das Mikrofon wurde herumgewedelt, der Hund wurde vom Fächer der Fantastikheit vertrieben, wo er interessiert herumgeschnüffelt hatte, der Produzent rief »Wir gehen in drei Minuten live« und Stuart fand sich vor dem Wunschbrunnen wieder, mit Rowena neben sich. Er fühlte sich halb stolz, halb verlegen und grinste nervös in Richtung

April, die alles aus einer Ecke heraus beobachtete. Sie gab ihm ein wenig überzeugendes Daumen-hoch-Zeichen zurück.

»Der Countdown läuft«, sagte der Mann mit dem Bart. An der Kamera blinkte seitlich ein rotes Licht. »Wir gehen in zehn Sekunden live. Neun, acht, sieben, sechs, fünf, vier ...« Er hielt drei Finger in die Höhe, dann zwei, dann einen und zeigte dann theatralisch auf Rowena.

»So unglaublich es auch scheint«, sagte diese und blickte in die Kamera, »so hat sich die kleine Stadt Beeton, die bis vor Kurzem noch für nichts Interessantes bekannt war, nun als Versteck einer fantastischen Magierwerkstatt herausgestellt. Der Magier hieß Komisch-Kurioser Konny Norten und es war in der Tat sein eigener Enkel, der die dramatische Entdeckung gemacht hat, während er bei einem Talentwettbewerb im Stadtpark von Beeton zugesehen hat. Um uns von seiner unglaublichen Geschichte zu erzählen ist der kleine Stuart Norten heute hier bei uns, der sich vom Museum hassenden Vandalen zum Kurator dieser Ausstellung gewandelt hat.«

Die Kamera neigte sich ein ganzes Stück nach unten, als wolle sie einen Käfer filmen, der auf dem Boden herumkroch. Stuart sah zu ihr hinauf, nicht mehr nur halb verlegen, sondern vollkommen, komplett und durch und durch peinlich berührt.

»Ich war kein Museum hassender Vandale«, sagte er. »Es war ein Unfall.«

»Nun, Stuart, was ist passiert, als du die Werkstatt gefunden hast?«, fragte Rowena, die mit ihm wie mit einem Kleinkind sprach.

»Na ja, ich und meine Freundin April haben eine Anschlagtafel am Fuß des Konzertpavillons gesehen und bemerkt, dass sie ein bisschen locker war, und als wir dahinter geschaut haben, haben wir einen riesigen Raum unter dem Pavillon entdeckt ...«

Während Stuart die nicht-magische Version der Geschichte erzählte, nickte Rowena die ganze Zeit. Aber er hatte das Gefühl, als hörte sie nicht wirklich zu.

Er bekam Nackenschmerzen davon, die ganze Zeit zu ihr hochzuschauen, also senkte er seinen Blick und sah, wie der kleine Hund um den Fächer der Fantastikheit herum schwänzelte.

»Und dann«, fuhr er fort, »habe ich an einem Rad gedreht, von dem ich dachte, dass es eine Tür öffnen würde, aber stattdessen senkte sich die komplette Bühne des Konzertpavillons langsam ab, und plötz...«

Der Mann mit dem Bart und den Kopfhörern begann, auf seine Uhr zu zeigen und Rowena Zeichen zu geben.

»Wow!«, sagte Rowena und unterbrach Stuart mitten im Wort. »Das ist ja unglaublich. Lassen Sie uns nun mit dem Chefkurator des Museums, Rod Felton, sprechen.« Sie ging an Stuart vorbei zu Rod Felton, den man vor den geöffneten Fächer der Fantastikheit gestellt hatte.

»Nun, Rod, erzählen Sie mir von der Auswirkung, die diese fabelhaften Gegenstände auf Ihr Museum haben.«

»Nun, Rowena«, sagte Rod, »es ist sicherlich eine aufregende Entdeckung, eine, die unser Sommerprogramm schön im Fluss halten wird. Aber vielleicht sollten wir einen Besucher dazu befragen. Oh, schauen Sie mal!«, sagte er mit offensichtlich gespielter Überraschung. »Da ist jemand, mit dem Sie sprechen können!« Er gestikulierte recht hölzern nach links, gerade als Stuarts Vater seitlich um den Fächer herumgeschlendert kam.

»Oh nein«, murmelte Stuart, der beim Gedanken an seinen Vater im Fernsehen am liebsten im Erdboden versunken wäre.

Rowena warf ihrem Produzenten einen verwirrten Blick zu, doch sie schaffte es, ein professionelles Lächeln aufzusetzen. »Guten Morgen, Sir«, sagte sie. »Können Sie uns erzählen, was Sie von dieser Ausstellung halten?«

»Ich würde sie als außergewöhnlich sowohl in ihrer Serendipität als auch in ihrer Recherche klassifizieren«, antwortete Stuarts Vater.

Rowenas Lächeln verrutschte etwas. »Ich glaube, was unsere Zuschauer wissen wollen ist, ob sie Ihnen gefallen hat oder nicht.«

»Ein manifestes Zustimmen zum Ersteren. Dennoch sehe ich auch passioniert der kommenden Gelegenheit entgegen, unsere Konurbation im prä-angelsächsischen Kontext zu betrachten.«

Rowena starrte ihn mit offenem Mund an. »Was?«, fragte sie.

»Aha!«, sagte Rod Felton und trat vor. »Sie müssen die Ausstellung *Das römisches Beeton* meinen, die hier im Stadtmuseum in zehn Tagen eröffnet wird: dienstags bis sonntags von 10 bis 18 Uhr, außer mittwochs, wo wir schon um 15 Uhr schließen. Randvoll mit interessanten Dingen für Experten und Laien. Wir sehen uns dort!« Er lächelte, winkte in die Kamera und stellte einen Fuß betont lässig auf den Rand des Fächers der Fantastikheit.

Es gab ein lautes *Doinnggg*, der Fächer klappte zu, Rod Felton segelte quer durch die Luft und brachte Rowena Allsopp zu Fall.

May Kingleys Kamera blitzte.

»CUT!«, rief der Produzent. »CUT! CUT! CUT! ZURÜCK INS STUDIO! Alles in Ordnung, Rowena? Geht es dir gut?«, fragte er schließlich und rannte auf sie zu.

»Nein, tut es nicht!«, kreischte Rowena, die Mühe hatte, wieder auf die Beine zu kommen und sich den Staub von den Klamotten zu klopfen. »In meiner ganzen bisherigen Laufbahn habe ich noch nie ein solches Fiasko erlebt. Kinder, die den Mund nicht halten wollen, Erwachsene, die kompletten Schwachsinn reden, Amateure, die mir mein Interview streitig machen wollen, und nun ein bösartiger Angriff von einer gefährlichen Maschine und das alles im Live-Fernsehen vor Millionen von Fans. Und ich habe mir einen Nagel abgebrochen und« – sie blickte stirnrunzelnd an sich hinunter – »da ist etwas auf meiner Jacke. Etwas nasses. Und da ist eine ... eine Pfütze auf dem Boden, genau da wo ich hingefallen bin.«

Jeder sah auf die kleine Pfütze hinunter. Dann schaute jeder hinüber zu dem kleinen Hund.

Rowena schrie.

»Es tut mir so schrecklich leid«, sagte Rod Felton.

»Das sollte es auch«, sagte Rowena hysterisch. »Die ganzen Midlands haben mir gerade dabei zugesehen, wie ich live in eine Lache Hunde-Urin gefallen bin. Entschuldigungen sind bei Weitem nicht genug. Ich werde meinen Anwalt anrufen und das gesamte Museum hier schließen lassen!«

Kapitel 22

Stuart und die Drillinge standen im Flur vor Rod Feltons Büro und lauschten der Auseinandersetzung, die drinnen vor sich ging. Ausdrücke wie *Haftung für Personenschäden* und *Arbeitssicherheitsbestimmungen* wurden lautstark durch den Raum gerufen. June kritzelte ununterbrochen in ihr Notizbuch. Stuarts Dad war unterwegs zum Buchladen.

»Die können doch das Museum nicht wirklich schließen, oder?«, flüsterte April.

Einer nach dem anderen lief die Filmcrew an ihnen vorbei und schleppte das Equipment in Richtung Ausgang. Der Letzte, der das Museum verließ, war der Junge, der einen Turm aus Kaffeetassen vor sich her balancierte. Ein paar Meter hinter ihm kam der kleine Hund. Er war braun und weiß mit einer spitzen Schnauze und sehr kurzen Beinen.

»Kusch«, sagte der Junge. »Geh nach Hause.«

»Gehört der nicht zu euch?«, fragte Stuart.

Der Junge schüttelte den Kopf. »Er ist uns hierher gefolgt. Muss wohl ein Streuner sein.«

Der Hund blieb unsicher stehen und Stuart sah zu, wie er sich umdrehte und zurück in den Ausstellungsraum trottete. An irgendetwas erinnerte ihn das.

Im selben Moment wurde die Bürotür aufgerissen und Rowena Allsopp stakste heraus, gefolgt von Rod Felton, der ein wenig blass geworden war.

Er sah zu Stuart und April herunter. »Richtig«, sagte er, »äh ... wir haben einen praktischen Kompromiss gefunden. Rowena wird uns nicht wegen Körperverletzung und Demütigung verklagen, wenn wir die magische Ausstellung sofort schließen und sie durch eine temporäre Ausstellung ihrer Lieblingsoutfits aus *Midlands am Mittag* ersetzen. Wir haben darüber hinaus eingewilligt, ihre brandneue Biografie *Rowenas Weg* ins Sortiment des Museumsshops aufzunehmen sowie einen lebensgroßen Pappaufsteller von ihr direkt neben der Kasse zu platzieren.«

Stuart und April drehten sich um und sahen, wie Rowena das Gebäude verließ. Die Eingangstür fiel mit einem lauten Knall hinter ihr ins Schloss. »Die gute Nachricht ist«, fügte Rod Felton hinzu, »dass sie eingewilligt hat, die Ausstellung *Das römisches Beeton* zu eröffnen, was uns bestimmt eine ganze Menge Publicity bringen wird. Sie wird es mit einer Autogrammstunde verbinden.«

»Aber was ist mit Großonkel Kennys Tricks?«, fragte Stuart empört. »Wo sollen die denn hin?«

»Ja, da hältst du den Finger in die Wunde«, gab Rod zu. »Unser Lagerraum ist im Moment schon recht voll. Ich frage mich, ob eines der größeren Museen im Umkreis sie aufnehmen würde, bis wir wieder etwas mehr Platz haben. Ich werde ein paar Anrufe machen.«

Er ging ins Büro zurück.

Stuart sah April an. »Was machen wir denn jetzt?«, fragte er. »Wenn sie in einem Lager in Birmingham oder so landen, dann werden wir sie nie zu Gesicht bekommen.«

»Lass mich nachdenken«, sagte April und kniff die Augen zusammen. »Vielleicht könnten wir ...«

»Eine Petition!«, verkündete eine ihrer Schwestern.

»Was?«, fragte April und öffnete ihre Augen wieder. »Auf was willst du hinaus, June?«

»Rettet Beetons magisches Vermächtnis«, sagte June und ließ jedes einzelne Wort wichtig und bedeutend klingen.

»Das ist genau das, was der *Beech Road Guardian* tun sollte. Es ist eine Frage von bürgerlichem Stolz. Wir könnten eine Sonderausgabe drucken, mit Fotos der einzelnen Ausstellungsstücke«, fügte sie hinzu und sah May an, die eifrig nickte. »Und ich habe auch eine Idee, wo die magischen Tricks vorübergehend gelagert werden könnten.«

»Und was ist das für eine Idee?«, fragte Stuart, der sich außen vor fühlte.

June hob die Hand wie eine Verkehrspolizistin. »Nein«, sagte sie bestimmt. »Erst muss ich meine Gedanken aufschreiben, solange sie noch frisch in meinem Gedächtnis sind.« Sie machte sich daran, eine neue Seite in ihrem Notizbuch aufzuschlagen und fing an zu schreiben.

»Und ich habe ein paar geniale Fotos von dieser ganzen Hundepipi-Geschichte«, verkündete May und strahlte.

April stupste Stuart an. »Sollen wir sie weitermachen lassen?«, flüsterte sie.

Er nickte, aber eher abwesend.

»Was ist los?«, fragte April.

»Mir ist gerade etwas eingefallen«, sagte er und ging schnell zurück in den Ausstellungsraum.

Der Hund saß auf dem bronzenen Sitz des Rosen-Throns, zu einer ordentlichen Kugel eingerollt. Er spitzte die Ohren, als Stuart näher kam.

»Was ist dir eingefallen?«, fragte April, als sie ihn eingeholt hatte.

»Ich habe diesen Hund schon einmal gesehen. Als ich in der Wüste war. Gerade in dem Moment, als ich es geschafft hatte, die Pyramide wieder zusammenzusetzen, habe ich ihn kurz gesehen.«

»*Diesen* Hund? *Genau* diesen Hund?«

»Ich glaube schon. Und in Großonkel Kennys Nachricht hieß es doch, dass er *einen alten Gefährten* verloren hätte und *Gefährte* heißt Freund, nicht wahr? Also frage ich mich, ob er ihn damit gemeint hat. Ich meine, wir haben schließlich keine *Menschen* gesehen, nicht wahr?« Der Hund hob seinen Kopf und beobachtete sie mit besorgten braunen Augen.

»Aber wenn das stimmt, wie ist er dann aus der Pyramide und in unsere Welt gekommen?«, fragte April, um sich dann die Hand vor den Mund zu schlagen, die Augen weit geöffnet.

»Was?«, fragte Stuart.

»Mir ist auch gerade etwas eingefallen. Als ich im Spiegelbogen war, nachdem ich dir diese ganzen nützlichen Hinweise zugerufen hatte, wie du die richtige Spiegelung finden kannst, sind die Lichter langsam schwächer geworden und ich habe gefühlt, wie ich irgendwie in das Museum zurück gezogen wurde. Und gerade als es komplett dunkel wurde, habe ich etwas hinter mir gehört. Ein kratzendes Geräusch. Wie kleine Krallen auf einem harten Boden, die mich zurück in die reale Welt begleiteten …«

Sie sahen beide den Hund an und nach einer Weile zuckte er mit seinem Schwanz in einer vorsichtigen Begrüßung.

Stuart streckte seine Hand aus und tätschelte ihn vorsichtig. Der Hund wedelte kräftig mit dem Schwanz und drehte seinen Kopf, um an Stuarts Fingern zu schnüffeln.

Stuart kam in den Sinn, dass die letzte Person, die den Hund gestreichelt hatte, wohl sein Großonkel Kenny gewesen war. Sein Fell war warm und drahtig.

»Ich hatte nie einen Hund«, sagte er. »Nur Goldfische.«

»Stuart«, sagte April zögerlich. »Tut mir leid, dass ich das Thema wechsle und so, aber nachdem wir hier jetzt ein wenig Zeit haben, denkst du nicht, dass wir sie nutzen sollten? Schließlich sind ja noch drei Zacken des Sterns übrig. Und das muss bedeuten, dass es noch drei Hinweise gibt. Drei weitere Buchstaben, die wir finden müssen.«

Stuart griff in die Hosentasche und nahm das seltsame kleine Metallobjekt heraus. Der nächste Ort, wo es passen würde, wäre der Sitz des Rosen-Throns.

»Du weißt, dass wir dieses Abenteuer nicht beide machen können …«, sagte er.

April nickte. Sie faltete ihre Hände vor ihrem Körper, wie jemand, der in der Schule brav wirken will, und Stuart konnte sehen, dass sie verzweifelt hoffte, ausgewählt zu werden.

Und dann hatte er eine Idee. Eine etwas gemeine Idee, aber eine gute. Eine Idee, die sicherstellen würde, dass er der einzige war, der den letzten Buchstabenhinweis fand und folglich der einzige, der das Testament finden konnte.

»Wenn du dieses Abenteuer machst«, sagte er, »kann ich dann das Letzte selbst machen, wenn wir soweit sind?«

Sie machte einen kleinen Freudensprung. »Natürlich. Danke, Stuart! Und ich werde mich beeilen so sehr ich kann, weil verkehrt herum zu hängen ist nicht gerade schön. Äh … darf ich etwas vorschlagen?«

»Was?«

»Geh noch mal aufs Klo, bevor du dich da drin anschnallst.«

Fünf Minuten später kletterte Stuart auf den Sitz des Rosen-Throns und gab April den magischen Stern. »Pass bitte auf den Hund auf, ja?«, sagte er. Er konnte sehen, wie er im Raum herumschnüffelte während der Stummel seines Schwanzes munter hin und her wedelte.

»Natürlich«, sagte April.

»Und viel Glück.«

»Danke. Bis gleich.«

Sie grinste, als er den Hebel umlegte. Die silbernen Stängel des Rosenthrons schlossen sich um ihn zu einem verschlungenen Dickicht und der Metallgürtel schnappte um seine Körpermitte zu. Er zog wieder am Hebel und schaffte es, nicht zu schreien, als er kopfüber in die totale Dunkelheit hinein kippte.

»Ist alles klar bei dir?«, rief April, die sich anhörte, als sei sie sehr weit weg.

»Mmmmm«, war alles, was Stuart statt einer Antwort herausbrachte.

»Ich bin dann weg.«

Es war kurz still, dann hörte er ein seltsam schlurfendes Geräusch und danach ein metallisches Klirren direkt über ihm. Eine Sekunde lang rüttelte der Thron wie eine Waschmaschine im Schleudergang, dann war alles wieder ruhig.

»April?«, rief er. Keine Antwort. Sie war bereits in welche Welt auch immer sie der magische Stern gebracht hatte. Alles was er nun tun musste war, abzuwarten.

Es war extrem unbequem, der Sicherheitsgurt schnürte in seinen Bauch, das Blut strömte in seinen Kopf. Er stützte seine Arme und Beine gegen die Seiten, um das Gewicht vom Gurt zu nehmen und fragte sich, wie lange er wohl aushalten musste. Er fing an zu zählen und war bei zweitausend angekommen, als er die Zahlen durcheinanderbrachte.

Zeit verging. Es war ziemlich warm im Inneren des Rosen-Throns und trotz seiner unbequemen Position wurde er langsam müde. Er klopfte ein paar Melodien gegen die Metallwände und durchsuchte dann seine Hosentaschen, um zu sehen, ob etwas Interessantes darin war. Er musste sich etwas winden, aber dann entdeckte er ein halb geschmolzenes Bonbon, eine Büroklammer und einen Pfirsichkern. Eins nach dem anderen ließ er die Dinge in die Dunkelheit fallen. Er fragte sich, was der Hund wohl gerade machte. Er fragte sich, was seine Mutter wohl gerade machte. Er überlegte, wie der Hund wohl hieß. In Großonkel Kennys Nachricht hatte gestanden, dass der Name mit einem Ch anfing: Chance. Chocco. Charlie. Charlie war ein schöner Name. Stuart gähnte.

Er wachte auf, als sein Kopf gegen eine der Seiten schlug. Die gesamte Illusion taumelte, kippte, schaukelte und bewegte sich. Sie wurde *weggetragen*. Er konnte gedämpfte Stimmen hören und das Rattern eines Rolltors aus Metall.

Der Rosen-Thron wurde mit einem Knall abgesetzt und wieder stieß Stuart sich den Kopf. Das Rolltor ratterte nach unten, eine Tür wurde heftig zugeschlagen, ein Motor startete mit einem tiefen, dröhnenden Geräusch und der Rosen-Thron machte einen Satz. Stuart stieß sich zum dritten Mal den Kopf, aber er hatte zu große Panik, um an den Schmerz zu denken. Er hatte Panik, weil ihm klar war, dass er sich nicht mehr im Museum befand, sondern in einem Lastwagen.

Er war in einem Lastwagen und wurde weggefahren.

Kapitel 23

Als April zusah, wie Stuart auf den Sitz des Rosen-Throns kletterte, den Hebel zog und aus dem Sichtfeld verschwand, hielt sie den magischen Stern fest in der Hand und versuchte, ihren Atem ruhig zu halten.

Einer der Nachteile, ein Drilling zu sein, war, dass sie kaum je etwas alleine machte. Sie hatte immer mindestens eine ihrer Schwestern im Schlepptau. Nun hatte sie die Aussicht auf eine ganze magische Welt, die sie ungestört erkunden konnte, und ihr war fast schwindelig vor Aufregung. Sie brauchte einige Augenblicke um zu erkennen, dass sich in die Aufregung auch eine gute Portion Nervosität gemischt hatte. Es war immer leichter, mutig zu sein, wenn jemand anderes dabei war.

Sie konnte hören, wie Stuart wieder am Hebel zog. Der Mechanismus ratterte, die Stängel lichteten sich und gaben die Sicht auf den leeren Thron frei. In dessen Mitte prangte die Vertiefung für den Stern.

»Ist alles klar bei dir?«, rief sie Stuart zu und hörte nur ein vages Geräusch als Antwort.

Sie trat einen Schritt vor und im selben Moment jagte der Hund aus seinem Versteck heraus und hüpfte auf den Sitz. Er sah sie eindringlich an.

»Willst du auch mitkommen?«, fragte April. Die Aussicht darauf, nicht ganz allein zu sein, war schon angenehm. »Ich bin dann weg«, rief sie, legte eine Hand auf den Kopf des Hundes und setzte mit der anderen den dreizackigen Stern in die Vertiefung.

Und als würde man eine Seite umblättern, veränderte sich das Bild.

Sie befand sich im prächtigsten Raum, den sie je gesehen hatte. Der Bronzethron war immer noch direkt vor ihr, aber nun stand er auf einem Podest aus Samt und darüber schwangen rote und violette Seidenfahnen sanft von der Decke hin und her.

Die Fenster waren hoch und schmal und außer Baumkronen und kreisenden Mauerseglern konnte sie nichts sehen.

Die Wände waren aus Gold und mit Bilderteppichen behangen, deren Farben glänzend und frisch waren: Hirsche, die durch grüne Wälder sprangen, weiße

Schlösser, die in mit Blumen übersäten Wiesen standen.

Auf dem Boden lag ein Teppich, der so weich war, dass ihre Füße bei jedem Schritt sanft einsanken. Sie bückte sich und strich darüber. Es fühlte sich an wie das feine Fell eines Hundewelpen.

Was sie an den kleinen Hund erinnerte. Sie schaute sich um und sah, dass er vom Sitz gesprungen war und an den Wänden des Raums herumschnüffelte.

»Was soll ich denn nun machen?«, fragte sie ihn. »Was ist das Rätsel?«

Es war wirklich komisch, niemanden zum Reden zu haben. Plötzlich hatte sie den wilden Gedanken, dass Stuart mit ihr in diesen magischen Palast gekommen sein könnte und sie klopfte an den Thron und rief: »Stuart, bist du da?« Aber er gab keine Antwort. Er musste noch im Museum sein und sie dachte daran, wie er da kopfüber hing und Krämpfe in seinen Beinen bekam und ihm schlecht wurde und sie wusste, dass sie sich mit ihrer Aufgabe beeilen musste.

Als sie dem Thron den Rücken zuwandte, dachte sie, sie habe aus dem Augenwinkel eine blitzartige Bewegung gesehen, aber da war niemand – zumindest niemand Reales. Es gab allerdings ein Gemälde, das sie vorher gar nicht bemerkt hatte. Ein lebensgroßes Portrait einer Königin in königlichem Gewand, die auf einem Thron saß.

Sie ging darauf zu und wieder dachte sie, sie sehe, wie sich jemand bewegte, woraufhin ihr Herz schmerzhaft zu klopfen begann. Erst als sie nahe genug war, um das Bild berühren zu können, konnte sie die Quelle der Bewegung identifizieren. Anstelle eines gemalten Gesichts war in das Portrait ein kleiner ovaler Spiegel in die Leinwand eingelassen.

Da sie darunter stand, konnte April nur die Reflexion eines der Fenster sehen, aber sie kam auf einen Gedanken und ging zurück zu der Plattform, auf der der Rosen-Thron stand. Sie erklomm die Stufen, setzte sich auf den bronzenen Sitz und schaute geradeaus auf das Portrait.

Und nun war sie es selbst: ihr eigenes Gesicht, das perfekt in den ovalen Spiegel passte, über einem gemalten Körper, der mit Schmuck behangen war. Ein blauer, pelzbesetzter Umhang war über ihre Schultern drapiert, ein riesiger Diamantring funkelte an einem ihrer Finger, ein Zepter (wie ein goldenes Nudelholz) steckte fest in ihrer rechten Hand und ein Reichsapfel (wie ein Tennisball, der aus einem riesigen Rubin gemeißelt war) in ihrer linken. Auf ihrem Kopf saß eine Krone mit grün funkelnden Steinen.

April grinste sich selbst an, aber das Grinsen passte nicht so wirklich zu der königlichen Strenge der Pose. Sie blickte stattdessen finster, was gleich viel besser aussah.

»Okay«, sagte sie, »und was jetzt?«

Es gab keine offensichtlichen Türen, die aus dem Raum führten, aber sie erinnerte sich an Stuarts Beschreibung der Galerie, in der er gewesen war, wo jedes Gemälde eine Tür darstellte. Also ging sie zurück zum Portrait und zerrte fest an der rechten Seite des Rahmens. Er ließ sich so schnell und mühelos öffnen, dass sie beinahe das Gleichgewicht verlor. Sie schaute in den Raum dahinter und verlor fast noch einmal das Gleichgewicht.

Es war ein einziges Blitzen und Blinken – eine Million Facetten, die das Licht brachen, eine blaue Glut von Saphiren, Perlen wie cremige Bonbons, Amethyste wie Kleckse aus schwarzer Johannisbeermarmelade, Tigeraugen, Opale und Rubine, Smaragde wie das feuchte grün neuer Blätter, Diamanten wie Eissplitter und überall der warme Schimmer von Gold und das kühle Glitzern von Silber.

Eine Schatzkammer.

Eine Schatzkammer, die aussah, als hätte jemand den Raum auf den Kopf gestellt und einmal gut durchgeschüttelt oder das Dach abgenommen und mit einem riesigen Stab umgerührt.

»Was für ein Durcheinander«, sagte April laut. »Was für ein komplettes, unglaubliches Durcheinander.«

Sie kletterte über die Brüstung in den Raum. Unbezahlbare Ketten und Ringe mit Steinen in der Größe von Weintrauben lagen in verworrenen Haufen auf dem Boden, reihenweise Regale an den Wänden trugen stapelweise willkürlich hingeworfenen Schmuck, und in der Mitte des Raums stand ein großer goldener Kerzenständer in der Form einer Sonne, der mit Kronen und Armbändern behangen war, als wäre er ein Hutständer.

Es gab offene Vitrinen, die mit Schätzen gefüllt waren, Stühle, die damit behangen waren, eine Kommode, deren Schubladen alle mit den Sachen vollgestopft waren. Es gab sogar einen kleinen Tisch zu einer Seite, wo jemand eine halb aufgegessene Scheibe Käsebrot zurückgelassen hatte, die auf einer Säule aus Kronen balancierte, aufgetürmt wie Bauklötze von einem Kind.

Der Käse war die Sorte, die ihr Vater liebte – krümelig, mit blauem Schimmel durchzogen und ekelhaft stinkend. Und jemand – wahrscheinlich dieselbe Person – hatte auch Rotwein getrunken und den leeren Kelch umgekippt unter dem Tisch liegen lassen.

Der einzige Gegenstand, der nicht vollständig von unbezahlbaren Sachen bedeckt war, war ein kleiner Fußschemel, der alleine in einer Ecke stand.

Irgendetwas daran sorgte dafür, dass April sich seltsam unwohl fühlte. Sie starrte darauf, kramte in ihrer Erinnerung herum und realisierte nach ein paar Augenblicken, dass er sie an den Nachdenk-Hocker erinnerte, auf dem April (oder May oder June – aber normalerweise April) als kleines Kind sitzen musste, wenn sie frech gewesen war. »Bleib hier fünf Minuten lang sitzen und denk gut darüber nach, was du an deinem Verhalten ändern musst«, hatte ihre Mum immer gesagt. Seitdem hatte April immer lieber in Höchstgeschwindigkeit nachgedacht, und aufrecht stehend.

Sie tat es nun, schloss fest die Augen und – wie üblich – schoss ihr die Lösung fast unverzüglich in den Kopf.

»Das Bild«, sagte sie mit absoluter Sicherheit. »Ich muss die Dinge finden, die auf dem Bild sind und sie anziehen. Eine Krone mit Smaragden, einen Pelzumhang, einen Diamantring, ein goldenes Zepter und einen rubinroten Reichsapfel.«

Schnell begann sie, ihren Blick durch den Raum gleiten zu lassen und sah den Diamantring, der in der Nähe zwischen den Gliedern einer Perlenkette auf dem Boden herausblitzte. Sie bückte sich, um ihn zu entwirren und gab dann einen durchdringenden Schrei zum Besten, als eine Maus darunter hervorschoss und im Zickzack in eine Ecke des Raums lief.

Aus der Tür kam als Antwort ein Kläffen und der Hund streckte seine Nase über die Brüstung.

»Danke«, sagte April, hob ihn hoch und setzte ihn in der Schatzkammer ab. »Halt mir bloß die Maus vom Leib, hörst du? Nicht, dass ich vor Mäusen Angst hätte, ist ja klar. Ich hatte hier nur keine erwartet.«

Vorsichtig startete sie einen erneuten Versuch, den Ring zu entwirren, aber sie erkannte, dass die Perlenkette sich auch um eine Krone gewickelt hatte – eine Krone mit grünen Steinen.

»Zwei hätte ich schon«, sagte sie und schlüpfte mit dem Arm durch die schwere Krone. Dann sah sie sich nach dem nächsten Gegenstand um. »Drei brauche ich noch. Kinderleicht.«

Es war genau in dem Moment, in dem sie *leicht* sagte, als sie eine weitere Krone mit grünen Steinen entdeckte, die auf dem Boden neben dem Kerzenständer lag. Sie sah genauso aus wie die erste.

»Okay«, sagte sie zu sich selbst, etwas weniger selbstsicher. Sie bewegte ihren Kopf nur minimal und sah noch eine, ganz oben auf dem Kronenturm, der auf dem Käsetisch stand. Und eine vierte auf einem der Regale an der Wand. Und sie konnte erkennen, dass anscheinend eine fünfte *und* sechste an der Armlehne eines Stuhls hingen – und sie konnte nicht umhin, mindestens sechs rubinrote Reichsäpfel, mehrere Zepter und unzählige Diamantringe zu entdecken, die inmitten des goldenen Chaos funkelten.

Sie holte tief Luft. »Okay«, verkündete sie dem Raum mit entschiedener Stimme. »Was dieser Raum braucht, ist etwas Ordnung. Und zwar schnell.«

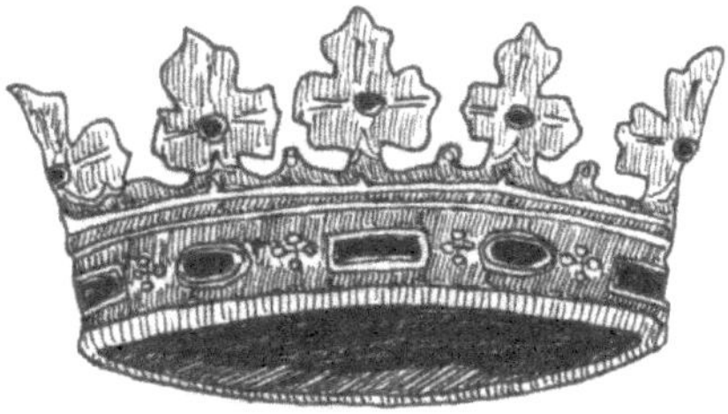

Kapitel 24

Sie stoppte die Zeit auf ihrer Uhr. Fünfunddreißig Minuten ununterbrochener Arbeit später hatte sie insgesamt fünfzehn Smaragdkronen gesammelt und sie im Nebenraum vor dem Thron aufgestapelt. Neben den Kronen hatte sie vier weitere Haufen aufgeschichtet, die aus neun Diamantringen, zehn Reichsäpfeln, dreizehn Zeptern und vier pelzbesetzten Umhängen, die alle Motten zu haben schienen, bestanden. April machte eine Pause, um wieder zu Atem zu kommen. Es war ihr nie in den Sinn gekommen, dass Gold so unglaublich schwer war.

»Das hätten wir«, sagte sie, »jetzt muss ich nur noch herausfinden, welche die Richtigen sind.«

Sie nahm den Umhang, der noch am wenigsten mottenzerfressen war und drapierte ihn auf ihren Schultern. Er war meterlang und viel zu groß für sie. Dann streifte sie sich einen der Ringe über, nahm einen

Reichsapfel und ein Zepter und schnappte sich zuletzt die oberste Krone vom Stapel und setzte sie sich auf. Sie fühlte sich, als nähme sie an einem Kostümwettbewerb teil. Dann schlurfte sie in Richtung Thron, wobei sie den Umhang hinter sich her schleifte, und setzte sich.

Ihr eigenes Gesicht, rot vor Anstrengung, sah sie aus dem Gemälde heraus an.

Es passierte gar nichts.

»Okay«, sagte sie, »versuchen wir ein anderes Ensemble.«

Sie nahm den Schmuck und den Umhang ab und warf alles zur Seite. Dann machte sie sich daran, sich in ein komplett neues Set zu werfen – und plötzlich kam ihr ein Gedanke. Ein schrecklicher, ernüchternder Gedanke.

Was, wenn sie die richtige Krone aufgehabt hatte, aber die ganzen anderen Gegenstände die falschen gewesen waren? Oder was, wenn es der richtige Umhang gewesen war, aber die falsche Krone, Ring, Reichsapfel und Zepter? Oder der richtige Reichsapfel, die richtige Krone, der richtige Umhang und der richtige Ring, aber das falsche Zepter? Sie realisierte, dass es keinen Sinn machte, nur willkürlich durch die Haufen zu gehen. So müsste sie jede einzelne Kombination durchprobieren.

»Und es muss hunderte geben«, sagte sie laut. »Vielleicht sogar tausende! Das wird Stunden um Stunden dauern und Stuart muss die ganze Zeit verkehrt herum im Museum hängen.«

Sie merkte, dass langsam Panik in ihr aufstieg. Ihr Inneres fühlte sich kalt und hohl an.

»Ich muss irgendetwas falsch machen«, rief sie aus, ihre Stimme nur noch ein klägliches Quietschen. »Ich habe etwas übersehen, das muss es sein.«

Sie rannte zurück zur Schatzkammer und sah sich verzweifelt um. Der Hund schnüffelte noch immer herum. Sein Stummelschwanz wedelte, als er sie erblickte, also nahm April ihn auf den Arm und knuddelte ihn kurz. Und da sie definitiv konzentriert nachdenken musste (und nicht nur ihre Augen schließen und auf Inspiration warten, wie sie es normalerweise tat), bahnte sie sich daraufhin einen Weg durch die aufgehäuften Schätze und setzte sich auf den kleinen Fußschemel, der sich in der Ecke des Raums befand, und stütze ihr Kinn in die Hand.

Und dann sah sie es.

An der Wand direkt neben ihr, genau unter dem niedrigsten Regal und daher unsichtbar für jemanden, der aufrecht stand, standen fünf Zeilen geschrieben.

Krone, die die Säule krönt
Reichsapfel im Umlauf
Ring um die Nagerspur
Zepter im mittleren Auszug
Umhang nahe am Bordeaux

Hinweise. Hinweise, die sie gesehen hätte, wenn sie sich am Anfang auch nur für *eine* Minute hingesetzt hätte. Aprils verzweifeltes Stöhnen sorgte dafür, dass der Hund aus ihrem Schoß floh, und sie vergrub ihr Gesicht in den Händen.

Krone, die die Säule krönt bedeutete vermutlich, dass die richtige die oberste des riesigen Stapels auf dem Tisch war. Und *Umhang nahe am Bordeaux* musste der Umhang sein, den sie auf dem Boden neben dem umgestürzten Kelch gefunden hatte, denn *Bordeaux* war ein Rotwein.

Aber nun war es zu spät. All die Ringe und Kronen und Umhänge und Zepter waren vollkommen durcheinandergeraten, und sie hatte keine Ahnung, was wo gelegen hatte.

Sie musste jetzt wohl doch ihr Glück mit den verschiedenen Kombinationen versuchen und dabei so schnell wie möglich sein.

»Stuart, es tut mir so leid«, murmelte sie, als sie aufstand. Sie stieg über den Hund, der etwas auf dem Boden neben dem Tisch aufleckte, und blieb stehen um nach unten zu sehen. Das Ding, an dem er leckte, war ein getrockneter Weinfleck.

Sie brauchte nur ein paar Sekunden, um in den Thronraum zurück zu laufen und begann sofort damit, die Umhänge zu untersuchen. Sie sprang triumphierend in die Luft, als sie auf dem zweiten Umhang einen kleinen Fleck fand. Sie warf ihn auf den Thron und düste zurück in die Schatzkammer, wo sie sich wieder auf den Schemel setzte, sich auf die Hinweise konzentrierte und angestrengt nachdachte.

Reichsapfel im Umlauf.

Im Umlauf bedeutete, dass sich etwas um etwas herumbewegt. Wie ein Satellit, der die Erde umkreist. Oder die Erde die ...

»Sonne!«, rief sie. Dort, in der Mitte der Schatzkammer, stand der goldene Kerzenständer, der die Form einer Sonne hatte. Sie hatte dort alle möglichen Schätze gefunden, unter anderem einen der Reichsäpfel, der auf einem Armreif balanciert hatte. Sie ging nun zum Kerzenständer hinüber und bemerkte, dass einige Wachstropfen über die anderen Objekte, die sich darauf befanden, verspritzt waren. Dann flitzte sie erneut in den Thronraum. Sie brauchte nur eine halbe Minute, um den Reichsapfel zu finden, dessen rubinrote Oberfläche genauso mit Wachs bespritzt war.

Ring um die Nagerspur

Nager = Maus, dachte sie.

Wo hatte sie die Maus hinlaufen sehen? Sie erinnerte sich, dass sie durch den Raum gehuscht war, geradewegs auf die hohe vergoldete Kommode zu, die in der Ecke stand. Als sie dorthin ging und sich bückte, konnte sie eine winzige Lücke zwischen der Kommode und der Wand erkennen, sowie eine Spur aus Mäusekötteln, die auf die übliche Route der Maus hindeutete. Aber – und da war sie sich fast vollkommen sicher – sie hatte in dieser bestimmten Ecke keinen der neun Diamantringe gefunden. Sie wischte mit ihrem Fuß das Stück Boden sauber und legte sich dann auf den Boden, um durch die Lücke schauen zu können. Und von dort aus blickte eine Maus sie durch etwas hindurch an, das wie ein kleiner runder Bilderrahmen erschien. Ihre winzigen Augen sahen aus wie Tintentropfen.

Im nächsten Augenblick war sie schon wieder davongehuscht, doch April schaute immer noch auf den Miniaturrahmen. Und plötzlich erkannte sie, was es war: ein Diamantring, der seitlich zwischen Wand und Kommode eingeklemmt war.

Sie zitterte, als sie die Kommode von der Wand weghievte. Wenn sie die Hinweise nicht gelesen hätte, dann hätte sie niemals den richtigen Ring gefunden. Er klirrte zu Boden, sie steckte ihn auf einen ihrer Finger und setzte ihre Suche fort.

Zepter im mittleren Auszug.

Was zieht denn in diesem Raum aus?, fragte sie sich. Die Antwort war ganz einfach: eine Schublade! Die Kommode, die sie gerade von der Wand weggezerrt hatte, hatte fünf Schubladen. Sie hatte sie vorhin durchsucht und mindestens zwei Zepter darin gefunden. Sie öffnete nun die mittlere und sah sich das Durcheinander von Schätzen darin an. Es gab nichts, was den Inhalt kennzeichnete – keine Weinflecken, kein Wachs –, aber während sie so dastand, nahm sie eine mikroskopische Bewegung wahr. Eine Spinne, die ungefähr die Größe eines Traubenkerns hatte, baumelte an einem fast unsichtbaren Faden zwischen einem rubinroten Diadem und einem Opal-Armband. April kam etwas in den Sinn: Als sie eines der Zepter aus der Kommode genommen hatte, hatte es sich klebrig angefühlt und sie hatte eine Art grauen Faden von ihren Fingern gewischt.

Als sie dieses Mal von der Schatzkammer zum Thronraum raste, folgte der kleine Hund ihr auf den Fersen, als wäre es ein Spiel, bei dem er dabei sein wollte. Er sah dabei zu, wie sie sich durch die Zepter wühlte. Als sie das fand, um dessen Ende noch immer ein paar Spinnweben gewickelt waren, wedelte er mit dem Schwanz.

»Nun fehlt nur noch die Krone«, sagte April und hatte schon eine vage Idee. »Magst du Käse?«, fragte sie den Hund. Sie ging hinüber, um das Stück Käsebrot zu holen, das oben auf dem Kronenstapel gelegen hatte, brach ein paar Krumen ab und hielt sie dem Hund hin. Er saugte sie regelrecht auf. Dann arrangierte sie die Kronen in einer langen Reihe, hob den Hund hoch und trug ihn an der Reihe entlang, Nase nach unten, nur ein paar Zentimeter von den Kronen entfernt.

Der Hund schnüffelte begeistert an der vierten und als sie die Übung, diesmal von der anderen Seite aus, wiederholte, passierte das Gleiche. Triumphierend setzte sie sich die Krone auf und zog sich eilig den riesigen Umhang an. Dann nahm sie den Hund unter den Arm, hob das Zepter und den Reichsapfel auf und stakste zum Thron hinüber. Sie fühlte sich, als liefe sie einen Marathon. Und sie war nur noch ein paar Zentimeter davon entfernt, ihn zu beenden, als sie über den Saum des Umhangs stolperte, zur Seite taumelte und sowohl den Hund als auch den Reichsapfel fallen ließ.

Sie ruderte mit den Armen in der Luft, verfehlte den Hund, fing den Reichsapfel und landete seitlich mit der Hüfte auf dem Thron. Dann erblickte sie ihr rotes, erschrockenes Gesicht in dem ovalen Spiegel. Darüber erschien plötzlich ein scharlachrotes *S* und dann erzitterte die Welt für einen kurzen Augenblick und sie war wieder zurück. Nur *wo*?

Kapitel 25

In vollständiger Dunkelheit. In drückender Hitze.

Sie streckte eine Hand aus und ertastete eine Wand, die irgendwie weich und warm war. Sie fühlte, dass es ein schweres Tuch war, das über dem Rosen-Thron hing, griff nach einer Falte und zog daran. Es rutschte herunter und ließ etwas kühlere Luft hinein, und nun sah sie auch, dass sie in einer Art Schuppen war. Durch die Schlitze der Bretterwände drang ein wenig Nachmittagssonne herein, und im Schatten in der Nähe zeichneten sich seltsame Formen ab.

»He!«, rief eine verzweifelte, brüchige Stimme unter ihr. »Bist du das, April? Bist du zurück?«

»Stuart!«

Sie sprang vom Sitz und griff nach dem magischen Stern. Der Hebel klickte drei Mal, bis sich die silbernen Stängel entspannten und eine kleine, zusammengesunkene Gestalt auf dem Thron freigaben.

»Du hast ja *ewig* gebraucht«, sagte Stuart heiser.

»Ich weiß. Und es tut mir so leid. Aber weißt du, wo wir sind? Wurde der Trick gestohlen oder ist das ein Lager des Museums?« Sie suchte den Schuppen ab, während sie sprach, und ihre Finger fanden eine verschlossene Tür, an der sie rüttelte. »Und wir können nicht einmal raus!«, fügte sie hinzu und versuchte, nicht in Panik zu geraten.

»Ich weiß gar nichts«, sagte Stuart. »Ich war die ganze Zeit unter dem Thron und konnte nicht wirklich hören, was vor sich ging. Ich weiß, dass wir auf einem Lastwagen waren und es gab eine Menge Herumgerücke und Krachen und Knallen und dann«, Stuarts Mund war so trocken, dass er zu Husten anfing, »und dann wurde es komplett still«, fuhr er fort und holte Luft. »Es war jetzt lange Zeit so still.«

»Aber warum hast du denn nicht den Hebel benutzt, um für eine Weile rauszukommen?«, fragte April. »Nur um hier kurz ein wenig herumzustöbern oder einfach um frische Luft zu schnappen? Ich hätte es gemacht.«

»Weil ich nicht wusste, was passieren würde, wenn du zurückgekommen wärst und ich wäre nicht am richtigen Platz gewesen.« Es war so schrecklich und heiß gewesen und er hatte Platzangst gehabt und sein Kopf hatte irgendwann angefangen, so stark zu pochen, dass er ein paar Mal wirklich fast am Hebel gezogen hätte – er hatte schon seine Finger darum geschlungen gehabt -, aber jedes Mal hatte er die beängstigende Vision gehabt, dass April im gleichen Augenblick ihr Rätsel gelöst hätte und im Inneren des Mechanismus auf furchtbare Weise zerquetscht wurde. »Ich habe mich nicht getraut, ich dachte es könnte dabei etwas schief gehen.«

»Oh«, sagte April. »Danke.« Sie wurde still. Stuart konnte ihren Gesichtsausdruck nicht erkennen, aber er konnte hören, dass sie unregelmäßig atmete.

»Was ist los?«, fragte er.

Als sie wieder anfing zu sprechen, war ihre Stimme dünn und klang so gar nicht nach April. »Du bist viel mutiger als ich«, sagte sie. »Ich hätte das nicht gekonnt. Ich war nicht einmal mutig genug, das Abenteuer alleine zu bestreiten. Ich habe den Hund mitgenommen.«

Stuarts Magen machte einen Satz. »Du hast Charlie mitgenommen? Wo ist er?«

»Noch dort«, sagte April. »Ich bin gestolpert und habe ihn losgelassen – genau in dem Moment, als ich zurückgekommen bin. Es tut mir so leid!«

In der entsetzlichen Stille, die nun folgte, hörten sie plötzlich, wie ein Schlüssel im Schloss umgedreht wurde. Stuart sprang auf und April stellte sich angespannt neben ihn.

Die Tür öffnete sich.

Zwei identische Köpfe waren als Silhouetten vor dem Licht der tief stehenden Sommersonne zu sehen.

»Ich hab's dir ja gesagt!«, kreischte eine von ihnen. »Ich habe dir ja gesagt, dass sie den Ausstellungsraum nie verlassen haben.«

»May!«, rief April. »Und June! Wie habt ihr uns gefunden?«

»Wie seid ihr hier reingekommen?«

»Wie kommen wir wieder raus?«

»Wo wart ihr?«

»Wo sind wir jetzt?«

Es schien so, als füllten eine Million Fragen der Drillinge die Luft, die alle unbeantwortet blieben, und alle waren sie unglaublich laut. Stuarts Kopf fing an zu schmerzen und er musste sich wieder hinsetzen. Die Fragen hatten nun ein neues Ziel.

»Was ist mit Stuart los?«

»Warum hat er Flecken im Gesicht?«

»Was hat er getan?«

»Geht es dir gut, Stuart?«

»Willst du an die frische Luft?«

»Hast du Durst?«

Bei der letzten Frage nickte Stuart und eine der Drillinge rannte wieder nach draußen.

»Wo *sind* wir?«, fragte April ungefähr zum vierzigsten Mal.

»In dem großen Schuppen, der in einer Ecke von Dads Bauhof steht«, sagte das andere Mädchen. »Mir fiel ein, dass er vielleicht die Tricks für eine Weile lagern könnte, also habe ich ihn angerufen. Und zufällig war sowieso einer seiner Laster unterwegs auf der Rückfahrt von einer Baustelle, also sind sie direkt ins Museum gefahren und haben alles abgeholt. Rod Felton war sehr dankbar.«

»Also sind alle Illusionen hier?«, fragte April. Sie zog eine Abdeckplane von einem der verhüllten Hügel in der Ecke. »Sie haben das Buch der Gefahren auf *die Seite* gekippt«, sagte sie empört.

»Was ich gerne wissen würde«, sagte ihre Schwester, »ist, wohin ihr eigentlich verschwunden seid. May hat vor dem Ausstellungsraum gewartet, während ich Dad angerufen habe, und sie hat gesagt, dass ihr den Raum nie verlassen habt. Ich habe ihr natürlich nicht geglaubt, weil sie sowieso immer spinnt, aber als Stunde um Stunde verging und du und Stuart nicht aufgetaucht seid, sind wir zurückgekommen, um euch zu suchen und jetzt ist mir klar, dass May in Wirklichkeit Recht hatte. Also, wo wart ihr? Und wie seid ihr in den verschlossenen Schuppen gekommen?«

April schüttelte den Kopf. »Ich kann es dir nicht erzählen«, sagte sie. »Es ist nicht nur mein Geheimnis, es ist Stuarts.«

Von draußen war zu hören, wie jemand angerannt kam, dann tauchte May wieder auf mit einem Becher und einer großen Wasserflasche. »Bitteschön«, sagte sie und schenkte Stuart einen Becher voll ein. »Ich habe es aus der Leitung geholt.« Er trank alles aus, dann schenkte sie ihm nach.

»Also, Stuart«, sagte June, die streng und ernst schaute. »Ich denke, es ist höchste Zeit, dass May und ich erfahren, was hier wirklich vor sich geht. Wir haben deinem Dad erzählt, dass du Überstunden im Museum machst, und wir haben unseren Eltern erzählt, dass April bei dir zu Hause ist. Ganz zu schweigen davon, dass wir Dads Schlüssel ausgeliehen haben, ohne dass er etwas davon weiß. Wir haben keine Lust mehr, für euch zu lügen, wir wollen jetzt die Wahrheit wissen.«

Stuart kippte den zweiten Becher Wasser hinunter und wollte dann noch einmal Nachschub.

»Es ist schließlich nicht fair, dass wir euch weiterhin helfen, aber ihr uns nichts erzählt, oder?«, kreischte May. »Das ist überhaupt nicht fair.«

Stuart trank den dritten Becher, dachte über einen vierten nach, fühlte dann aber, dass ihm schlecht wurde. Sehr, sehr schlecht.

»Jetzt komm schon, Stuart«, sagte June, verschränkte ihre Arme und benutzte einen Satz, den sie noch bis in alle Ewigkeit bereuen würde: »Spucks aus!«

Und das tat Stuart.

Kapitel 26

Stuart konnte sich nicht an viel erinnern von der Busfahrt nach Hause. Er fühlte sich ein wenig wie eine gekochte Spaghetti, wie er so schlaff auf dem Doppelsitz ganz hinten im Bus lag, während ihn die Drillinge besorgt musterten.

Sein Vater sah noch besorgter aus, als er Stuart die Haustür öffnete. »Ich bin mir nicht sicher, ob ich professionelle Unterstützung rufen soll oder nicht«, sagte er immer wieder, während Stuart mit einem kalten Waschlappen auf der Stirn auf dem Sofa lag. »Oder ob dies eine banale kindliche Indisposition ist, die gekochte Flüssigkeiten, ausreichend Zeit und ein einfaches Analgetikum lindern können.«

»Was?«, fragte Stuart schwach.

»Ich bin nicht in der Lage zu beurteilen, ob es ernst ist oder nicht. Ich denke, ich sollte vielleicht eine medizinische Autorität anrufen.«

Er verschwand für zehn Minuten und kam dann mit dem Telefon in der Hand zurück, das er Stuart hin hielt.

»Hallo?«, fragte Stuart.

»Hallo Stuart, hier ist Mum. Aus Singapur. Ich habe deinem Vater schon gesagt, er soll nicht in Panik verfallen.«

»Gut.«

»Also, er hat gesagt, dass dir sehr heiß geworden ist, du den ganzen Nachmittag keine Flüssigkeit zu dir genommen hast und dann ungefähr einen Liter Wasser auf nüchternen Magen getrunken hast. Sollte ich noch etwas wissen, aus medizinischer Sicht?«

»Ich stand auf dem Kopf«, gab Stuart widerstrebend zu.

»Wann standest du auf dem Kopf?«

»Fast den ganzen Nachmittag über.«

»Warum?«

Er zögerte. »Es war so eine Art Spiel.«

»Aha. Nun, es überrascht mich nicht, dass dir schlecht ist. Bleib im Kühlen, trink viel Wasser, aber schluckweise, und geh früh ins Bett. Sag Dad, er soll mich morgen früh anrufen, wenn es dir nicht wesentlich besser geht.«

»Okay.« In medizinischen Dingen war Stuarts Mutter immer sehr vernünftig und unaufgeregt. Sie machte sich nur um alles andere Sorgen.

»Und isst du auch richtig?«, fragte sie.

»Ja. Dad kocht sehr gesund. In rauen Mengen.«

»Und hast du eine schöne Zeit mit deinen neuen Freunden?«

Er zögerte nur für den Bruchteil einer Sekunde, bevor er antwortete, aber seine Mutter bemerkte es sofort.

»Was ist los?«, fragte sie.

»Ich vermisse nur jemanden«, murmelte er und dachte an Charlie, der jetzt wohl auf seinen kurzen Beinen durch eine fremde und magische Welt streifte.

Er dachte immer noch an den Hund, als seine Mum schon längst aufgelegt hatte. Daran, wie er Charlie zum ersten Mal in der Pyramide gesehen hatte und dann, später, als April das Kratzen seiner Krallen im Spiegelbogen gehört hatte. War es möglich, dass die magischen Welten alle miteinander verbunden waren? Konnte man in eine Welt hineingehen und aus einer anderen wieder herauskommen? Und wenn das so war, gab es dann vielleicht noch zwei Mal die Chance, Charlie zu finden?

*

In dieser Nacht schlief Stuart wie ein Stein. Als er am nächsten Tag die Treppe herunterkam, war es fast schon Mittag. Er fühlte sich etwas schwach und hatte unglaublichen Hunger. Sein Vater arbeitete im Wohnzimmer. Er starrte mit Löffel und Gabel in der Hand auf ein leeres Kreuzworträtsel.

»Hallo Dad«, sagte Stuart. »Mir geht es besser.«

Sein Vater sah hoch, aber er war irgendwie nicht bei der Sache. »Exzellent«, sagte er vage. »Mir ist gerade aufgefallen, dass *Bagel* ein Anagramm von Gabel ist, deshalb plane ich gerade ein komplettes Rätsel, das sich nur um Besteck dreht. Ist es nicht aufregend, dass das Wort Zinken weitaus mehr Bedeutungen hat als nur die herausragenden Teile einer Gabel?«

»Gut«, entgegnete Stuart. Er ging in die Küche und schüttete Frühstücksflocken in eine Schüssel. Er hatte gerade einen Löffel davon gegessen, als er einen großen, braunen Umschlag sah, der mitten auf dem Tisch lag und auf dem sein Name stand.

Im Umschlag befand sich eine Ausgabe des Beech Road Guardian und ein Brief in Aprils unheimlich ordentlicher Handschrift.

Lieber Stuart,
ich muss eine ganze Menge mit dir besprechen, aber dein Dad sagt, er will dich schlafen lassen. Also dachte ich, ich schreibe dir einen Brief. Ich hoffe übrigens, dass du dich wieder erholt hast.

I) Es tut mir wirklich so leid, dass ich mit dem Abenteuer gestern so lange gebraucht habe. Es ist allein meine Schuld, weil ich nicht vernünftig über die Lösung nachgedacht habe. Ich habe mir geschworen, dass ich in Zukunft langsamer und sorgfältiger nachdenken werde und nicht immer annehmen werde, dass meine erste Idee die beste ist. Obwohl sie das meistens ist.

II) Ich habe eine Idee wegen dem Hund: Du hast ihn an einem Ort gesehen und ich habe ihn an einem anderen gesehen, also frage ich mich, ob er zwischen den verschiedenen Abenteuern umhergehen kann. In dem Fall können wir ihn vielleicht beim nächsten Mal zurückholen.

III) Der Buchstabenhinweis, den ich bei dem Abenteuer bekommen habe, war ein S, das heißt wir haben bis jetzt WOMS, was aber keinen Sinn macht, auch nicht, wenn man die Buchstaben umstellt, da bekommt man dann MOWS oder SWOM.

IV) Erst als wir gestern Abend wieder zu Hause waren, hat June mich daran erinnert, dass ich ja noch eine Kritik über den zweiten Auftritt von Clifford/Mysterioso dem Magier für die Zeitung schreiben sollte. Wir sind gestern Abend alle nochmal hingegangen und du findest den Artikel, den ich geschrieben habe, in dieser Zeitung (anbei). (Er war nicht sehr gut - der Auftritt, meine ich, nicht mein Artikel. Obwohl ich versucht habe, nett zu sein.) Die Zeitung enthält außerdem eine vollständige Berichterstattung über das Fernsehinterview-Fiasko von gestern.

V) DAS HIER IST DAS WICHTIGSTE. Neben dem Hund, natürlich. Und dass du krank warst. Egal, das Wichtigste ist: WIR MÜSSEN ES MEINEN SCHWESTERN ERZÄHLEN, weil sie mir nicht den Ersatzschlüssel zum Schuppen im Bauhof unseres Vaters geben wollen, bis ich ihnen erzählt habe, was hier vor sich geht, also bleibt uns nicht viel anderes übrig. Aber ich verspreche, dass ich nichts sage, bis du es mir erlaubst.

Mit freundlichen Grüßen - und nochmal Entschuldigung. Ich komme rüber, wenn es dir besser geht.
April

Stuart faltete den *Beech Road Guardian* auseinander und las die riesige Überschrift, die die gesamte Titelseite einnahm:

TV-Star bedroht Zukunft von Beetons Schätzen nach unglücklichem Unfall

Der Star von »Midlands am Mittag«, Rowena Allsopp (behauptet sie sei 30, sieht aber älter aus), hatte gerade ein Interview mit Stuart Horten aus Beeton (10, sieht aber jünger aus) beendet, der davon erzählte, wie er vor kurzem eine spektakuläre Werkstatt entdeckt hatte, als der Kurator des Museums, Rod Felton (Alter unbekannt, sieht aus wie um die 40), aus Versehen einen Federmechanismus in einem der Ausstellungsstücke auslöste, der zu einem

spektakulären Vorfall führte, in dessen Verlauf die Jacke der Moderatorin beschmutzt wurde. Lesen Sie auf Seite zwei die ganze Geschichte von June Kingley, mit Fotos von May Kingley. Lesen Sie auf Seite drei die PETITION zur Bewahrung von BEETONS SCHÄTZEN!
Blättern Sie zur letzten Seite, um andere Nachrichten und eine Kritik unserer Kulturreporterin April Kingley zu lesen.

Stuart blätterte zur letzten Seite. Dort war ein kleines Foto von Clifford, der in gleißend hellem Scheinwerferlicht stand und in der einen Hand ein Pikass und in der anderen ein verstört blickendes Meerschweinchen hielt.

FANTASTISCHES LICHT

Ein kleines, aber erwartungsvolles Publikum wurde gestern im Kirchensaal von St. Cuthbert mit einer bravourösen Zurschaustellung wundervoller Lichttechnik und auch ein paar magischen Tricks belohnt.

ERLEUCHTEND!

Die technische Zauberkunst von Elektrikerin Elaine Coleridge (37) hatte eine Reihe von Illusionen erleuchtet. Darunter war ein Meerschweinchen, das teilweise verschwand, ein Taschentuch, das die Farbe von grün nach rot und dann von rot nach grün wechselte (zwei Mal) und ein Trick, bei dem ein Zuschauer eine Karte aus einem Kartenstapel auswählen musste und Mysterioso der Magier (Clifford Capstone, 42), beinahe erriet, welche Karte es war.

BRILLIANT!

Im Anschluss an die Show beschrieb Mysterioso der Magier die Elektrikerin Miss Coleridge als »inspirierendes Genie«.

»Ich wünschte nur«, sagte er, »meine Tricks wären auch nur halb so gut wie ihre Beleuchtung.«

Stuart hatte plötzlich das Gefühl, als beobachte ihn jemand, und als er hochsah entdeckte er April, die unruhig durch das Küchenfenster spähte. Er stand auf und öffnete die Hintertür.

»Ich wollte nicht klingeln, um dich nicht zu stören«, sagte sie, »also bin ich über den Gartenzaun geklettert. Wie gehts dir?«

»Ganz gut«, sagte er. »Ich habe mich nur gerade gefragt, wie ein Meerschweinchen teilweise verschwinden kann.«

»Es sollte sich eigentlich in einem von Cliffords Ärmeln verstecken, aber es hat seinen Kopf durch das Bündchen gesteckt und angefangen richtig laut zu quieken. Hast du meinen Brief gelesen?«

Stuart nickte. »Mir ist die gleiche Idee gekommen wegen dem Hund«, sagte er. »Wir können ihn in der nächsten Illusion wiederholen. Und zwar so bald wie möglich.«

April zog eine Grimasse. »Wir werden nirgends hingehen können, bis wir meinen Schwestern erzählt haben, was los ist. Sie haben den Schlüssel.«

Stuart nickte widerstrebend. »Und wann willst du das tun?«, fragte er.

Als am Fenster ein leises Klopfen zu hören war, sahen sie beide hin. May und June starrten zu ihnen herein, mit demselben versteinerten Ausdruck auf den Gesichtern.

»Wie wär's mit jetzt?«, fragte April.

Kapitel 27

Stuart ging nach draußen. »Okay«, sagte er zu Aprils Schwestern. »Bringt uns wieder in den Schuppen eures Dads, dann erzählen wir euch alles.«

Beide Mädchen verschränkten die Arme. »Erst die Wahrheit«, sagte eine von ihnen, »dann der Schuppen.«

Auch Stuart verschränkte seine Arme. »Erst der Schuppen«, sagte er, »dann die Wahrheit.«

Einen Moment lang war es still, während sich alle gegenseitig zornig anfunkelten. Dann war ein verärgertes Stöhnen von April zu hören.

»Um Himmels Willen«, sagte sie, »ihr seht alle *lächerlich* aus. Lasst uns in das Café in der Nähe des Bauhofs gehen und dort darüber sprechen. «

»Aber ...« Stuart warf May und June einen Blick zu, dann drehte er sich um und flüsterte etwas in Aprils Ohr: »Aber was ist, wenn wir es ihnen erzählen und sie geben uns den Schlüssel *trotzdem* nicht?«

April verdrehte die Augen. »Das ist keine Gang von Kriminellen«, zischte sie, »das sind meine Schwestern. Sie sind nur *neugierig*.«

»Wir sind *nicht* neugierig«, kreischte eine von ihnen. »Das ist echt beleidigend, findest du nicht, June? Ich bin wirklich sehr beleidigt wegen dieser Beschreibung.«

»Als Herausgeberin von Beetons wichtigster Lokalzeitung«, sagte June pompös, »wäre es überraschend, wenn ich *nicht* neugierig wäre, welche ungewöhnlichen und interessanten Vorkommnisse sich in der Gegend ereignen.«

April deutete Stuart mit einer Kopfbewegung an, dass sie ihn unter vier Augen sprechen wolle, und er folgte ihr auf die andere Seite des Gartens.

»Sieh es doch mal so«, sagte sie leise, »du musst meine Schwestern nicht *mögen*, du muss sie nur *tolerieren*. So mache ich das auch. Also, was meinst du, wollen wir los?«

Stuart zögerte kurz, doch dann knurrte sein Magen so laut, dass sogar April es hören konnte.

»Was du brauchst«, sagte sie bestimmt, »ist ein deftiges Frühstück.«

*

Im Café bestellte sich Stuart das Würstchen-Bacon-zwei Eier-Bohnen-gebratenes Brot-ganztags-Frühstücksspecial, das er mit hoher Konzentration und schweigsam verputzte.

»Okay«, sagte er zu April, während er seinen Teller mit den Brotresten auswischte. »Ich bin bereit.«

»Ich habe noch nie jemanden gesehen, der so schnell essen kann«, bemerkte eine ihrer Schwestern angewidert.

»Abgesehen von einem Löffel Frühstücksflocken ist das das Erste, was ich seit dem Frühstück gestern gegessen habe«, sagte Stuart empört.

»Na, dann beschwer dich nicht bei mir, wenn du dir den Magen verdirbst.«

»Das hatte ich auch nicht vor.«

»Okay, okay«, sagte April und klatschte in die Hände wie eine Lehrerin. »Lasst uns anfangen.«

Sie sah Stuart erwartungsvoll an und dieser warf einen Blick über seine Schulter, um sicherzustellen, dass niemand im Café ihnen zuhörte.

»Also gut«, sagte er leise. »Es fing alles damit an, dass ich direkt am Anfang der Sommerferien acht Münzen und eine Nachricht meines Großonkels Kenny gefunden habe, in der stand, dass ich versuchen solle, seine Werkstatt zu finden. Ich habe angefangen, den Hinweisen zu folgen und dann hat April mir dabei geholfen, aber wir haben herausgefunden, dass das nicht nur normale Hinweise waren, sondern magische Hinweise. Nicht Meerschweinchen, die aus Hüten kommen, oder Taschentücher, die die Farbe wechseln, sondern *echte* Magie, und ...«

»Es gibt doch gar keine Magie«, unterbrach eine von Aprils Schwestern fest überzeugt.

»Doch, gibt es schon«, erwiderte Stuart.

»Nein, gibt es nicht.«

»Halt die Klappe, June«, sagte April.

»Sag mir nicht, dass ich die Klappe halten soll!«

»Du hast Stuart um eine Erklärung gebeten und dann hast du ihn schon nach ungefähr fünf Wörtern unterbrochen.«

»Ja, aber du musst nicht so gemein sein. Vergiss nicht, dass ich die Älteste bin.«

»Ach, jetzt fang nicht wieder damit an.«

»Genau, fang nicht wieder damit an!«, jammerte May und wand sich June zu. »Ich habe genug davon, immer die Jüngste genannt zu werden, nur weil ich zehn Minuten später als April auf die Welt gekommen bin. Und überhaupt, Mum sagt, eigentlich bedeutet das, dass *ich* die Älteste bin, weil ich euch rausgeschmissen habe und geblieben bin, bis ich bereit war.«

»Das sagt sie nur, damit du dich besser fühlst«, sagte April.

»Jetzt hackt ihr beide auf mir herum. Das ist nicht fair!«

Stuart stütze sein Kinn in die Hand und sah zu, wie sie sich stritten. Es war auf jeden Fall leichter, sie zu unterscheiden, wenn sie sich ärgerten: May bekam rote Flecken im ganzen Gesicht und bewegte ihren Kopf ruckartig hin und her, während June sehr ruhig, ernst und stocksteif wurde, wie eine Direktorin, die etwas missbilligte.

Das Gezanke wurde langsam schwächer, bis sie alle wieder ruhig dasaßen und ihn anschauten. »Soll ich weitermachen?«, fragte er. June nickte etwas steif.

»Okay, überspringen wir, wie es angefangen hat. Als wir die Werkstatt dann gefunden hatten, haben ich und April eine Art Schlüssel in einer der Illusionen entdeckt. Der Schlüssel sieht aus wie ein Stern mit sechs Zacken. Jedes Mal, wenn er benutzt wird, öffnet er auf irgendeine Weise ein magisches Abenteuer, in dem man ein Rätsel lösen muss, und nach jedem Abenteuer verschwindet eine der Zacken.«

»Wie, du meinst es macht *Puff!* und sie verschwindet in einer Wolke aus grünem Rauch?«, fragte May mit großen Augen.

»Sei nicht albern, May«, sagte June. »Metall kann nicht einfach so verschwinden. Das ist eine physikalische Unmöglichkeit.«

»Aber Stuart hat doch gerade gesagt, dass es so war.«

»Na ja, aber es geht nicht.«

»Doch das geht und es stimmt«, sagte April, die unglaublich genervt klang und den magischen Stern aus ihrer Tasche zog. Es war nur noch ein Stück Metall in Form eines *V.* Sie hielt es hoch und May starrte mit offenem Mund darauf.

»Aber es sind nur noch zwei Zacken übrig!«, rief sie ganz außer sich. »Das heißt, ihr müsst schon *vier* Abenteuer gehabt haben und ihr habt uns nichts davon erzählt!«

»So etwas wie Magie gibt es nicht«, wiederholte June, die den Stern keines Blickes würdigte.

»Doch, gibt es.«

»Nein, gibt es nicht.«

»Wohl.

»Nein.«

Stuart sprang auf die Beine, wobei er laut mit dem Stuhl rückte, und alle drehten sich zu ihm und sahen ihn an.

»Ich sag euch was«, sagte er. »Die einzige Möglichkeit, das zu erklären, ist, euch die Illusionen zu zeigen. Können wir nicht einfach zum Bauhof gehen? Bitte!«

Es war lange still, dann zuckte June mit den Achseln. »Nur reden bringt uns sowieso nicht weiter«, sagte sie.

Als sie das Café verließen, nahm May eine Ausgabe des *Beech Road Guardian* aus ihrer Umhängetasche und legte sie auf den Tresen.

»Was ist das?«, fragte der Besitzer, der gerade einige Scheiben Brot mit Butter bestrich.

»Beetons führende Lokalzeitung«, sagte June. »Hätten Sie gerne eine Ausgabe für Ihre Kunden?«

»Nein danke, Kleine.« Er gab der Zeitung einen Schubs mit seinem Ellbogen, woraufhin sie zu Boden flatterte. Stuart hob sie auf und sah, was er vorhin nicht gesehen hatte – den Artikel im Mittelteil über Rowena Allsopp und das Fernsehinterview. Er wurde von drei Fotos begleitet:

Foto eins zeigte Rowena neben Rod Felton, der seinen Fuß auf den Fächer der Fantastikheit gestellt hatte.

Stuarts Dad war ebenfalls auf dem Bild und starrte mit seinem vagen, *Ich erfinde gerade einen Rätselhinweis-Blick* in den Raum.

Auf dem zweiten Foto war der Fächer der Fantastikheit geschlossen und Rod Felton flog quer durch die Luft, nur wenige Millimeter von der entsetzten Rowena Allsopp entfernt. Stuarts Dad war immer noch in der exakt gleichen Position eingefroren.

Auf dem dritten Foto waren sowohl Rod Felton als auch Rowena Allsopp komplett aus dem Bild verschwunden, abgesehen von einem unscharfen Etwas, das Rowenas Ellbogen sein konnte. Stuarts Vater starrte noch immer mit freundlichem Blick ins Leere – er schien von dem kolossalen Desaster, das sich zu seiner Rechten abspielte, überhaupt nichts mitbekommen zu haben.

Doch da war noch etwas anderes auf dem dritten Foto. Etwas, das Stuart so genau hinsehen ließ, dass seine Nase beinahe das Papier berührte.

»Was ist denn da?«, fragte April.

Er zeigte darauf.

Als der Fächer zusammengeklappt war, wurde eine Seitenansicht der Kammer des Bluts sichtbar. Die vier Silhouetten der verzierten Schwertgriffe standen hervor. Aber inmitten der dunklen Ansammlung von Schwertgriffen hatte der Blitz von Mays Kamera eine winzige, perfekte v-förmige Lücke erleuchtet.

»Großartig!«, rief April. »Dort kommt der Stern als Nächstes hin!«

Kapitel 28

Der Bauhof war offen und direkt hinter dem Tor parkte ein Lastwagen, den zwei Arbeiter gerade mit Holzbrettern beluden.

»Sucht ihr euren Dad?«, fragte einer von ihnen, als die Drillinge vorbeimarschierten.

»Nein«, sagte June, die die Schlüssel in der Hand hielt. »Wir sind auf einer Recherchemission.«

Der Schuppen stand in einer hinteren Ecke des Hofs. Die Illusionen waren (bis auf den Rosen-Thron) noch immer mit schweren Tüchern verhängt, und als Stuart anfing, sie zu enthüllen, wurde deutlich, dass sie ziemlich nachlässig hingeworfen worden waren.

Zwei der Spiegel im Bogen waren gesprungen, der Fächer steckte halb offen fest, und in der Tür des Buchs der Gefahren war eine Delle. Am schlimmsten war aber, dass die Kammer des Bluts auf die Vorderseite gelegt worden war. Als Stuart und die Drillinge versuchten, sie hochzuheben, mussten sie erkennen, dass alle vier Schwertgriffe verbogen waren. Stuart und April war es nie gelungen, die Schwerter aus der Kammer zu ziehen, und er konnte sich vorstellen, dass die Chancen nun noch viel geringer waren.

»Ich gehe mal nach einem Schraubenschlüssel schauen«, sagte April und flitzte wieder aus dem Schuppen hinaus.

Stuart gab dem Kabinett einen Stoß, um zu sehen, ob es sich noch drehte, doch es schwang mit zufriedenstellender Geschwindigkeit rundum und warf rubinrote Lichter auf die anderen Illusionen. Trotz der vielen Kratzer und Dellen fühlte er einen Anflug von Stolz auf die Kreationen seines Großonkels und das plötzliche Bedürfnis, mit ihnen anzugeben.

»Wir warten«, sagte June, die ungeduldig mit ihrem Fuß wippte.

»Okay. Jeder dieser Tricks ist eine großartig gebaute Bühnenillusion«, erklärte Stuart. »Wir haben bisher immer damit angefangen herauszufinden, wie der Mechanismus funktioniert, was uns dann jeweils zu der Stelle geführt hat, in die der magische Stern kommt. Es hat alles mit dem Kabinett des Pharaos hier angefangen.«

Er zog am Schlangengriff an einer der Pyramidenseiten und kroch hinein. »Das ist wirklich clever gemacht. Ihr werdet sehen, dass ich, wenn ich sie schließe, hinten hinaus kann, indem ich einen Knopf auf dem Boden drücke.«

Er sah zu den beiden identischen Gesichtern hinauf. Eines davon sah ernst aus, aber in einer ruhigen Art und Weise, und das andere sah aufgeregt aus, wie ein Kind, das darauf wartet, dass sich ein Pantomime-Vorhang öffnet. Ihm wurde klar, dass er die beiden zum ersten Mal, seit er sie kannte, unterscheiden konnte. »Du bist June«, sagte er und deutete auf die Erste, »und du bist May.«

»Ja, das *wissen* wir«, sagte May. »Du musst *uns* das nicht sagen.«

»Und außerdem«, fügte June hinzu, »ist es unhöflich, auf jemanden zu zeigen.«

Grinsend schloss Stuart die Pyramidentür, wartete, bis die Leuchtsterne sichtbar wurden und drückte dann den Knopf in der Mitte des Bodens.

Ein fieses schepperndes, mahlendes Geräusch war zu hören – die Art Geräusch, die man hört, wenn die Kette eines Fahrrads rausspringt –, und eine der Pyramidenseiten ruckelte. Ein winziger Lichtspalt, so breit wie ein Haar, wurde sichtbar. Stuart gab der Seite einen leichten Stoß, dann einen festeren, aber sie bewegte sich nicht.

»Ich dachte, du sollst wieder auftauchen«, rief eine der Drillinge.

»Ich habe den Schraubenschlüssel«, hörte er April atemlos sagen. »Wo ist Stuart?«

Er stemmte sich mit seinem ganzen Gewicht gegen die Seite und der haarbreite Spalt verdoppelte sich. »Hier drin«, rief er durch den Spalt. »Die Seite steckt fest. Sie wurde bestimmt beim Transport beschädigt. Kannst du es an allen Griffen versuchen?«

Er hörte eine Reihe von angestrengten Schnaufern von April, gefolgt von einem niedergeschlagenen »Nein«.

»Ich hole eine Brechstange«, fügte sie noch hinzu und verschwand wieder.

Stuart saß in beschämender Stille, bis sie ein paar Minuten später wieder auftauchte, und nach einigem Hebeln und Drehen schaffte sie es, die Lücke so weit aufzustemmen, dass er sich durchquetschen konnte.

June und May verschränkten die Arme.

»Nun, das war ja ziemlich beeindruckend«, sagte May. »Nämlich gar nicht.«

»Warte, bis du siehst, wie der Spiegelbogen funktioniert«, sagte April ungehalten. »Er ist großartig!«

Sie kniete sich neben den Bogen und drehte den falschen Spiegel ganz unten herum. Es war ein lautes Schnappen zu hören und sie sah mit bleichem Gesicht zu Stuart hinauf, den abgebrochenen Spiegel in der Hand.

»Mir scheint, wir haben hier den Beweis schlechter Qualität«, sagte June und zog ihr Notizbuch aus der Tasche.

»Mir scheint«, sagte Stuart, dessen Laune sich langsam verschlechterte, »wir haben hier den Beweis, dass eine Person beim Organisieren des Transports dieser Tricks übersehen hat, den Transporteuren zu sagen, dass sie zerbrechlich sind und mit *Sorgfalt* behandelt werden müssen.«

April stand auf. »Stuart, es tut mir wirklich sehr leid.«

»Es ist nicht deine Schuld«, murmelte er. »Mal sehen, was wir mit der Kammer des Bluts machen können. Wir haben es ja bisher nicht einmal geschafft, sie zu *öffnen*«, fügte er zugunsten von Aprils Schwestern noch hinzu.

Sie gingen hinüber, um sie zu begutachten.

Die vier Schwertgriffe waren nicht mehr wie auf dem Foto in einer Gruppe angeordnet, sondern nach außen gebogen. Die perfekte, kleine v-förmige Lücke, die in der Zeitung sichtbar gewesen war, war jetzt eine Aussparung, die groß genug war, dass man eine ganze Hand hineinstecken konnte.

Zwischen den Schwertgriffen war ein winziger Ring sichtbar, der in der gleichen rubinroten Farbe gestrichen war, wie der Rest der Tür. Stuart griff nach oben, um daran zu ziehen, aber selbst wenn er sich streckte, so weit es ging, konnte er nur das erste Fingergelenk durch den Ring stecken.

April sah taktvoll weg, während er sich abmühte.

»Das machst besser du«, sagte er, trat einen Schritt zurück und sah zu, wie sie an dem Ring zog. Es passierte gar nichts.

»Ich kann aber etwas fühlen, wenn ich daran ziehe«, sagte sie. »Es ist, als ob ich einen Verschluss oder eine Feder löse.«

»Ich habe eine Idee«, sagte Stuart. »Versuchs nochmal.« Und dieses Mal fasste er, als sie zog, nach dem Griff des untersten Schwerts. Trotz des verbogenen Griffs ließ es sich geschmeidig und problemlos aus der Tür ziehen.

Während sich Stuart nach dem nächsten streckte, nahm April (mit ihrer anderen Hand) die beiden oberen heraus. Dann schwang die Tür der Kammer auf. Das Innere war in mattem Gold bemalt, in dem sich ihre Gesichter dumpf spiegelten.

»Ich vermute, dass die Assistentin des Klitze-Kleinen Kenny Horten in das Kabinett getreten ist«, sagte April. »Dann schloss sich die Tür und der Klitze-Kleine Kenny steckte die Schwerter wieder rein.«

»Na ja, ich würde das nicht gerade einen Trick nennen«, sagte June. »Ich meine, alles was die Assistentin tun musste war, in die Hocke zu gehen, wenn die Tür zuging, und dann sind die Schwerter gar nicht in ihre Nähe gekommen.«

»Kinderleicht«, ergänzte May.

»Und was ist dann *das*?«, fragte Stuart und deutete auf etwas. Im Inneren der Kammer hingen zwei goldene Schlaufen von der Rückseite, die wie große Armreife aussahen: einer in Höhe des Halses eines Erwachsenen, einer in Hüfthöhe.

»Die sind dafür da, um sicherzustellen, dass die Assistentin sich nicht bewegen kann«, sagte April. Sie hüpfte in das Kabinett, stellte sich vor die Rückwand und legte die niedrigere der Schlaufen um ihre Brust.

Dann streckte sie sich und schloss die andere um ihre Stirn.

»Los, Stuart«, sagte sie grinsend.

»Bist du dir sicher?«

»Dein Großonkel hat uns doch bisher auch nicht im Stich gelassen, oder?«

»Okay.«

Als Stuart die Tür der Kammer schloss, war ein Quietschen zu hören und dann ein Kichern von April. Er hob eines der Schwerter auf.

»Was um alles in der Welt denkst du, dass du da tust, Stuart?«, fragte June, die mehr denn je wie eine Schuldirektorin klang.

»Geht es dir immer noch gut, April?«, rief Stuart.

»Mir geht's gut.« April klang erstaunlich *nah*, fast so, als befände sie sich überhaupt nicht in der Kammer.

»Und soll ich jetzt das erste Schwert reinstecken?«, fragte er.

»Ja.«

»Neeeeeeeeeeeeiiiiiiiin!«, schrie May und machte einen Satz nach vorne. »Du wirst meine Schwester umbringen! Ich weiß, dass du sie umbringen wirst!«

Kapitel 29

»Hör sofort damit auf«, kommandierte June und griff nach Stuarts Arm mit dem Schwert. »Ich befehle dir, aufzuhören.«

»Hilfe!«, schrie May. »*Hilfe!* Er ermordet April!«

Plötzlich öffnete sich die Tür des Schuppens und alle hörten auf zu schreien. Der Vater der Drillinge stand da und sah verwirrt aus.

»Was ist denn hier los?«, fragte Mister Kingley fordernd.

»Nichts«, sagten alle. Stuart versteckte das Schwert hinter seinem Rücken.

»Dann ist das aber ein lautes Nichts. Wo ist April?«

»Hier, Dad«, sagte sie. »Hinter der roten Kammer. Dreh sie um.«

Skeptisch streckte Mister Kingley eine Hand aus und drehte die Kammer. Stuart und die anderen Drillinge standen mit offenen Mündern da, als April ins

Sichtfeld kam. Sie befand sich an der *Außenseite* der Kammer, die goldenen Schlaufen noch immer um ihre Stirn und die Brust geschlungen, und ihre Fersen standen auf einem winzigen Vorsprung. Sie grinste, als sie ihre verblüfften Gesichter sah.

»Als sich die Tür geschlossen hat, ist die komplette Rückwand herumgeschwungen«, sagte sie. »Es spielt also keine Rolle, wie viele Schwerter hineingesteckt werden, ich bin in Wirklichkeit vollkommen in Sicherheit.«

»*Schwerter?*«, wiederholte Mister Kingley. »Wer albert hier mit Schwertern herum?«

»Wie du weißt, Dad«, sagte June geschwollen, »bin ich niemand, der herumalbert. Ich gehe vorausschauend und methodisch vor, bei allem, was ich tue.«

»Und was ist mit deinen Schwestern?«

»Als die Älteste werde ich sicherstellen, dass sie dasselbe tun.«

»Du bist *nicht* die Älteste!«, schrie May.

»Ich verspreche, dass wir vorsichtig sein werden«, sagte April feierlich und nicht gerade überzeugend.

Ihr Vater seufzte. »Als ihr geboren wurdet, hat mir jemand gesagt, dass Mädchen weniger Probleme machen als Jungs. Wozu ich nur sagen kann: *Ha ha ha*.«

Es wurde still.

»Bitte, Dad«, sagten die Drillinge und dann strahlten alle drei ihren Vater mit absolut identischem Lächeln hoffnungsvoll an.

Er verdrehte die Augen. »Noch mehr Geschrei und ich nehme euch den Schlüssel weg. Stuart ...«

»Ja.«

»Ich übertrage dir die Verantwortung.«

Mister Kingley verließ den Schuppen.

Die Mädchen sahen Stuart an.

»Ich habe das Sagen«, betonte er. Es war ein tolles Gefühl.

Er half April, sich aus den goldenen Schlaufen zu befreien, dann schoben die beiden die Schwerter zurück in die Tür.

»Ich bin bereit, zuzugeben«, sagte June widerwillig, »dass der Schwert-Trick ganz clever ist.«

»Aber das hat nicht wirklich etwas mit *Magie* zu tun«, quiekte May. »Es ist keine *echte* Magie.«

April verdrehte die Augen. »Wir haben doch schon ungefähr achthundert Mal erklärt, dass man den magischen Stern benutzen muss, um zu dem Teil mit der *richtigen* Magie zu kommen.«

»Na, dann los.«

»Na ja, ich weiß nicht, ob es geht«, sagte April besorgt.

Stuart versuchte, die verbogenen Schwertgriffe zusammenzudrücken, um wieder die v-förmige Lücke zu bekommen, die er auf dem Foto gesehen hatte. Aber sie standen zu weit auseinander.

April versuchte zu helfen, aber das elastische, krumme Metall widerstand ihren Anstrengungen. Minuten vergingen und Stuart fühlte, wie er einen roten Kopf bekam.

»Es hat keinen Zweck«, sagte er matt und brach das Vorhaben ab. »Wir schaffen es nicht.« Und dieses eine Mal war es nicht April, die ihm widersprach. Es war June.

»Wir schaffen es«, sagte sie.

»Wie denn?«

»Vier Schwerter für vier Leute. Wenn jeder von uns eines aus einem anderen Winkel zur Mitte drückt, dann stehen die Chancen gut, dass wir die Lücke schließen können.«

Stuart sah April an. »June hat recht, weißt du«, murmelte sie.

Langsam nickte er. »Aber denk nur, was das bedeuten würde …«, erwiderte er.

»Was?«, fragte May fordernd. »Was würde es bedeuten?«

»Es würde bedeuten, dass ihr beide mit uns kommt.«

»Mit wohin?«

»Wo auch immer wir hingehen. Wo auch immer der magische Stern uns hinschickt. Die Wüste, oder ein Raum voller Spiegel, oder ein seltsames Labyrinth.«

»Oder ein Palast voller Schätze«, fügte April hinzu. »Und wenn wir einmal dort sind, müssen wir ein Rätsel lösen, bevor wir wieder zurückkönnen. Es ist wirklich erstaunlich.«

»Was, wenn ihr es nicht löst?«, fragte May.

Keiner sagte etwas, woraufhin May einen Schreckensschrei ausstieß.

»Ihr meint, wir könnten dort festsitzen?«

»Hör auf zu kreischen, May«, sagte June und trat vor. »Das ist doch sowieso alles erfunden. So etwas wie Magie gibt es nicht, und als investigative Reporterin bin ich bereit, das auch zu beweisen. Und als Pressefotografin solltest du bereit sein, das zu dokumentieren.« Sie legte eine Hand auf einen der Schwertgriffe. »Sollen wir es versuchen?«

Stuart zögerte einen winzigen Moment lang und wog die Alternativen ab. Auf der einen Seite der Waage standen die Drillinge, schreiend, streitend, gaben Befehle und nahmen absolut keine Notiz davon, was er zu sagen hatte (obwohl ihr Vater ihm die Verantwortung übertragen hatte); aber auf der anderen Seite war der nächste Buchstabenhinweis – und Charlie. Und so klein Charlie auch war, die Waage kippte zu seinen Gunsten.

»Okay«, sagte Stuart. »Legen wir los.«

Kapitel 30

Jeder der vier nahm einen Schwertgriff.

»Auf drei«, sagte Stuart, »drückt ihr sie zusammen, so stark ihr könnt, und dann kann April den magischen Stern einsetzen. Eins … zwei …«

»Sollte April nicht den Stern an seinen Platz halten, bevor wir drücken?«

»Wie, und meine Finger zerquetschen lassen? Na, vielen Dank, June.«

»War ja nur ein Vorschlag.«

»Ein wirklich doofer.«

»Ich trage die Verantwortung«, sagte Stuart.

»Nenn mich bitte nicht doof, April.«

»Hab ich nicht.«

»Aber du hast es so gemeint.«

»June hat nur einen Vorschlag gemacht, weißt du.«

»Das ist wieder typisch: Immer bist du auf Junes Seite.«

»Stimmt nicht.«

»May, du musst mich nicht verteidigen. Ich kann mich sehr wohl selbst verteidigen. Was ich April sagen wollte, ist …«

»ICH HABE DIE VERANTWORTUNG, ALSO HALTET IHR JETZT ENDLICH MAL DIE KLAPPE!«, brüllte Stuart.

Sofort herrschte erstaunte Stille. Mays und Junes Augen waren vor Schreck geweitet.

»Hast du den Stern bereit?«, fragte er April. Sie nickte und er konnte sehen, dass sie sich innen auf die Wangen biss, um nicht loszulachen. »Also dann, auf drei«, fuhr er fort. »Eins …«

May hob die Hand, als sei sie in der Schule.

»Ja?«, fragte Stuart argwöhnisch.

»Ich weiß, ihr denkt alle, ich mache die ganze Zeit nur Aufhebens um alles, aber ich wollte darauf hinweisen: Da dieser Trick außen beschädigt wurde, wie könnt ihr da wissen, dass er nicht auch innen kaputt ist? Das magische Abenteuer könnte total schiefgehen und schrecklich und beängstigend sein statt rätselhaft und aufregend.«

»Man kann Magie nicht einfach *verbiegen*«, sagte April. »Sie ist ja kein *Löffel* oder so was.«

»Woher weißt du das?«

»Weil es so etwas wie Magie gar nicht gibt«, sagte June ungefähr zum vierzigsten Mal.

May sah ein wenig beleidigt aus. »Nie hört mir jemand zu«, murmelte sie.

»Können wir jetzt weitermachen?«, fragte Stuart. »Eins … Zwei … *Drei.*«

Er stand direkt vor einer Mauer und seine Nase berührte fast die raue Oberfläche. Verblüfft trat er einen Schritt zurück und erkannte, dass auch links und rechts von ihm Mauern waren, nahe genug, um beide gleichzeitig berühren zu können. Er blickte nach oben und sah, dass die Wände extrem hoch waren und darüber eine weiße Decke, die hell erleuchtet war.

Dann drehte er sich um.

Sein erster Gedanke war, dass er am Ende einer Bowlingbahn stand. Zwischen den parallel verlaufenden Mauern erstreckte sich ein schmaler, gemusterter Gang, der sich in sanften Kurven hinauf zu etwas schlang, das wie Festungsmauern aussah.

Von den Drillingen war nichts zu sehen.

»Ist hier jemand?«, rief Stuart. »April? May? June?« Er dachte, er könne irgendwo zu seiner Linken eine entfernte Antwort hören, aber er konnte die Wörter nicht verstehen.

»Charlie!«, rief er und erinnerte sich dann daran, dass *Charlie* wahrscheinlich gar nicht der richtige Name des Hundes war. Er versuchte es mit »Champ! Chester! Cheddar! Chumley!«, aber es kam keine Antwort.

Stuart sah auf den Boden unter seinen Füßen. Der Pflasterstein, auf dem er stand, war einfarbig weiß, aber auf den anderen Steien vor ihm waren Bilder von Tieren und Menschen und komische Zeichen. Es sah aus wie ein Kinder-Dominospiel. Einfach und klar. Stuart sah sich um und suchte nach einem Hinweis, aber es gab nichts Offensichtliches. Er trat auf den ersten Stein, auf den ein roter Kreis gemalt war. Auf der Stelle zerbröselte der Pflasterstein wie ein Keks und Stuart fiel ins Wasser. Dunkles, eiskaltes Wasser. Wasser, das so kalt war, dass ihm einige Sekunden lang die Luft wegblieb, während er wild herumruderte. Als er nach Luft schnappend und hustend wieder auftauchte, schaffte er es, seine Ellbogen auf den weißen Stein zu stützen und sich daran aus dem Wasser herauszuziehen.

Als er keuchend und zitternd dastand, trommelte sein Herz wie wild.

Das war gefährlich, dachte er und starrte auf das dunkle Rechteck aus Wasser hinunter. Wirklich richtig gefährlich.

Und dann dachte er: Was, wenn May Recht hat? Was, wenn der Trick sowohl innen als auch außen kaputt ist?

Die Oberfläche des Wassers war nun wieder glatt und schiefergrau. Er könnte jetzt problemlos darüber steigen, auf den nächsten Pflasterstein, der mit einer Ente dekoriert war. Aber er hatte furchtbare Angst, was wohl darunter liegen mochte. Aber hatte er eine andere Wahl? Er setzte sich hin, streckte seine Beine aus und haute ein paar Mal mit seiner Ferse auf die Ente. Der Stein schien stabil genug, also stand er auf und sprang schnell darauf (bevor er den Mut verlor).

Einige Sekunden lang passierte gar nichts, doch dann bemerkte er, dass er sank – er sank ganz allmählich in den Stein ein, als stünde er auf dickflüssigem Sirup. Die Oberfläche quoll seitlich an seinen Schuhen herauf und fing an, sich um seine Zehen zu schließen. Panisch hob er einen Fuß, aber der andere sank nur noch tiefer. Es war, als schlucke ein riesiges Maul sein Bein. Stuart fühlte, wie es um seinen Fußknöchel herum eng wurde, also machte er einen Satz nach vorne und fiel mit den

Knien auf den nächsten Pflasterstein. Sein verschluckter Fuß kam mit einem Ruck frei, jedoch ohne Schuh, und er blieb auf den Knien, durchnässt und zitternd, und wartete darauf, dass etwas noch Schlimmeres passierte. Eine Minute verging und dann eine weitere. Von seinen Klamotten tropfte Wasser, das eine Pfütze um ihn herum bildete. Der Pflasterstein mit dem kleinen blauen Handschuh, auf dem er kniete, blieb ein normaler Pflasterstein, deshalb stand er schließlich auf. Sein gequetschter Fuß fühlte sich ganz wackelig und schwach an, genauso wie sein Gehirn.

Irgendwo von rechts hörte er ein Quieken und er rief: »May, bist du das?«, aber es kam keine Antwort.

Er versuchte, seine Gedanken zu sammeln. Der Kreis und die Ente waren katastrophal gewesen, aber der Handschuh war okay. Konnte das ein Code sein? Oder ein Bilderrätsel? »Handschuh«, sagte er laut. Gab es ein anderes Wort für Handschuh? Er glaubte nicht. Er sah sich die Pflastersteine vor sich an, jeder mit einem klaren, einfachen Bild bedruckt, und er schätzte, dass er vielleicht bis zu dem drittnächsten springen könnte, aber weiter nicht. Was bedeutete, dass er sich zwischen einem Fallschirm, einer Kuh und einem Gesicht entscheiden musste.

»Fallschirm. Springen. Kuh. Muh. Gesicht. Kopf?« Beim genaueren Hinsehen entdeckte er einen kleinen Pfeil, der auf das Ohr des Gesichts zeigte. Handschuh und Ohr? Das machte doch keinen Sinn! »Kenny Horten«, sagte Stuart. »Was hast du dir nur gedacht?« Und dann wusste er es.

Der Hinweis lag im Namen seines Großonkels.

Kapitel 31

Stuart sah auf seine Füße hinunter und dann auf den dritten Pflasterstein von dem aus, auf dem er stand.

»*H* wie Handschuh«, sagte er und sah nach unten auf das Bild des Handschuhs. »*O* wie Ohr. H-O-rten.« Dann trat er einen halben Schritt zurück, ballte seine Hände zu Fäusten, holte tief Luft und setzte zu einem so riesigen Sprung aus dem Stand an, wie er ihn noch nie versucht hatte. Mit einem Knall landete er auf dem felsenfesten Stein mit dem Gesicht.

Angespannt sah er sich den Weg an, der noch vor ihm lag und hielt nach etwas Ausschau, das mit einem *R* anfing. Aber er konnte nichts entdecken. Verwirrt schaute er auf die nächsten drei Steine. Eine Zitrone, ein Vogel und eine Tafel Schokolade. Nichts davon fing mit einem *R* an. Die Zitrone schied wohl klar aus. Ebenso die Schokolade. Aber was war mit dem Vogel? Er hatte einen roten Fleck auf der Brust. *R* wie Rot. Das war es, es musste ein Rotkehlchen sein! In diesem Augenblick war Stuart froh, dass er ein wandelndes Lexikon als Vater hatte. Wer beschäftigte sich sonst noch so eingehend mit der Tierwelt wie er?

»*H* wie Handschuh, *O* wie Ohr, *R* wie Rotkehlchen«, sagte Stuart laut. Es hörte sich schlüssig an, deshalb übersprang er zielsicher die Steine und landete unbeschadet auf dem Vogel. Die nächsten beiden waren einfarbig weiß und er tapste vorsichtig darüber, froh, dass er sich nun auf dieser kleinen, sicheren Insel befand. Ihm war wieder etwas wärmer und er fühlte sich schon zuversichtlicher. Er fragte sich, wie sich wohl die Drillinge schlugen. Er hatte schon eine Weile keine Schreie mehr gehört und war sich nicht sicher, ob das ein gutes oder ein schlechtes Zeichen war.

»April?«, rief er. »Kannst du mich hören?«

Es kam keine Antwort.

»Na gut«, sagte er zu sich selbst. »Ich brauche etwas, das mit einem *T* anfängt.« Und direkt vor ihm war die Lösung. Das Bild einer Teekanne. Konnte es dieses Mal wirklich so einfach sein? Er gab dem Stein mit der Teekanne einen kleinen Tritt mit dem Fuß und sofort öffnete sich ein Loch. Als plötzlich ein widerlich stinkender Schleim aus dem Loch lief, machte Stuart einen Satz zurück und hielt sich die Nase zu. Es war wohl doch keine Teekanne, sondern eine Kaffeekanne, dachte Stuart schockiert. Dann reckte er den Hals, um die Steine dahinter sehen zu können. Er konnte einen Kompass und einen Flamingo erkennen. Keins von beidem schien irgendeine Verbindung zum Buchstaben *T* aufzuweisen. Der schwarze Schleim quoll noch immer aus dem Loch und bildete große Blasen, die mit dem Geräusch (und dem Geruch) eines besonders fiesen Furzes zerplatzten. Stuart trat noch einen Schritt zurück und versuchte, nachzudenken.

Kompass.

Flamingo.

Der Schleim sprudelte und rann auf ihn zu. Stuart machte noch einen Schritt nach hinten und dachte, wie gut es war, dass er diese Mini-Insel aus drei Pflastersteinen hatte, auf die er sich zurückziehen konnte. Und dann kam ihm in den Sinn, dass er mit so einem großen Anlauf viel weiter springen konnte als zuvor – er konnte den vierten, vielleicht sogar den fünften Stein erreichen. Das Problem war, dass es aus dieser Entfernung gar nicht so einfach war, die Bilder zu erkennen.

Auf den vierten Stein war ein oranger Elefant gemalt, der fünfte war mit vielen Reihen kleiner Bilder bedeckt, die aussahen wie Hieroglyphen. Er konnte nur ein paar davon erkennen, die ihm am nächsten lagen – eine Windmühle und etwas, das wie ein Yeti aussah, und ein Zebra. Während er die Bilder betrachtete, lief der schwarze Schleim schon über seine Füße. Ein Elefant war ein *T*ier, aber so leicht konnte es nicht sein, oder? Und schließlich war ja auch der Flamingo ein *T*ier, das schied also aus. Aber was sollte das mit den kleinen Bildern auf dem fünften Stein? Was hatte eine Windmühle mit einem Yeti und einem Zebra gemeinsam?

Plötzlich kam ihm ein Gedanke und er schlug sich auf die Stirn. Das Alphabet natürlich! Und jetzt konnte er auch die Lücke in der vorletzten Reihe der kleinen Bilder sehen. Ein Buchstabe fehlte und er wusste auch genau, welcher es sein würde.

Hastig ging er so weit rückwärts wie er konnte und sprintete dann mit geballten Fäusten und flinken Beinen los. Er hatte vor, sich wie ein olympischer Weitspringer nach vorne zu werfen, aber die beiden letzten Schritte seines Anlaufs führten durch den überlaufenden Schleim. Er rutschte mit einem Fuß aus, dann auch mit dem anderen, und anstatt majestätisch in der Luft mit den Beinen zu paddeln, taumelte er seitwärts wie ein in die Luft geworfener Pfannkuchen. Er machte einen Bauchklatscher auf den Boden.

Vorsichtig öffnete er seine Augen einen Spalt breit und sah, dass die kleinen Buchstabenbilder nur zwei Zentimeter von seinem Gesicht entfernt waren. Apfel, Ball, Clown, Daumen, Esel, Fisch ... Das bedeutete, dass sein Oberkörper auf dem richtigen Stein lag. Er bewegte einen seiner Füße, dann den anderen. Die Oberfläche, auf der sie lagen, schien umzukippen und mit einem Anflug von Panik krabbelte er blitzschnell in Sicherheit.

Er setzte sich auf und blickte zurück. Der Stein mit dem Elefant war aufgeschwungen wie eine Drehtür, eine Seite ragte senkrecht in die Luft, die andere zeigte hinunter in ein tiefes, dunkles Loch. Als Stuart hineinspähte, sah er eine schmale Wendeltreppe, die sich in die Tiefe schlängelte. Wenn er vorhin den Halt verloren hätte, hätte er sich den Fuß brechen können, oder schlimmeres. Der Geruch von uraltem Dunst waberte aus dem Loch, deshalb stand Stuart hastig auf, um dem Gestank zu entkommen. Der Weg stieg nun steil an und er bemerkte, dass auch die Wände neben ihm jetzt niedriger waren, sodass eine Lücke zwischen ihnen und der Decke war.

»Okay«, sagte er und sah prüfend auf die Pflastersteine vor sich, »ich habe jetzt also schon ein HORT, jetzt brauche ich als Nächstes etwas, das mit einem ...«

»E!«, rief jemand auf der anderen Seite der Wand zu seiner rechten.

»April?«, fragte Stuart. Er war noch nie so froh gewesen, die Stimme von jemandem zu hören, wie in diesem Moment. »April, das bist doch du, oder?«

»Ja, hurra! Ich habe genug davon, allein zu sein. Und ich mache mir wirklich große Sorgen um meine Schwestern. Ich habe Mays Gekreische verfolgt, aber June habe ich noch gar nicht gehört. Dieser Ort ist furchteinflößend.«

»Bist du ins Wasser gefallen?«

»Ja. Und einer meiner Schuhe ist verschluckt worden und meine Füße sind voll von diesem fiesen, ekligen schwarzen Glibber, und ich bin fast diese Treppe unter dem Elefantenstein hinunter gefallen.«

»Ich auch. Mir ist genau das Gleiche passiert.«

»Zwei Dumme, ein Gedanke.«

»Den Hund hast du nicht gesehen, oder?«

»Nein«, sagte sie traurig. »Noch nicht.«

»Und wie machen wir jetzt weiter?«, fragte Stuart, während er sich die Bilder auf den nächsten drei Pflastersteinen ansah. Sie zeigten einen Ring, ein Kind und eine Cola-Flasche.

»Vielleicht ist das Kind ein *Enkel*«, philosophierte Stuart.

»Ich hab's schon, es ist der Erste«, tönte April von nebenan.

»In deinem Wörterbuch fängt Ring mit einem *E* an?«, fragte Stuart zweifelnd.

»Nein, es ist nicht der Ring gemeint, sondern der Stein, der auf dem Ring sitzt. *E* wie Edelstein.«

»Bist du dir sicher?«

»Absolut sicher. Ich stehe schon drauf.«

Trotz allem musste Stuart tatsächlich lachen. »Ich dachte du hast gesagt, dass du keine übereilten Entscheidungen mehr treffen willst.«

»Ich hab's eben eilig. Komm schon!«

»Okay.« Er machte den Sprung.

HORTE

Jetzt war es gleich geschafft: Der Weg schlängelte sich zu einer Terrasse hinauf und die Wände wurden mit jedem Schritt niedriger.

»Alles klar«, rief April. »Ein Berg, ein Hase und eine Glühbirne.«

»*N* wie N-ergiesparlampe?«, witzelte Stuart.

»Haha, konzentrier dich bitte. Gibt es einen Berg, der mit einem *N* anfängt?«

»Nanga Parbat. Liegt in Pakistan. 8125 Meter.«

»Du klingst wie dein Vater. Soll ich es versuchen?«

»Warte! Mir ist gerade noch etwas anderes eingefallen. Vielleicht ist der Hase kein Hase, sondern ein Nager?«

»Hmm, möglich. Aber welches davon ist dann das richtige Bild?«

»Gute Frage. Wenn der Hase ein Nager ist und der Berg der Nanga Parbat, was davon macht mehr Sinn?«

»Ich denke nicht, dass Großonkel Kenny davon ausgegangen ist, dass wir alle Berge der Welt kennen. Ist dann Nager nicht einleuchtender?«

Stuart dachte nach, was sein Großonkel wohl im Sinn hatte, als er sich dieses Rätsel ausgedacht hatte.

Er wollte gerade April die Entscheidung überlassen, als er in der Ferne einen verzweifelten Hilfeschrei hörte.

Kapitel 32

»June!«, rief April. »Das ist June, das weiß ich. Und sie fragt nie um Hilfe. Sie muss wirklich in Schwierigkeiten stecken.« Ihre Stimme zitterte vor Sorge. »Ich muss schnell zu ihr.«

»Nein, tu das nicht«, sagte Stuart eindringlich. »Es hilft June nicht, wenn du auch noch in Schwierigkeiten gerätst. Was, wenn du in ein Loch fällst? Dann wüsste ich nicht, wen ich zuerst retten sollte, oder?«

»Nein, aber ...« Er konnte hören, dass sie den Tränen nah war. »Eine Minute, um es zu lösen«, sagte sie. »Ich stelle den Timer an meiner Uhr. Okay? Und wenn wir es in einer Minute nicht gelöst haben, dann werde ich einfach raten.«

»Okay.«

Er sah sich wieder die Pflastersteine an, während er April nebenan nervös auf und ab hopsen hörte.

»Nager. Nanga Parbat.«

»Ich denke, es ist der Nager. Nanga Parbat sind schließlich zwei Wörter und dann könnte es ein *N* und ein *P* sein. Ich probiere es jetzt einfach.«

Stuart wollte noch protestieren, doch April war schon auf und davon, sie hüpfte vorwärts, während der Timer an ihrer Uhr piepste. Stuart beeilte sich, um mit ihr mitzuhalten, sprang auf den Stein mit dem Nager und galoppierte dann die Stufen zu der Brüstung hinauf. Wenn er sich umdrehte, konnte er von dort alle vier Wege sehen, die bis zur hinteren Wand führten. Zwei davon – die beiden, die Stuart und April gerade beendet hatten – waren nicht mehr gemustert, sondern hatten sich in feste Wege aus einfarbig weißen Platten verwandelt. Auf halber Strecke eines der anderen Wege prangte ein tropfender schwarzer Fleck.

»Das ist May!«, rief April und wedelte mit den Armen. »Sie muss in diesen schrecklichen Sumpf gefallen sein. May!«

Eine Woge der Empörung drang aus dem schwarzen Fleck. »Ich habe doch ... Ich habe doch gesagt, dass es *gefährlich* sein könnte und *niemand* hat mir zugehört – niemand hört mir je *zuuuuu.*«

»Und da ist June«, sagte Stuart und deutete auf eine winzige Figur in der Ferne. »Sie ist nicht in Schwierigkeiten, sie hat noch gar nicht angefangen. Ich geh sie holen, wenn du willst.«

April nickte dankbar und Stuart eilte davon, Junes Weg hinunter. Er war froh, dass er der Aufgabe entkommen war, eine stinkende und wütende May in Sicherheit zu bringen. Den Weg in der anderen Richtung zu bewältigen war schwerer als er sich vorgestellt hatte und beinhaltete einige komplizierte Sprünge. Erst als er June schon beinahe erreicht hatte, bemerkte er, dass sie mit fest zusammengekniffenene Augen und Fingern in den Ohren da saß, während sich um sie herum eine Pfütze Wasser gebildet hatte. Sie war offensichtlich in das eiskalte Wasser unter dem zweiten Stein gefallen.

»June!«, rief er von dem Handschuh-Stein aus. »Ich bin's, Stuart.«

»Geh weg«, sagte sie und nahm einen Finger aus dem Ohr. »Ich habe gerade einen sehr realen Traum.«

»Nein, hast du nicht.«

»Das muss aber so sein. Es ist die einzig mögliche Erklärung.«

»Aber wie kann ich im selben Traum wie du sein?«

»Weil du nicht wirklich Stuart bist, du bist nur eine Projektion meiner Vorstellungskraft. Du repräsentierst wahrscheinlich eine meiner geringfügigen Sorgen.«

»Aber ...« Er konnte an ihrem Gesicht sehen, dass es Zeitverschwendung war, mir ihr zu argumentieren. »Okay«, sagte er, »du hast natürlich Recht, June, das hier ist alles ein Traum.«

»Ich wusste es!« Sie öffnete zum ersten Mal ihre Augen.

»Und das, was ich repräsentiere, ist« – er dachte konzentriert nach – »deine Sorge, dass du immer für alles zuständig bist.«

»Ja, das ist tatsächlich eine meiner größten Sorgen«, sagte sie und sah ein wenig zufriedener aus. »Meine Schwestern verstehen gar nicht, was das für eine Verantwortung ist.«

»Aber in diesem Traum hier bist du für nichts verantwortlich.«

»Nicht?«

»Nein. In diesem Traum musst du nur auf das hören, was ich sage und genau das tun, was ich tue.«

»Aber ...«

»Und zwar ohne Widersprüche. Ist das klar?«

Sie nickte langsam.

»Also, steh auf«, sagte er, »und folge mir.«

Eine Kingley-Schwester herumzukommandieren war ein neues aber ziemlich wohltuendes Gefühl, und sie erreichten das Ende des Wegs schnell und sicher. Als sie gerade die Stufen erklommen, drehte Stuart sich um und sah, wie sich das durcheinandergewürfelte Muster von Junes Weg Stein für Stein in ein gleichmäßiges Weiß verwandelte. Dann eilte er zur Brüstung hinauf.

Die anderen beiden Drillinge waren immer noch bei der Hälfte von Mays Weg, wo April gerade dabei war, ihre Schwester auf den Buchstabenstein zu zerren. Offensichtlich hatte May den Sprung knapp verfehlt und dabei aus Versehen den feuchten, dunklen Eingang zur Wendeltreppe aufgestoßen.

»Dieser Teil des Traums zeigt ganz genau was passiert, wenn ich nicht die Verantwortung habe«, bemerkte June, die interessiert zusah.

Ihre Schwester hatte die Stufen fast erreicht, als April stehen blieb und zurück schaute.

»Was ist los?«, rief Stuart.

»Ich dachte, ich hätte etwas gehört«, antwortete April. »Warte mal kurz!« Und dann ging sie den Weg wieder zurück.

May stand wie gelähmt da.

»Du bist fast da«, sagte Stuart und ging ihr die Stufen hinunter entgegen. »Du musst nur auf das Bild mit dem Hasen springen und dann auf die Stufen.«

»Ja, tu was er sagt«, rief June. »Er sieht vielleicht aus wie Stuart, aber er ist in Wirklichkeit ein Produkt meiner Einbildung und daher vollkommen vertrauenswürdig.«

In der Ferne kniete April sich hin um die Wendeltreppe hinunterzuschauen.

»Stinke ich?«, fragte May, die die Treppe heraufstapfte und auf jeder Stufe einen ekligen Fleck hinterließ.

»Nein«, log Stuart und versuchte, durch den Mund zu atmen.

»Doch, das tu ich. Ich rieche wie ein Dixi-Klo.«

Dann richtete April sich wieder auf und Stuart sah, dass sie etwas braun-weißes mit einem heftig wedelnden Schwanz in den Armen hielt.

»Du hast ihn!«, schrie er und riss die Arme nach oben.

»Ich habe ihn!«, wiederholte April. »Ich habe leise Tapser gehört, die die Treppe heraufkamen und ich wusste einfach, dass er es war!« Sie machte sich wieder auf den Weg in Richtung Stufen, während sie Charlie fest umschlungen hielt.

»Was passiert mit dem Weg?«, fragte May.

»Was?«

»Der Weg hinter April.«

Stuart sah, worauf May zeigte und das Blut in seinen Adern schien zu gefrieren. Die Pflastersteine wurden weiß, einer nach dem anderen, als würde ein riesengroßer Pinsel den Weg entlangfahren, die Muster auswischen und die Löcher und Risse stopfen. »Lauf!«, brüllte er mit vor Angst krächzender Stimme in Richtung April. *»Lauf!«*

April warf einen Blick hinter sich, schrie angstvoll auf und fing an, sich zu beeilen.

»Los, April!«, schrie May.

»Dieser Teil des Traums muss wohl eine größere Sorge repräsentieren«, bemerkte June. »Vielleicht meine Klavierprüfung, die bald ansteht.«

»Hältst du endlich mal die Klappe mit deiner blöden Klavierprüfung!«, brüllte May über ihre Schulter. »Kapierst du es nicht? Einmal in deinem Leben hast du nicht Recht. Das hier ist kein Traum, es ist real.«

»Schneller!«, rief Stuart mit brüchiger Stimme, aber April war nun nur noch ein paar Steine vor dem Pinsel und ihre Schritte wurden unsicher. Sie schaffte den langen Sprung zum Edelstein, doch dann stolperte sie, versuchte es mit einem halbherzigen Hopser und landete mit voller Wucht auf dem Bild mit der Glühbirne.

Und blieb dort stecken wie eine Maus, die in einem Topf Leim gefangen war.

»Ich kann meine Füße nicht mehr heben«, rief sie, während sie sich verzweifelt abmühte. »Ihr müsst mir helfen.«

Stuart machte einen Satz, aber May war noch schneller und schubste ihn beiseite, während sie die Stufen hinuntergaloppierte, um ihre Schwester zu retten. Er versuchte gerade aufzustehen, als June sich vorbeidrängelte und dabei rief: »Ich erkenne zwar nicht die Logik hinter dem Ganzen hier, aber ich komme, April! Ich komme, um dich zu retten!« Und auf dem Weg trat sie voll auf Stuarts Fuß.

Deshalb befand er sich ein paar Schritte hinter ihnen, als sie den Weg erreichten, und konnte nur noch vor Entsetzen schreien, als die weiße Welle erst April und den Hund, dann ihre beiden Schwestern verschlang und nichts zurückließ als blanke Steine und gähnende Leere.

Kapitel 33

»Kommt zurück!«, brüllte Stuart. *»Bitte!«* Die Lichter in dem riesigen Raum wurden langsam schwächer.

»April!«, rief er, aber seine Stimme verlor sich in der unermesslichen Weite. Auf dem Weg vor ihm flackerte auf jedem einzelnen Pflasterstein der Buchstabe *G* kurz auf. Dann landete Stuart mit einem Ruck, dass es in seinem Nacken knackste, wieder im Schuppen.

Die Tür öffnete sich und ein Mann in einem Overall schaute herein.

»Bist du immer noch hier?«, fragte er. »Ich schließe gerade ab und Mister Kingley hat mich gebeten, alles zu checken, bevor ich gehe. Wo sind die Mädchen?«

»Weg«, sagte Stuart. Er fühlte sich gelähmt vor Schreck und seine Stimme klang leer.

»Okay, gut, dann raus hier.«

»Nur noch eine Minute …« Er brauchte unbedingt Zeit zum Nachdenken und suchte verzweifelt nach einer Ausrede. Dann sah er seine eigenen Füße, von denen einer in einem Turnschuh steckte und der andere in einer dreckigen, mit Schleim überzogenen Socke. »Mein Schuh«, sagte er, »ich habe hier irgendwo meinen Schuh verloren.«

Der Mann zuckte mit den Schultern. »Du hast zwei Minuten während ich meine Sachen hole. Danach bist du hier raus, Schuh hin oder her.«

Er ließ die Tür offen und das frühabendliche Sonnenlicht strömte herein. Nur noch eine der Illusionen seines Großonkels schien es zu reflektieren; die einzige Illusion, die noch nicht benutzt worden war: das Buch der Gefahren, dessen verbeulte, seidig glänzende Oberfläche in dem rötlichen Licht leuchtete und dessen Aufschrift auf der Tür nun wie eine glühende Warnung schien:

ÖFFNEN AUF EIGENE GEFAHR

Und Stuart wusste, dass der einzig mögliche Weg, die Drillinge zurückzuholen, durch diese Tür führte. Eine Tür, die beschädigt war, eine Tür, die in eine Welt führen könnte, die gefährlicher war, als Großonkel Kenny es je beabsichtigt hatte.

Du wolltest das letzte Abenteuer doch allein machen, erinnerte er sich selbst grimmig. Du wolltest derjenige sein, der den finalen Hinweis findet. Nun, jetzt hast du was du wolltest. Es schien jetzt alles so banal, die ganzen Sorgen, die er sich gemacht hatte, dass April das Testament zuerst finden könnte.

Er hatte nur noch eine Minute, bis der Arbeiter zurückkommen würde, also eilte er zur Kammer des Bluts hinüber und tastete zwischen den Schwertgriffen nach dem magischen Stern. Aber seine Finger fanden nur eine leere Lücke. Gehetzt sah er sich um. Er musste auf den Boden gefallen sein, aber der Boden war ein Durcheinander aus Schatten und Rissen – er konnte *überall hin* gerollt sein.

»Gefunden?«, fragte der Mann, der wieder zurück war.

»Nein, noch nicht.«

»Tut mir Leid, Kumpel, du wirst auf Socken heimgehen müssen. Ich bin mir sicher, der Chef wird dich gleich am Montagmorgen hereinlassen, damit du ihn suchen kannst.« Während er sprach, schob er Stuart an der Schulter in Richtung Hof.

»Montag?«, wiederholte Stuart dumpf. »Aber heute ist Freitag. Ich kann nicht zwei ganze Tage warten.«

»Das wirst du aber müssen, wir haben das ganze Wochenende geschlossen. Und wenn ich du wäre, würde ich hier auch nur hüpfen – du willst doch nicht in einen Nagel treten, oder?« Er verschloss die Tür zum Schuppen, steckte den Schlüssel in seine Tasche und deutete zum Ausgang, sodass Stuart nichts anderes übrig blieb als ihm (hüpfend) über den Hof und nach draußen zu folgen. Die Tore fielen mit einem Quietschen ins Schloss. Der Mann verriegelte sie mit einem Vorhängeschloss und ging pfeifend davon. Stuart blieb alleine zurück und starrte hoffnungslos an der hohen Mauer hoch, die den Hof umgab. Er wusste nur, dass er wieder hinein musste. Irgendwie.

»Leiter«, sagte er. »Ich brauche eine Leiter!« Doch dann sah er sich vor den Augen der vorbeilaufenden Leute die Mauer erklimmen. Nicht, dass hier viele vorbeikamen – auf der gegenüberliegenden Seite des Hofs war lediglich ein leerstehender Laden, ein Stück unerschlossenes Gelände und eine große verschlossene Werkstatt, deren Tor mit *Elektro* bemalt war. Trotzdem wäre es am besten, bis zur Dunkelheit zu warten, bevor er begann.

Taschenlampe, dachte er. Schraubenzieher. Schuh. Irgendeine brillante Geschichte für meinen Vater, die erklärt, dass ich den ganzen Abend (und womöglich die halbe Nacht) weg bin.

Ihm war noch immer keine eingefallen, als er in die Beech Road einbog, und seine Sorge wurde auch nicht dadurch gelindert, dass Misses Kingley, die Mutter der Drillinge, die erste Person war, die er dort sah. Sie stand auf der Haustreppe und schaute die Straße entlang. Als sie Stuart entdeckte, lächelte sie vor Erleichterung.

»Ah, hier ist jemand, der mir sagen kann, wann die Mädchen zurückkommen.«

Sie sah ihn erwartungsvoll an, also sammelte Stuart seine gesamten Schauspielkünste und erwiderte: »Ach, ich glaube nicht, dass sie noch lange brauchen. Aber sie waren sehr beschäftigt, als ich sie zuletzt gesehen habe.« Schnell humpelte er in Richtung seines Hauses, bevor sie ihn noch irgendetwas fragen konnte.

Sein Vater war in der Küche, schnitt Rote Beete und blickte stirnrunzelnd auf ein Kochbuch, das auf einer Seite mit der Überschrift *Multi-Vitamin-Auflauf* aufgeschlagen war. Im Hintergrund lief eine Radiosendung über die Geschichte der Enzyklopädie.

»Dad«, sagte Stuart eilig, »ich will nicht unhöflich sein oder so und ich bin sicher, der Vitaminauflauf wäre wirklich lecker, aber wenn es okay für dich ist – ich muss noch einmal raus und habe mich gefragt, ob ich einfach ein Sandwich haben kann. Ein gesundes, natürlich. Es ist nur so, dass ich weg muss und ... und ...« Sein Ideenreichtum ließ ihn im Stich und er hörte sich (sozusagen) die Wahrheit sagen. »Ich muss die Drillinge holen. Sie stecken in einem Buch fest.«

Sein Vater lächelte sentimental. »Ach ja, wie gut ich diese Gefühl kenne. Wie viele Male bin ich in einem ausweglosen Dickicht von Wörtern umhergewandert ... Rote-Bete-Sandwich?«, ergänzte er. »Ich könnte auch noch Grünkohl, Spinat oder Shiitake Pilze anbieten.«

Stille.

»Käse?«, schlug sein Vater vor.

»Ja, bitte.«

»Und bezüglich dieser postprandialen Buch-Extraktions-Unternehmung – kannst du mir versichern, dass du dich kontinuierlich zusammen mit dem Kingley-Konglomerat in Sicherheit befinden wirst?«

Stuart schluckte. »Sie warten auf mich und ich verspreche, dass ich nicht ohne sie zurückkomme, Dad. Ich verspreche es ganz fest.«

Sein Vater nickte zufrieden. »Bevor ich es vergesse, du hast gerade eine unerwartete mütterliche Telefonkommunikation verpasst. Jedenfalls habe ich deiner Mutter versichert, dass deine Gesundheit vollends wiederhergestellt ist, was, wie ich hoffe, ein zutreffender Bericht war?«

»Jepp«, sagte Stuart, griff sich das Sandwich und nahm einen großen Bissen. »Danke, Dad. Ich muss nur noch etwas holen, bevor ich gehe.«

Er ging in den Flur und kramte in einem Schrank unter der Treppe. Die einzige Taschenlampe, die er finden konnte, war ein Mini-Schlüsselanhänger in Form des Eiffelturms, und der einzige Schraubenzieher war knallpink und sah aus als stammte er aus einem Überraschungsei. Die Leiter war nur ein Küchen-Klapptritt mit zwei Stufen – hauptsächlich dazu zu gebrauchen, um Gläser mit eingelegten Zwiebeln aus den oberen Schränken zu holen.

Aber es war besser als nichts. Er war gerade dabei, damit durch die Haustür zu eilen, als das Telefon klingelte.

»Hallo?«, sagte er, als er den Hörer abgenommen hatte, in Erwartung, seine Mutter am anderen Ende zu hören.

In der Leitung war nur ein statisches Rauschen zu hören.

»Hallo?«, wiederholte er etwas lauter.

»Stuart.«

Diese Stimme wieder; wie ein kräftiges Reibeisen, alt aber dennoch voller Leben.

»Miss Edie«, sagte Stuart.

Kapitel 34

»Schon vorangekommen?«

»Ein bisschen.«

»Mir ist nur gerade noch etwas eingefallen, was meine Großmutter mir über das Testament erzählt hatte. Sie war eine strenge Dame, aber auch sehr klug, und wenn sie gesprochen hat, dann hat man ihr zugehört. Hörst du jetzt auch gut zu?«, ergänzte sie barsch. Es schien fast, als könne sie sehen, dass Stuart abwesend von einem Fuß auf den anderen hopste.

»Ich habe nicht viel Zeit«, sagte er. »Es ist etwas passiert.«

»Hast du ein Problem?«

»Ja, ein riesiges Problem, und ich muss mich darum kümmern.«

»Vergiss nicht, was ich dir gesagt habe. Wenn du reich genug bist, dann schmelzen Probleme einfach so dahin.«

»Es ist nicht so eine Art von Problem. Selbst wenn ich fünfzig Milliarden Pfund hätte, würde es dieses hier nicht lösen. Ich muss los.«

»Nein, du musst bleiben und mir zuhören.« Ihre Stimme wurde plötzlich scharf und Stuart fühlte sich, als hätte man ihn mit einem Spieß gestochen. »Ich habe dir doch erzählt, dass meine Großmutter gesagt hat, dass das Testament von Kenny Horten gut versteckt ist – das hat er ihr selbst gesagt –, aber mir ist jetzt noch etwas eingefallen: Sie hat gesagt, du sollst die Typen benutzen, um es zu finden. Die Typen. Hilft dir das irgendwie?«

»Nein.«

»Bist du sicher? Du hast nicht länger als eine Sekunde an den Gedanken verschwendet. Nimm dir etwas Zeit und schau, ob du es herausfinden kannst.«

»Verstehen Sie nicht?« Stuart schrie fast vor Verzweiflung. »Ich habe keine Zeit, mich um das Testament zu kümmern – ich versuche etwas zu finden, das viel wichtiger ist als ein Stück Papier. Ich versuche, meine *Freunde* zu finden.«

Für eine Weile herrschte angespannte Stille.

»Nun ja«, sagte Miss Edie kalt, »meine Großmutter hat ja immer gesagt, dass du nichts als Ärger machst und freche Antworten gibst. Und ich merke jetzt, dass sie ...«

Erneut gab es eine kurze Rückkopplung in der Leitung, dann war nur noch ein hallendes Rauschen zu hören. Stuart starrte auf den Hörer; sein Mund war trocken und er fühlte sich, als hätte jemand einen Eiswürfel seinen Rücken hinuntergleiten lassen.

»Ihre Großmutter hat mich nie getroffen«, flüsterte er in die Stille hinein. »Sie starb lange bevor ich geboren wurde.«

Der Küchen-Klapptritt ließ sich schlecht tragen und war erstaunlich schwer, und als Stuart wieder zum Hof kam, dämmerte es schon. Eine Frau ging auf der Straße mit ihrem Hund Gassi, aber als sie vorübergegangen war, war niemand mehr zu sehen. Stuart kletterte auf den Klapptritt. Auch wenn er sich so weit streckte wie er konnte, erreichte er noch lange nicht das Ende der Mauer, und er konnte nun auch sehen, dass oben in den Mörtel kleine Glasscherben eingelassen waren. Er kletterte wieder hinunter, ging zum Doppeltor und fingerte an dem riesigen Vorhängeschloss herum. Er nahm den Mini-Schraubenschlüssel heraus, verglich ihn mit der Größe der Schrauben in den Scharnieren des Tors und steckte ihn wieder ein. Er war zu klein. Stuart war zu klein. Frustriert trat er gegen das Tor und hörte das hohle Dröhnen des Metalls. Er trat noch einmal dagegen, aber er verfehlte es und sein Fuß rutschte in die Lücke zwischen Tor und Boden.

»Aua«, sagte Stuart und rieb sich den Knöchel. Er kniete sich hin, um den Spalt zu untersuchen. Der Straßenbelag unter dem Tor hatte viele Spurrillen und Schlaglöcher, aber zur Mitte hin war eine Lücke, die möglicherweise gerade groß genug war, dass eine kleine, dünne Person sich hindurchquetschen konnte.

Möglicherweise.

Es wurde nun schnell dunkel. Die Straße war noch immer leer, aber von der *Elektro*-Werkstatt gegenüber schien ein kleiner gelber Lichtfleck durch das Fenster. Von innen waren ab und an Hammerschläge zu hören.

Stuart legte sich hin und schob sich Stück für Stück vorwärts, mit dem Kopf voran. Der Boden unter seiner Wange fühlte sich rau an und die Unterseite des Tors strich wie ein zinkenloser Kamm durch seine Haare. Er wand sich noch ein Stückchen vorwärts, bis sich etwas Winziges, Schmerzhaftes und Spitzes in seine Wange bohrte – eine Schraube oder ein abgesplittertes Stück von einem Stein vielleicht –, und er zuckte zusammen und fühlte, wie sein anderes Ohr sich unter dem Tor qualvoll zusammenfaltete ... Und das war's dann: Er steckte fest und fühlte, wie sich Panik in seinen Gliedern breit machte.

Er strampelte hilflos mit den Beinen und musste wohl laut aufgeschrien haben, denn plötzlich hörte er, wie sich das Tor der Werkstatt öffnete. Er hielt den Atem an.

»Halloo?«, rief die Stimme eines Mannes, die ihm irgendwie bekannt vorkam. »Braucht hier jemand Hilfe?«

Stuart verhielt sich vollkommen still.

»Tür zu!«, rief eine andere Stimme besorgt. »Sonst haut Gerald ab!«

»Oh. Entschuldigung.«

Die Tür auf der anderen Seite der Straße schloss sich wieder und Stuart holte tief Luft. Er hob die Hand im Versuch, sein Ohr auseinanderzufalten und hatte es schon fast geschafft, als er fühlte, wie etwas auf seinen Knöchel kletterte.

Etwas kleines, mit Krallen und Schnurrhaaren und drahtigem Fell. Es hielt für den Bruchteil einer Sekunde inne und schoss dann Stuarts Hosenbein hinauf.

Stuart schrie.

Kapitel 35

Und schrie.

Die Tür der Werkstatt öffnete sich wieder, diesmal etwas hastiger, dann kamen laute Schritte auf ihn zu.

»Geht es dir gut?«, fragte die ihm irgendwie bekannte Stimme.

»Da ist eine Ratte!«, schrie Stuart, dessen Kopf noch immer unter dem Tor feststeckte und der mit einer Hand das Knie seiner Jeans umklammerte, um das Vieh daran zu hindern, noch weiter sein Bein hinaufzukrabbeln.

»Da ist eine Ratte in meiner Hose.«

»*Stuart*, bist du das?«, fragte der Mann ungläubig.

»Holen Sie sie da raus!«

»Stuart *Horten*?«

»Ja.«

»Ich bin's, Clifford.«

»Da ist eine *Ratte!*«

»Nein, das ist keine Ratte«, sagte die andere Stimme beruhigend. »Es ist ein Meerschweinchen. Es ist ausgebüchst, als die Tür vorhin aufging. Ich fange es ein und wenn Clifford mir den Wagenheber aus der Werkstatt bringt, dann kann ich das Tor anheben und dich da rausholen.«

Nur ein, zwei Minuten später saß Stuart mit pulsierendem Ohr, Keks in der Hand und dem Meerschweinchen auf dem Schoß auf einer umgestürzten Kiste in der Werkstatt.

»Er heißt Gerald, nach meinem Vater«, sagte Clifford. »Sie haben beide rotblonde Augenbrauen, weißt du. Elaine und ich haben gerade den Meerschweinchen-Verschwindetrick für unseren nächsten Auftritt geprobt – ich denke wirklich, dass wir langsam besser werden. Trotzdem ist die Beleuchtung natürlich um einiges besser als der Trick selbst …«

»Nimm noch einen Keks«, sagte die Frau, Elaine. Sie war die kleine, blasse Elektrikerin, die bei Cliffords erster Show vorbeigekommen war, und dies war offensichtlich ihre Werkstatt. Sie war sehr ordentlich, das Werkzeug hing an den Wänden, die Geräte waren in Reih und Glied angeordnet. In der Mitte des Raums stand der Rollwagen von Mysterioso dem Magier, der nun nicht mehr schäbig und zusammengeschustert aussah, sondern an dem eine Unzahl von winzigen Lichtern funkelte.

»Ich habe keine Zeit«, erwiderte Stuart. »Ich muss in Mister Kingleys Hof. Irgendwie.«

»Warum?«

Und da es Clifford war, der gefragt hatte – Clifford, der *echte* Magie gesehen hatte, der sogar dabei gewesen war, nur Zentimeter entfernt, als Stuart und die Bürgermeisterin, Jeannie Carr, im Wunschbrunnen verschwunden waren, einfach in die Vergangenheit verschwunden waren wie ein Wasserspritzer in einem Teich – beschloss Stuart, dass er ihm alles erzählen konnte.

Danach dauerte es einige Zeit, bis jemand Worte fand.

Cliffords Augen leuchteten. »Wunderbare Dinge«, sagte er. »Wunderbarer, als ich je gedacht hätte. Jetzt verstehe ich, warum Jeannie diese Zaubertricks so verzweifelt haben wollte.«

»Wunderbar«, stimmte Stuart zu, »aber auch gefährlich.«

»Natürlich helfen wir dir, in den Hof zu gelangen, nicht wahr?«, sagte Clifford und sah Elaine an.

Sie nickte, ihr Gesichtsausdruck war ganz verzaubert. »Und möchtest du, dass wir mit dir in das Buch der Gefahren kommen?«, fragte sie.

»Nein«, erwiderte Stuart mit Nachdruck. »Das wären mir zu viele Leute, die ich im Auge behalten muss. Was, wenn ihr auch noch verloren geht?«

Elaine stand auf. »Gib mir nur ein, zwei Minuten, um alles vorzubereiten«, sagte sie.

Schnell und zielstrebig füllte sie eine Werkzeugtasche, faltete eine quadratische Gummimatte – »damit wir über das Glas steigen können« – und schlang sich eine leichte Leiter über ihre Schulter.

»Fertig«, sagte sie.

Clifford stieß Stuart an. »Sie ist einfach großartig, nicht wahr?«, flüsterte er.

Elaine wurde rot. »Legen wir los«, sagte sie.

Dank Elaines Organisation waren sie innerhalb von fünf Minuten über die Mauer und nach weiteren drei im Schuppen.

»Der magische Stern …«, sagte Stuart und schaute angestrengt auf den Boden.

»Dafür habe ich einen Zauberstab.« Elaine nahm etwas aus ihrer Tasche, das wie eine dünne Stahlantenne aussah, fuhr sie wie ein Teleskop aus und schwenkte sie über den Boden.

Es war jede Menge Geklirr zu hören, und als sie die Antenne in den Strahl von Stuarts Taschenlampe hielt, war sie mit kleinen Schrauben und Nägeln übersät. Direkt an der Spitze war der eine Zacken, der noch vom magischen Stern übrig war.

»Nicht magisch, sondern magnetisch«, sagte Elaine grinsend.

Stuart nahm den Stern in die Hand. Im Licht der Taschenlampe wirkte das verbeulte Cover des Buchs der Gefahren wie der Eingang zu einem dunklen Flur, und die silbernen Buchstaben – *Öffnen auf eigene Gefahr* – schwebten in der Luft. Als Stuart am Griff zog öffnete sich die Tür weit, obwohl sie dabei laut ächzte, als hätte die Delle die Türangel in Mitleidenschaft gezogen.

»Wo kommt der Stern hin?«, fragte Clifford.

An Stelle einer Antwort ging Stuart in die Hocke und stemmte das geheime Fach auf, wo er und April die Nachricht von Großonkel Kenny gefunden hatten. April war diejenige gewesen, die eine einzelne Rille im Boden des Fachs entdeckt hatte, doch damals hatte Stuart noch nicht gewusst, wofür sie da war.

Nun wusste er es.

Er holte tief Luft, um seine Nerven zu beruhigen. Seine Finger klammerten sich um den Stern, aber er fühlte, wie sie zitterten.

»Wie lange wirst du weg sein?«, fragte Clifford.

»Solange ich brauche, um die Kingley-Drillinge zu finden und sie zurückzubringen«, sagte Stuart. »Es könnte Stunden dauern.«

»Wir werden warten, keine Sorge. Und Stuart …?«

»Ja?«

»Hast du deine Meinung geändert? Möchtest du, dass wir mitkommen?«

Stuart traute sich nicht zu sprechen, für den Fall, dass ihm ein weiteres »Ja« herausrutschte. Seine Haut kribbelte vor Angst und er wünschte sich sehnlichst Begleitung, aber er wusste, dass zwei weitere Personen die Dinge nur noch weiter verkomplizieren würden, genauso wie es in der Kammer des Bluts gewesen war. Also lächelte er anstatt zu sprechen, schüttelte den Kopf und setzte die letzte Zacke des magischen Sterns schnell und sorgfältig in das Buch der Gefahren.

Und schnappte nach Luft.

A

Kapitel 36

Er war in seiner eigenen Küche.

Es war helllichter Tag.

Seine Mutter stand mit dem Rücken zu ihm am Herd, und Stuart konnte durch das Fenster seinen Vater sehen, der in einem Liegestuhl auf dem Rasen saß und ins Leere starrte, während ein lebhafter Charlie in engen Kreisen um ihn herumtollte. Die Kingley-Drillinge waren in ihrem eigenen Garten. Sie standen in einer Reihe mit dem Kinn auf dem Zaun, als eins der Mädchen Stuart am Küchenfenster entdeckte und ihm wild zuwinkte.

»April!«, rief Stuart erfreut. Er war erstaunt, wie einfach die Rettung werden würde.

Er wollte gerade die Hintertür aufreißen, doch dann stutze er. Neben der Tür war eine große, glänzende schwarze Scheibe und darauf stand in silbernen Buchstaben, die in der Luft zu schweben schienen:

Er stellte fest, dass er sich *im* Buch der Gefahren befand, und dass die glänzende schwarze Scheibe (mit der Delle in der Mitte) der Ausgang war. Wenn er sein Gesicht gegen die Oberfläche presste, dann konnte er schemenhaft das Innere des Schuppens sehen, als betrachte er es durch mit Tinte gefärbtes Wasser. Clifford und Elaine standen nebeneinander, er hatte seinen Arm um ihre Schultern gelegt, und warteten auf ihn. Alles, was Stuart tun musste, war, in den Garten zu gehen, Charlie und die Drillinge zu holen und sie durch die dunkle Türöffnung in den Schuppen zu bringen, und alles wäre vorbei.

Er streckte die Hand nach dem Griff der Hintertür aus.

»Stuart«, sagte seine Mutter, »deine Nuggets und Pommes sind fertig.«

Stuarts Hand erstarrte in der Luft.

Langsam, ganz langsam drehte er sich zu seiner Mutter um. Sie hielt ihm einen Teller hin. Darauf lag ein riesiger Berg Chicken Nuggets, ein Hügel Pommes und ein See aus Ketchup. Neben dem See sah er eine sehr große Prise Salz.

»Mehr Salz?«, fragte seine Mutter.

»Nein, danke«, entgegnete Stuart heiser.

Er nahm den Teller und ging wie ein Zombie zum Tisch. Durch das Fenster konnte er sehen, dass die Zwillinge ihn noch immer beobachteten, aber langsam ungeduldig wurden.

»Stuart!«, rief April. »Beeil dich! Wir wollen hier raus!«

Immer noch stehend schaute er wieder auf seinen Teller hinunter. Um die Pommes herum hatte sich schon ein Fettfleck gebildet.

»Iss auf. Als Nachtisch gibt es Butterkuchen mit extra Schlagsahne«, sagte seine Mutter. »Und du hast auch immer noch nicht den Riesenlutscher gegessen, den dein Onkel dir geschickt hat.«

»Gibt es auch einen Apfel oder so etwas?«, fragte Stuart.

Seine Mutter schüttelte den Kopf. »Ich vergesse immer, Obst zu kaufen.«

Stuart stellte den Teller hin.

Diese Frau in der Küche sah aus wie seine Mutter, aber sie war es nicht. Seine Mutter gab nie Salz zu etwas hinzu. Seine Mutter betrachtete Chicken Nuggets als eine Art schleichendes Gift und Nachtisch als Gelegenheit, Obst zu essen. Seine Mutter würde lieber das Atmen vergessen als Äpfel.

Er trat vom Tisch weg und fragte sich, was er nun tun sollte. Alles hatte so leicht und offensichtlich ausgesehen, aber nun fühlte er sich, als bebte der Boden unter ihm. Er musste hier alles richtig machen.

»Cola dazu?«, fragte die Frau und ging zum Kühlschrank.

»*Nicht hetzen*«, murmelte Stuart zu sich selbst. »*Finde es heraus. Denk nach.*«

Er sah sich sorgfältig um. Alles sah normal aus – das Rollo, das an einer Seite herunterhing, der Kalender mit Ansichten der Großen Bibliotheken der Welt, das Foto von Stuart und seinen Eltern im Lake District. Und dann entdeckte er etwas Neues an der Tür, die zum Wohnzimmer führte: der Buchstabe *A*, nur halb sichtbar, der glänzte wie eine Schneckenspur.

»Muss nur kurz etwas holen«, sagte er, schlüpfte dann zur Tür hinüber und öffnete sie.

Und fand sich wieder in der Küche, in der seine Mutter am Herd stand.

Er holte Luft und wirbelte herum.

Wie zuvor stand das Buch der Gefahren neben der Hintertür. Durch das Küchenfenster konnte er die

Drillinge am Zaun entlang aufgereiht sehen, seinen Vater, der im Liegestuhl saß und Charlie, der am Rand des Rasens entlang schnüffelte.

»Mittagessen, Stuart«, sagte seine Mutter. »Erbsensuppe mit Minze.«

»Danke.«

»Ich gehe heute Nachmittag zur Arbeit. Kannst du Dad Bescheid sagen, dass das Essen fertig ist?«

»Okay.« Er schlüpfte zur Hintertür hinaus.

»Stuart!«, rief April. »Endlich! Sollen wir rüber klettern? Stuart? *Stuart!*«

Aber Stuart gab keine Antwort. Er war zu beschäftigt, seinem Vater zuzusehen, der aus dem Liegestuhl aufgestanden war um Liegestütze auf dem Rasen zu machen.

»Sollen wir über den *Zaun* klettern?«, wiederholte April ungeduldig.

Sein Vater ging jetzt zu einarmigen Liegestützen über.

»Nein«, sagte Stuart, der Mühe hatte, klar zu denken. Es war irgendwie noch beängstigender, sich in seinem eigenen Heim verloren zu fühlen als in einer scheinbar ausweglosen Wüste oder einem riesigen Labyrinth. »Nicht über diesen Zaun. Vielleicht über den nächsten. Ich denke – ich denke, ich muss mich für das richtige Leben entscheiden. Und den richtigen Buchstaben.«

Er rannte zurück nach drinnen.

Der Buchstabe *B* flackerte an der Wohnzimmertür. Er bereitete sich mental darauf vor, was wohl als Nächstes kommen würde, ging hindurch und fand sich erneut in der Küche wieder.

Diesmal kochte sein Vater, der gerade besorgt in ein Kochbuch starrte. Die aufgeschlagene Seite zeigte das Foto einer Artischocke.

»Wo ist Mum?«, fragte Stuart.

»Keine Ahnung«, sagte sein Dad. »Ich glaube, sie hat gesagt, sie geht zur Maniküre oder so was.«

Stuart ging direkt weiter zur Wohnzimmertür.

Der Buchstabe *C*.

Diesmal war die Küche leer bis auf Charlie, der sich in einem Korb zusammengerollt hatte, aber es roch wunderbar nach Braten. Der Garten war ebenfalls leer und niemand stand am Zaun.

»Hallo?«, rief Stuart vorsichtig. »Jemand zu Hause?«

Alles blieb still. Er wartete ein paar Augenblicke und genoss den Duft, dann nahm er sich einen Apfel aus einer Schüssel, die randvoll damit war. Über der

Obstschale hing das Foto von Stuart und seinen Eltern an der Wand. Als sein Blick es streifte, ließ er den Apfel fallen. Er prallte mit einem dumpfen Schlag auf und rollte über den Küchenboden.

Auf dem Bild standen Stuarts Vater, seine Brille nass vor Regen, seine Mutter, deren Haare vom Wind in eine Art Distelform geweht worden waren, und Stuart, mit einer vor Kälte roten Nase. Und neben Stuart stand noch jemand – ein grinsender Junge. Ein Junge, der ein paar Zentimeter kleiner als Stuart war, ihm aber sonst bis aufs Haar glich.

In *dieser* Welt hatte er einen Bruder.

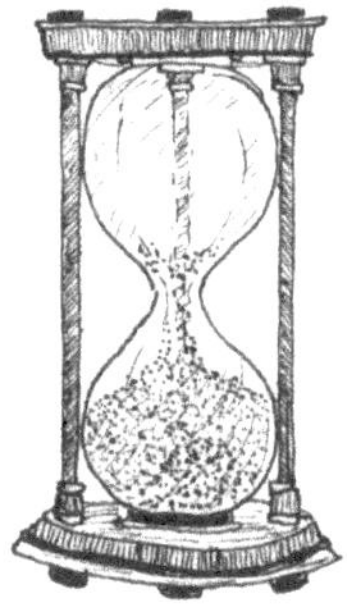

Kapitel 37

Stuart wusste nicht, wie lange er auf das Bild gestarrt hatte – nur, dass er von einem gläsernen Klirren aus seinen Gedanken gerissen wurde. Das Geräusch kam aus der Richtung des Buchs der Gefahren.

Er eilte hinüber und erschauderte, als er sah, dass die wogende Dunkelheit nun von einem weißlichen Kreis um die Delle herum verunziert wurde. Die Oberfläche dort war verblasst und verhärtet, man konnte nicht mehr hindurchsehen. Und – was ihm am meisten Sorgen machte – in dem Moment, als er die Hand ausstreckte, um sie zu berühren, war ein weiteres Klirren zu hören und die Undurchsichtigkeit breitete sich weiter aus, wie Eis, das sich auf einem Teich bildete.

Sein Atem beschleunigte sich. Was, wenn die Tür nicht mehr funktionierte? Was würde das bedeuten? Konnte es sein, dass er bis in alle Ewigkeit in einer leeren Küche festsaß?

Er drückte versuchsweise leicht gegen die Tür, die sich minimal bewegte. Schemenhaft konnte er Cliffords und Elaines erwartungsvolle Anspannung sehen. Dann hatte er wohl noch ein wenig Zeit – genug, um sich die Drillinge zu schnappen und durch das Buch der Gefahren zurückzuspringen. Wen interessierte es schon, ob er den vollkommen falschen Buchstabenhinweis wählte und Großonkel Kennys Rätsel niemals löste? Mit den Freunden zusammen in die reale Welt zurückzugelangen war das Einzige, das zählte.

Er eilte nach draußen.

Noch immer war kein Zeichen der Drillinge zu sehen, also rief er ihre Namen über den Zaun. Die Fenster ihres Hauses starrten leer auf ihn zurück. Als er hochsprang, konnte er dabei einen Blick in ihren Garten erhaschen. Dort schien mehr Unkraut zu wachsen als in seiner Erinnerung, und Mister Kingley hatte offensichtlich den Grill ins Haus geholt.

Er holte tief Luft und schrie Aprils Namen so laut er konnte. Zu seiner Erleichterung konnte er hören, wie sich die Hintertür der Kingleys öffnete. Schritte kamen näher.

»Hallo?«, sagte ein junger Mann in einem Anzug, der stirnrunzelnd über den Zaun blickte.

»Wo sind die Kingleys?«, fragte Stuart fordernd.

»In Cornwall, glaube ich«, sagte der Mann. »Sie sind vor zwei Monaten dorthin gezogen. Weshalb ich jetzt Mister und Misses Lee dieses gut erhaltene Drei-Zimmer-Anwesen in einer von Bäumen gesäumten Sackgasse zeige.« Er warf einem ernst dreinblickenden älteren Ehepaar, das ihm in den Garten gefolgt war, ein Lächeln zu. »Sie suchen nach einem *ruhigen* Eigenheim für ihren Ruhestand«, ergänzte er spitz.

Stuart hatte genug gehört. Er raste auf direktem Weg zurück in die Küche und durch die Wohnzimmertür.

Buchstabe *D*.

Und dort saßen die Drillinge direkt vor ihm am Küchentisch.

Und strickten.

»Ach, hallo Stuart«, sagte June und lächelte ihn freundlich an. Der Hund hatte sich auf ihrem Schoß zusammengerollt und schlief. »Wie nett, dich zu sehen – schau mal, was deine Mum uns beigebracht hat. April macht schon eine Puppenmütze.«

»Ist sie nicht entzückend?«, fragte April mit rührseliger Stimme und wedelte mit etwas Rosafarbenem vor seinem Gesicht herum.

»Wir müssen gehen«, sagte Stuart schroff und versuchte, die schreckliche Verrücktheit einer Welt zu ignorieren, in der seine Mutter Mützen stricken konnte.

»Kommt schon.«

»Erst wenn ich gelernt habe, passende Stiefelchen zu machen. Deine Mum ist nur kurz mehr Wolle suchen gegangen.«

»Wir müssen *los*«, sagte Stuart und griff nach Aprils Hand. Sie riss sich los und schrie.

»Was?«, fragte Stuart verwirrt. Ein Faden rosa Wolle baumelte von seinen Fingern.

»Du hast sie aufgetrennt!«, jammerte April. »Ich habe Ewigkeiten dafür gebraucht und jetzt hast du alles kaputt gemacht. Ich gehe nirgendwohin bis ich alles wieder neu gestrickt habe.«

»WIR HABEN KEINE ZEIT DAFÜR!«, rief Stuart, der so angespannt war, dass er sich fühlte, als breche er in der Mitte entzwei. Er konnte sehen, wie sich die weiße Kruste auf der Scheibe weiter ausbreitete.

April brach in Tränen aus. »Er hat mich angeschrien«, schluchzte sie. »Ich gehe *heim*.« Sie rauschte an Stuart vorbei und zur Hintertür hinaus.

»Jetzt schau, was du angerichtet hast«, sagte May vorwurfsvoll und ging ihr nach. »Du weißt doch, wie sensibel sie ist. Es wird Stunden dauern, sie zu überreden, wieder zurückzukommen ... Komm, June«, fügte sie im Kommandoton hinzu und June trottete hinter ihr her, gefolgt von Charlie.

Die Hintertür fiel krachend ins Schloss.

Stuart hörte sich selbst vor Verzweiflung stöhnen. Er blickte zum Buch der Gefahren hinüber und als er sah, wie die Dunkelheit immer weiter ausgewaschen wurde, wollte er schon hinter den Drillingen herrennen, änderte aber dann seine Meinung und stürzte stattdessen durch die Wohnzimmertür.

Buchstabe *E*.

»Sei gegrüßt«, sagte sein Vater, der mit einem Notizblock am Tisch saß. »Deine Mutter wird von ihren mikroskopischen Investigationen in annähernd ...«

»Tschuldigung, ich hab's eilig«, ratterte Stuart herunter und rannte direkt in den Garten weiter. Der irgendwie anders war, doch Stuart hatte keine Zeit zu überlegen wie oder warum. Als er über den Zaun sah, entdeckte er die Drillinge, die auf dem Rasen saßen und mit Charlie spielten. Er brüllte mit vor Panik heiserer Stimme zu ihnen hinüber.

»Hurra!«, rief April und sprang auf. »Ich wusste, du würdest kommen.« Sie schleppte einen Gartenstuhl zum Zaun und war innerhalb von Sekunden mit Charlie im Arm herübergeklettert, ihre Schwestern im Schlepptau.

»Los jetzt«, sagte Stuart. »Loslosloslosloslosloslos-*los.*«

»Wären deine Gäste geneigt, den Verzehr von ...«

»Keine Zeit, Dad«, sagte Stuart und stürzte sich in Richtung des Buchs der Gefahren. Es sah nun aus wie die mit Zuckerguss glasierte Seite eines Kuchens und nur ein winziger Teil der Dunkelheit war noch an den Rändern zu sehen. Er drückte dagegen, aber die Tür krümmte sich anstatt sich zu öffnen. Das obere und das untere Ende bogen sich aufeinander zu. Er drückte erneut dagegen und an einer Seite entstand ein Spalt; er scheuchte April und Charlie hindurch, dann June, und dann May, die große Augen machte. Nach einem letzten Blick zurück in die Küche, die nicht so ganz wie normalerweise aussah, hechtete auch Stuart schnell hindurch.

Ein Geräusch war zu hören wie das Bersten einer riesigen Glühbirne, die Luft rauschte, dann fiel er in der Dunkelheit auf einen Haufen rufender Körper. Charlie kläffte, Staub war überall, ganze Wolken davon, sandig und stechend.

Eine Taschenlampe ging an, dann eine weitere.

»Das ging ja schnell«, sagte Clifford.

»Was?«, fragte Stuart hustend und hob den Hund auf, bevor jemand auf ihn trat.

»Weniger als eine halbe Minute. Die Tür hat nach zwölf Sekunden etwas geruckelt und ist dann nach achtundzwanzig zerbröselt.«

Stuart drehte sich um und schaute auf das klaffende Loch, wo die Tür gewesen war. Der Staub hing in der Luft wie Puderzucker und durch ihn hindurch konnte er schwach die Vertiefung erkennen, wo der letzte Zacken des magischen Sterns gesteckt hatte. Sie war jetzt leer.

»Für dich waren es vielleicht nur achtundzwanzig Sekunden, Stuart, aber wir waren eine halbe *Ewigkeit* weg«, grummelte May und stand auf. »Als wir zurückgegangen sind, um April von diesem Weg zu lösen, ist alles irgendwie unscharf geworden und dann waren wir plötzlich in unserem Haus – aber es war gar nicht wirklich unser Haus, es war wie ein Bühnenbild. Es gab kein oberes Stockwerk, der Garten vor dem Haus war nur Dunst und im Fernsehen lief nichts als Rauschen. Wir haben gewartet und gewartet und gewartet und das alles ist nur passiert, weil niemand auf mich hören wollte, als ich gesagt habe, dass es gefährlich ist und dann *war* es gefährlich und keiner hat auf mich gehört als ich gesagt habe, dass wir dort festsitzen werden und dann *saßen* wir fest! Ist überhaupt noch der gleiche Tag?«

Stuart nickte.

»Na, Gott sei Dank!«

»Es war langweilig und seltsam und furchtbar«, ergänzte April leise. »Aber ich wusste, du würdest kommen und uns rausholen. Danke.«

»Ja, danke Stuart«, sagte May und bedankte sich mit einer unheimlich peinlichen Umarmung.

»Schon okay«, sagte er schroff, »aber ohne Hilfe hätte ich es nicht hinbekommen.« Er deutete auf Clifford und Elaine.

»Wir sollten euch besser alle hier rausbringen«, sagte Elaine. »Bevor wir erwischt werden.«

»Und bevor unsere Mutter anfängt auszuflippen«, fügte April hinzu. Sie streckte eine Hand aus, um June aufzuhelfen, die noch immer auf dem Boden saß.

»Ich hatte einen so komischen Traum«, sagte sie leise.

»Ach, *um Himmels willen*«, kreischte May, »das war *kein* Traum. Wann wirst du das *jemals* zugeben?«

April verdrehte die Augen in Richtung Stuart. »Das ging die ganze Zeit so«, flüsterte sie. »Ich musste unglaublich einfühlsam und geduldig sein und dann, als sie …« Sie hielt inne und runzelte die Stirn.

»Was?«, fragte Stuart.

Sie sah ihn mit schiefem Kopf an. »Du siehst anders aus«, sagte sie. »Abgesehen davon, dass du voller Staub bist, meine ich.«

»Wie meinst du das, anders?«

»Älter.«

»Was?«

»Nein, nicht älter …« Sie hielt erneut inne, dann riss sie die Augen auf. »Größer.«

»*Was*?«

»Größer. Jedenfalls ein bisschen.«

»Los jetzt, Leute«, sagte Elaine bestimmt. »Raus. Und zwar so lautlos wie Katzen.«

Stuart war von dem gerade bestandenen Abenteuer noch so benommen, dass er kaum etwas mitbekam von dem auf Zehenspitzen zurückgelegten Weg durch den Hof, dem Trippeln über die Leiter, der schnellen Verabschiedung von Elaine und Clifford, dem Joggen durch die dunkle Stadt, während Charlie in seinen Armen müde den Kopf hängen ließ.

Was April gesagt hatte, konnte nicht wahr sein, oder? Und doch ... er hatte im Buch der Gefahren, als er zum letzten Mal nach draußen in den Garten geflitzt war, die Drillinge in ihrem Garten entdeckt. Was bedeutete, dass er *über den Zaun sehen konnte*. Ohne zu springen. Ohne auf einer Kiste zu stehen. Und vielleicht hatte die Küche in dieser Welt anders ausgesehen, weil er sie plötzlich *aus einer anderen Höhe* gesehen hatte und nicht, weil etwas darin anders gewesen war. Und vielleicht war das falsche Element in dieser speziellen Welt nicht sein Dad oder seine Mum oder sogar die Drillinge gewesen, sondern *er selbst*.

»Da ist Mum«, sagte April, die ziemlich nervös war und Stuart damit aus seinen Gedanken riss. Sie waren in der Beech Road angekommen, wo Misses Kingley mit verschränkten Armen auf der Haustreppe stand. Sie sagte kein Wort, als sie näher kamen, sondern deutete nur nach drinnen.

»Tschüss«, sagte April tonlos zu Stuart. »Wir sehen uns morgen.«

Er sah zu, wie sie leise hintereinander im Haus verschwanden. Die Haustür fiel zu, dann war es kurz still – und dann war das Brüllen von Misses Kingley zu hören. Stuart trippelte in Richtung seiner eigenen

Haustür und beugte seine Knie leicht, bevor er auf die Klingel drückte. Nur für den Fall, dass sein Vater etwas bemerkte.

Aber es war seine Mutter, die die Tür öffnete.

»Überraschung!«, rief sie. »Ich hatte eigentlich vom Flughafen aus angerufen, aber ich habe keinen ...« Sie hörte auf zu sprechen und starrte ihn an.

»Du bist *gewachsen*«, sagte sie. »Und du hast einen Hund gefunden.«

»Ich weiß«, erwiderte Stuart, dessen Stimme ein wenig unsicher klang. »Überraschung!«

Hallo

Kapitel 38

Es war zwei Tage später, als Stuart im Garten herumhing und darauf wartete, dass April auftauchte.

Charlie war ebenfalls im Garten. Neben Fressen war die Hauptbeschäftigung des kleinen Hundes, Stuart überall hin zu verfolgen und bewundernd zu ihm hoch zu sehen – so bewundernd, dass sogar Stuarts Mutter (die nicht so besonders auf Haustiere stand) zugestimmt hatte, ihn einstweilen zu behalten.

»Bis wir den *richtigen* Besitzer gefunden haben«, hatte sie eindringlich gesagt und Stuart war auf diese Bedingung erfreut eingegangen. Momentan hatte Charlie den Kopf auf Stuarts Schuh abgelegt und knabberte am Schnürsenkel.

»Braver Hund«, sagte Stuart. Der Stummelschwanz wedelte erfreut hin und her.

Stuart sah auf die Uhr. Seit ihrer Rückkehr hatten April und ihre Schwestern Hausarrest, als Strafe dafür, dass sie ohne Erlaubnis zu spät nach Hause gekommen waren. April hatte mit Stuart mit Hilfe von handgeschriebenen Nachrichten kommuniziert, die sie an ihr Zimmerfenster hielt.

Meine Mum hat gesagt, wir dürfen nie wieder raus bis wir 18 sind.

war die erste gewesen, ein paar Stunden später gefolgt von:

Sie hat es jetzt auf eine Woche herabgesetzt, aber wir müssen für unsere Freiheit arbeiten.

Stuart hatte ebenfalls ein Stück Papier geholt und das Wort WIE? darauf geschrieben und für sie hochgehalten.

Unnötige Hausaufgaben, Hausarbeiten und Klavierunterricht

war die Antwort gewesen.

KANN ICH IRGENDETWAS TUN?, fragte Stuart.

Ja. Sag mir, welchen Buchstabenhinweis du im Buch der Gefahren bekommen hast.

E, schrieb Stuart als Antwort.

Am zweiten Morgen hatte eine grinsende April ein Schild geschwenkt, auf dem stand:

Strafe gemildert nachdem ich hintereinander 313 mal »Tanz der Schäfermädchen« auf dem Klavier gespielt habe. Meine Mum hat gesagt, ich treibe sie bald in den Wahnsinn.
Darf um 11 raus.

Es war jetzt fünf vor elf.

Stuart sah in den Garten der Drillinge und staunte noch immer darüber, dass er jetzt tatsächlich über den Zaun blicken konnte. Er war beinahe vier Zentimeter gewachsen – was bedeutete, dass er, obwohl er immer noch klein für sein Alter war, im Moment nur noch *ein bisschen* zu klein war. »Ein spontaner Wachstumsschub«, hatte seine Mutter entschieden, nachdem sie ihn gemessen hatte. »Ungewöhnlich, aber nicht beispiellos. Ich nehme an, es war eine Kombination aus dem Hitzestress, den du erlitten hast und Dads vorzüglicher gesunder Küche. Ich habe erst neulich eine aktuelle Studie über den positiven Effekt gelesen, den Spinat und Grünkohl auf das menschliche Knochenwachstum haben. Ich denke, das sollten wir auf jeden Fall auf dem Speiseplan behalten.«

Was bedeutete, dass Stuart sich nicht gerade auf die Art von Mahlzeiten freute, die von nun an auf ihn zukommen würden.

Die Tür der Kingleys öffnete sich und eine der Drillinge kam heraus.

»Hi, June«, sagte Stuart.

Sie sah überrascht aus und auch etwas erfreut, dass er sie richtig erkannt hatte. »April hat gesagt, ich soll dir sagen, dass sie gleich kommt. Sie arbeitet noch an etwas, das sie dir zeigen will. Und ich wollte mich bedanken, dass du gekommen bist, um uns zu holen. Ich habe nun eingesehen, dass es kein Traum war.«

»Oh, alles klar«, sagte Stuart beeindruckt. Er hätte nicht gedacht, dass June *je* ihre Meinung änderte.

»Nein, es war kein Traum«, fuhr sie fort, »es war eine extrem lebhafte Halluzination, die wahrscheinlich davon ausgelöst wurde, dass wir Dämpfe eingeatmet haben, die von der altmodischen bleihaltigen Farbe ausgingen, die dein Großonkel in den Illusionen verwendet hat.«

»Oh.« Er hatte keine Lust, sich zu streiten. »Okay.«

»Aber du hast uns da rausgeholt und uns nach Hause gebracht. Also danke.«

June verschwand wieder im Haus und einen Augenblick später kam April heraus. Stuart freute sich wie verrückt, sie zu sehen. Sie kannten sich erst etwas über einen Monat, aber es fühlte sich an, als seien sie schon seit vielen Jahren Freunde. April grinste über den Zaun hinweg zurück und hielt dann ein Stück Papier hoch, damit er es sehen konnte.

DIE GEFUNDENEN HINWEISE:

Das Kabinett des Pharaos	W
Der Spiegelbogen	O
Der Fächer der Fantastikheit	M
Der Rosen-Thron	S
Die Kammer des Bluts	G
Das Buch der Gefahren	E

»Ich habe jedes mögliche Anagramm versucht, aber diese Idee habe ich dann verworfen«, sagte sie. »Dann habe ich gedacht, es könnten die Anfangsbuchstaben von etwas sein. Wer ortet, möchte sich ...«

»Möchte sich was?«

»Das ist es ja – es ergibt alles keinen Sinn. Gerecht ergeben? Gerade essen?«

»Gründlich entledigen?«, schlug Stuart vor.

»Also habe ich mich gefragt, ob es etwas mit Zahlen zu tun haben könnte – du weißt schon, *W* ist der dreiundzwanzigste Buchstabe des Alphabets, *O* ist der fünfzehnte und so weiter, und dann habe ich alle Zahlen zusammengerechnet und kam auf zweiundachtzig. Macht diese Zahl irgendeinen Sinn für dich?«

Stuart schüttelte den Kopf.

»Für mich auch nicht«, sagte April. »Also habe ich dann ein Buch über Codes gelesen, das June zu Weihnachten bekommen hat, und es gibt hunderte von Möglichkeiten, Codes zu schreiben: Man kann einen Buchstaben durch einen anderen ersetzen oder man kann sie um so und so viele Stellen das Alphabet rauf- oder runterschieben, oder sie durchtauschen oder rückwärts zählen, und ich habe unzählige davon ausprobiert – ich hatte ja nichts weiter zu tun, abgesehen davon, *Tanz der Schäfermädchen* zu üben –, und am Ende bin ich zu einer Überzeugung gekommen.«

»Was?«, fragte Stuart.

»Dass es gar kein Code ist. Denn alles, was ein Code uns am Ende geben würde, wäre ein einziges Wort, und das würde als Hinweis nicht ausreichen. Nicht einmal, wenn das Wort *innen* oder *hinter* oder *Spiegel* oder *drehen* wäre. Immerhin haben wir ja sämtliche Illusionen quasi auf den Kopf gestellt und haben das Testament trotzdem nicht gefunden, nicht wahr? Es muss irgendwo sein, wo es kompliziert und schwer auffindbar ist, und ein einziges Wort kann uns einfach keine ausreichende Lösung geben.«

Sie hatte vermutlich Recht, dachte Stuart – das hatte sie meistens und in allen Dingen. Aber irgendetwas ließ ihn trotzdem nicht los.

»Ich habe wieder einen Anruf bekommen«, sagte er. »Von Miss Edie. Als du mit deinen Schwestern gefangen warst. Ich hatte keine Zeit, richtig mit ihr zu sprechen, aber sie hat gesagt, ihr seien ein paar Dinge eingefallen, die bei der Suche hilfreich sein könnten.«

»Was?«

»Sie sagte, ihre Großmutter habe ihr erzählt, dass das Testament gut versteckt sei, aber dass wir die Typen benutzen sollten, um es zu finden.«

»Die Typen?«

»Ja.«

»Wie, meint sie mehrere Personen? Oder bedeutet das, dass wir beide es gar nicht finden können? Dass wir andere Personen fragen müssen? Aber wen?«

»Ich weiß es nicht. Und sie hat noch etwas anderes gesagt – etwas wirklich Seltsames. Sie sagte, ihre Großmutter mochte mich nicht so gerne.«

»Ihre Großmutter, die vor fünfundachtzig Jahren gestorben ist?«

»Genau die.«

»Aber woher soll sie dich kennen?«

»Ich weiß es nicht.«

»Aber was weißt du denn über sie?«

»Dass sie eine sehr clevere Geschäftsfrau war. Sie ging von England nach Kanada. Und sie hat gesagt, dass ich nur Ärger mache.«

Stuart und April sahen sich über den Zaun hinweg an – sie starrten sich gegenseitig tief in die Augen –, und dann kamen sie zeitgleich auf denselben Gedanken, so dass sie einen kleinen Hüpfer machten, als hätten sie einen elektrischen Schlag bekommen. Dann sprachen sie die beiden Silben gleichzeitig aus.

»*Jeannie!*«

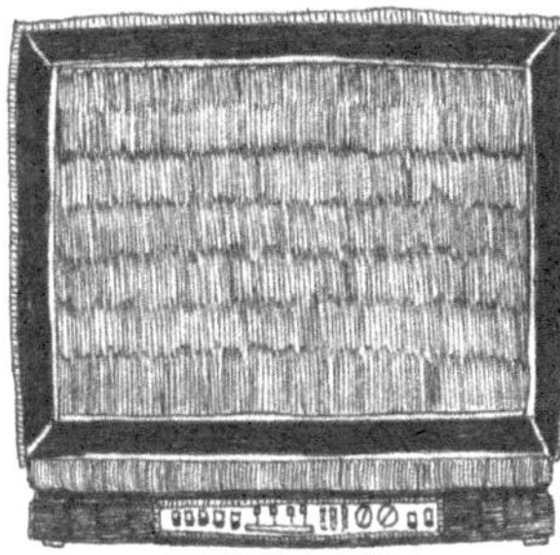

Kapitel 39

Jeannie Carr, die Bürgermeisterin von Beeton, war Miss Edies Großmutter!

Jeannie Carr, die so verzweifelt versucht hatte, Großonkel Kennys Werkstatt zu finden, dass sie Stuart bedroht und bestochen und verfolgt hatte, und die dann schließlich vom Wunschbrunnen zurück ins viktorianische England geschickt wurde – ein viktorianisches England, in dem auch Großonkel Kenny auf der Suche nach seiner Verlobten gelandet war. Das war der Grund, warum Jeannie von dem versteckten Testament wusste.

»Sie hat nie aufgehört, die Tricks zu wollen«, stellte April mit großen Augen fest, »ihr ganzes Leben lang!«

Stuart dachte an das letzte Mal, als er Jeannie gesehen hatte, als sie wütend und entsetzt auf der Bühne eines viktorianischen Theaters gestanden hatte, dazu verdammt, in der Vergangenheit zu bleiben. Ein winziger Teil von ihm war erleichtert, dass sie den Sprung in die Geschichte nicht nur überlebt hatte, sondern sogar erfolgreich war – sie war ausgewandert und hatte eine Familie gegründet und ein Vermögen angehäuft.

Sie hat England mit zehn Pfund in der Tasche und einem Kopf voller Ideen verlassen und dann hier in Kanada eine Fabrik eröffnet. Sie hat mehr Geld verdient als du dir je vorstellen kannst.

»Und hat Miss Edie dir gesagt, wieviel sie bereit wäre für die Tricks zu zahlen?«, fragte April.

Stuart zögerte, bevor er antwortete. April und er hatten so viel zusammen erlebt; er hatte das Gefühl, er schulde ihr die Wahrheit.

»Genug, um mich sehr, sehr reich zu machen. Genug für Limousinen und Business Class im Flugzeug und Monate in Disneyland.«

»Oh«, sagte April, der es zum ersten Mal die Sprache verschlagen hatte. »Wow. Das hätte ich nicht gedacht.«

Zwischen ihnen wurde es still und die Stille wurde erst gebrochen, als Charlie anfing, Stuarts Schnürsenkel anzuknurren.

»Ich denke, dann wirst du wohl umziehen«, sagte April. »In ein größeres Haus irgendwo. Mit Swimming Pool und so.«

»Na ja«, sagte Stuart ungeschickt, »es ist noch zu früh, um das zu sagen. Und ich habe das Testament ja noch gar nicht gefunden, nicht wahr? Und ich kann kaum von Elaine erwarten, ständig in den Bauhof deines Dads einzubrechen, und ich nehme nicht an, dass er uns einfach hineinspazieren lassen wird, oder?«

»Nein.« April lächelte reumütig. »Er sagt, das war das allerletzte Mal, dass er uns einen Gefallen getan hat. Er will den Schlüssel behalten, bis das Museum einen Platz für die Illusionen gefunden hat.«

»Und wann soll das sein?«

»Wenn die Ausstellung *Das römische Beeton* am Samstag eröffnet wird. Rod Felton hat Dad angerufen, um ihm zu sagen, dass er versuchen wird, sie in den Lagerraum zu quetschen, weil so viele Leute die Petition des *Beech Road Guardian* unterschrieben haben.« Sie nahm Stuarts verwunderten Ausdruck gekränkt zur Kenntnis. »Ich weiß, du hältst nicht viel von unserer Zeitung«, sagte sie ziemlich gereizt, »aber sie wird sogar von Leuten gelesen, die in der Chestnut Avenue wohnen. Und May hat das Foto von Rod Felton, wie er in die Reporterin gekracht ist, für eine zweistellige Summe an eine überregionale Zeitung verkauft. Für elf Pfund, genauer gesagt.«

»Also wirst du weiterhin dafür schreiben?«

»Natürlich. Ich werde eine Kritik über die Ausstellung schreiben. Und während wir dort sind, sollten wir die Chance nutzen, nochmal einen Blick auf die Tricks zu werfen. Und vielleicht haben wir bis dahin auch herausgefunden, was die Hinweise bedeuten.«

In den folgenden Tagen war Stuart mit ganz gewöhnlichen Dingen beschäftigt – ein Sportoutfit und eine Uniform für seine neue Schule zu kaufen und seine Großeltern zu besuchen –, aber die gewöhnlichen Dinge fühlten sich außergewöhnlich an, denn das Sportoutfit war zwei Nummern größer als er am Beginn der Sommerferien getragen hatte, und seine Großeltern hörten gar nicht mehr auf zu betonen, wie sehr er doch in die Höhe geschossen war. Während der gesamten Zeit schienen die Buchstaben WOMSGE in seinem Kopf herumzuklappern wie Murmeln in einer Dose.

Am Tag vor der Eröffnung hörte er eine bekannte Stimme aus dem Wohnzimmer und eilte hin, um sie sich im Fernseher anzuschauen.

»Und das wars für heute bei *Midlands am Mittag*«, verkündete Rowena Allsopp und zeigte Zähne beim Lächeln. »Morgen bin ich unterwegs in das Museum des historischen Städtchens *Beeton*, um eine Autogrammstunde zu meiner Autobiografie *Rowenas Weg* zu geben, und um zwei brandneue *Ausstellungen* zu eröffnen.«

»Und worum geht es in den Ausstellungen, Rowena?«, fragte der Mann im Anzug, der neben ihr saß.

»Eine ist eine faszinierende Sammlung der Outfits, die ich über die Jahre hinweg in exakt dieser Sendung getragen habe, und die andere ist über, äh, Geschichte oder so. Also, wir sehen uns morgen!« Sie winkte und tat dann so, als ordne sie ihre Papiere.

»Jepp«, sagte Stuart zum Fernseher. »Wir sehen uns morgen.«

Kapitel 40

Eine erstaunlich große Menschenmenge wartete am nächsten Tag vor dem Stadtmuseum. Es war viel verdrießliches Murmeln zu hören, als Stuart, April und Stuarts Vater sich direkt zum Anfang der Schlange begaben und von der Rezeptionistin hineingelassen wurden.

»Wie kommt es, dass Sie vorher hinein dürfen?«, fragte ein Mann, der ein schwarz-goldenes Autogrammbuch in den Händen hielt und einen Button mit einem lächelnden Foto von Rowena Allsopp trug.

»Ich bin Reporterin«, sagte April und hielt ihr Notizbuch hoch.

»Ich bin der Mini-Kurator«, sagte Stuart und zeigte auf seine Plakette.

»Ich bin lediglich im Besitz inbrünstiger und nachhaltiger Wissbegier in Bezug auf die prä-christlichen Antezedenzien der kontemporären Konurbationen der Midlands«, sagte Stuarts Vater.

»Oh«, sagte der Rowena-Fan. »Na schön.«

Rod Felton wartete im Foyer auf sie. Er trug einen senffarbenen Anzug und eine Krawatte mit römischen Zahlen, und er tanzte quasi vor Aufregung. »Wartet nur, bis ihr das Herzstück seht«, sagte er. »Wir haben eine lebensgroße *Balliste* und die Replik eines *Apodyteriums* mit einem angrenzenden *Balneum* samt Nischen für die *Subligaculae*!«

»Eine Replik von *was?*«, fragte April, die frenetisch kritzelte.

»Und wir haben eine *Gastraphetes*!«

»Eine *Gastraphetes*?« Stuarts Vater war offensichtlich so von Ehrfurcht ergriffen, dass er nach Luft schnappen musste.

»Eine Replik von was?«, wiederholte April geduldig.

»Und eine *Oxybeles!*«

»Eine *Oxybeles?*«

»Entschuldigen Sie«, sagte Stuart. »Denken Sie, es wäre möglich zu sehen, wo Sie die Tricks meines Großonkels untergebracht haben?«

Es dauerte einige Augenblicke, bis Rod Felton seine Aufmerksamkeit wieder fokussiert hatte, dann wedelte er mit dem Arm in die vage Richtung einer Tür mit der Aufschrift *Nur für Personal*. »Da hinten«, sagte er. »Sie sind gerade erst angekommen, daher habe ich sie noch nicht gesehen.«

»Eine *Oxybeles!*«, wiederholte Stuarts Vater verträumt.

»Ich komme in fünf Minuten nach«, sagte April lautlos. Stuart nickte und schlüpfte durch die Tür.

Eine Betontreppe führte in den Keller hinunter, der von einem Oberlicht beleuchtet wurde, das sich über die gesamte Länge des Raums zog. Auf den ersten Blick sah es aus wie in einem überfüllten Trödelladen. Eine große ausgestopfte Antilope stand am Fuß der Treppe neben einem ausgeblichenen Mumiensarg. Es gab Ritterrüstungen und Ledereimer, Gasmasken, Spinnräder, ein rotes Motorrad und ein schwarzes Hochrad. Sogar das riesige künstliche Kutschpferd stand dort, das erst vor ein paar Wochen aus Versehen umgeworfen und zerbrochen wurde. Von Stuart. Zwei Mal. Und in die hinterste Ecke, direkt neben den Lastenaufzug, hatte man Großonkel Kennys Illusionen gestopft.

Sie standen zusammengedrängt wie nervöse Besucher, und Stuart näherte sich ihnen langsam und mit wachsender Bestürzung.

Durch die beiden Fahrten im Baulaster waren sie abgestoßen und verbeult. Die Farbe war abgeplatzt,

Drähte waren verbogen, Metallrahmen verdellt oder stumpf. Das Kabinett des Pharaos hatte eine zerbrochene Tür, das Buch der Gefahren hatte überhaupt keine Tür mehr, die Schwerter in der Kammer des Bluts waren verbogen, die silbernen Stängel des Rosen-Throns sahen wild aus und wie vom Wind verweht, der Fächer der Fantastikheit hing an einer Seite herunter, und der Spiegelbogen war mit schwarzen Flecken übersät an den Stellen, wo Spiegel heruntergefallen oder zerbrochen waren. Die Illusionen standen stumpf im hellen Morgenlicht wie ungeliebtes Blechspielzeug.

Stuart fühlte sich schuldig. Er hatte die Werkstatt gefunden und die ganze Magie aufgebraucht, aber er hatte es versäumt, sich um die Geräte zu kümmern. Sie brauchten Pflege und Geschick und Liebe und Wissen und Zeit.

»Stuart!« Es war April, die über das Treppengeländer rief. »Die Eröffnungszeremonie beginnt gleich. Hast du etwas gefunden?«

Er schüttelte den Kopf und folgte ihr die Treppe hinauf. »Ich weiß nicht, wo ich anfangen soll«, sagte er, als sie den Flur entlang eilten.

»Uns entgeht etwas Offensichtliches«, sagte April stirnrunzelnd. »Das *weiß* ich einfach.«

Sie kamen in den großen Hauptraum des Museums.

Ein Ende wurde von dem römischen Katapult (oder *Balliste*, wie Rod Felton es beharrlich nannte) dominiert. Es sah ein wenig aus wie eine riesige Holzwippe mit einer Plattform in der Form einer Untertasse anstatt eines Sitzes, auf den man Felsbrocken lud. Das andere Ende des Raums zeigte ein römisches Miniaturbad, einen Umkleideraum, der voller Togen hing, und einen runden Pool mit hohen Rändern, der mit Wasser gefüllt war. Dazwischen lag ein Mosaikboden und ein Tisch, auf dem ein künstliches Festmahl aufgebaut war, inklusive Plastikweintrauben und einer Platte voller Papphühnchen.

Die Menge war hereingeführt worden und stand in einem abgesperrten Bereich an einer Seite des Raums. Hinter den Reihen von Autogrammjägern konnte Stuart seinen Vater sehen, sowie einen grauhaarigen Mann mit ordentlichem schwarzen Schnurrbart: Maxwell Lacey, Miss Edies Anwalt. Er sah Stuart direkt an.

»Willkommen, Leute«, sagte Rod Felton, der auf eine kleine Bühne in der Nähe des Katapults trat und (viel zu laut) in ein Mikrofon sprach. »Oder sollte ich besser sagen«, fügte er hinzu, mit dem Ausdruck von jemandem, der gleich einen Witz erzählt: *»amici, romani, cives?«*

Stuarts Vater (und nur Stuarts Vater) lachte herzlich. Alle drehten sich zu ihm um.

»Als Chefkurator«, fuhr Rod fort, »möchte ich gerne ein paar Worte zu der unglaublich harten Arbeit und intensiven Recherche sagen, die der Bestückung dieser wunderbaren Ausstellung voranging. Bevor ich Sie also unserem besonderen ...«

Ein Klackern von Absätzen war zu hören, als plötzlich Rowena Allsopp die Bühne betrat. Sie trug ein leuchtend oranges Kostüm mit Metallknöpfen, die wie Goldmünzen funkelten, und winkte dem Publikum zu.

»Oh«, sagte Rod. »Ich wollte nur ...«

»Hallo, Beeton!«, rief Rowena Allsopp, während sie ihm das Mikrofon abnahm. Eine Kamera blitzte und Stuart sah, dass es May war, die vor der Bühne kauerte.

»Es ist so entzückend, so viele meiner wunderbaren Fans zu diesem sehr, sehr besonderen Anlass zu sehen – der einzigartigen Gelegenheit, einige meiner Lieblingsoutfits zu sehen, die in einem Raum gleich hier den Korridor hinunter ausgestellt sind, gefolgt von der Möglichkeit, signierte Bücher meiner eigenen Autobiografie zu kaufen. Und es gibt einen tollen Rabatt, wenn

Sie mehr als drei Bücher kaufen. Ich kann es nicht erwarten, sie alle kennenzulernen!«

Sie gab dem verblüfften Rod Felton das Mikro zurück. Er räusperte sich und lehnte sich zu ihr hinüber.

»Die Ausstellung *Das römische Beeton*?«, flüsterte er anklagend.

»Oh ja.« Rowena grabschte sich wieder das Mikrofon. »Ich erkläre diese Ausstellung nun für eröffnet«, verkündete sie rasch und ohne Begeisterung.

Mays Kamera blitzte einige Male hintereinander, während Rowena lächelte und posierte und glasig in das helle Licht blinzelte. »Das ist genug«, kommandierte sie nach ein, zwei Minuten. »Ich kann nichts mehr sehen.« Dann taumelte sie die Bühne hinunter und auf den Ausgang zu.

»Passen Sie auf die *Balliste* auf!«, rief Rod.

»Die *Wasbitte*?«, fragte Rowena, die sich verwirrt umsah und direkt auf ein Schild zulief, auf dem stand: *Vorsicht: Nicht hinter dieses Schild treten*

»Die *Balliste*«, wiederholte Rod.

»Um Himmels willen, warum können Sie nicht normal spre…?«

Die Fotos von dem, was als Nächstes geschah, landeten auf der Titelseite von jeder Zeitung des Landes.

Sie bescherten der Ausstellung *Das römisches Beeton* rekordverdächtige Besucherzahlen und führten schließlich dazu, dass May einen Nachwuchs-Sonderpreis beim Europäischen Nachrichten-Fotojournalistenpreis in der Kategorie *Action Szene des Jahres* bekam.

Sie sahen wie folgt aus:

Foto 1 zeigte Rowena, wie sie über einen ihrer Absätze stolperte;
Foto 2 zeigte, wie sie hart auf einer der untertassenförmigen Holzplattformen zu sitzen kam;
Foto 3 zeigte, wie sie sich abstrampelte, um aufzustehen und sich dazu an etwas festhielt, das aussah wie ein Hebel;
Foto 4 zeigte, wie sie durch die Luft katapultiert wurde wie ein riesiger gold-oranger Feuerwerkskörper;
Foto 5 zeigte, wie sie mit einem gewaltigen Spritzen im runden römischen Bad am anderen Ende des Raums landete.

Was die Bilder nicht vermittelten, war die ungläubige Stille, die den Raum erfüllte, als Rowena in dem hüfthohen Wasser wieder auf die Beine kam. Einen Moment lang schien sie zu schockiert, um zu sprechen, und stand einfach nur da, mit offenem Mund, Haaren wie nassen Algen, triefendem Jackett und halb herunterhängenden Knöpfen. Und dann wurde die Stille davon unterbrochen, dass einer ihrer goldenen Knöpfe mit einem winzig kleinen Platschen in den Pool plumpste. Wie eine Münze, die in einen Brunnen fiel.

»*Wünsch* dir was«, sagte jemand von hinten aus der Menge.

Ein unterdrücktes Kichern war zu hören, und als dann Rod Felton nach vorne rauschte, fingen alle auf einmal an zu reden und zu kreischen und zu schreien.

Alle bis auf Stuart, der wie angewurzelt dastand; in seinem Kopf begann eine Idee Gestalt anzunehmen.

»Wirf eine Münze hinein und wünsch dir was«, murmelte er vor sich hin. »Wünsch dir was.« Dann wurden seine Augen groß und er drehte sich um, packte Aprils Schulter und sagte: »Ich hab's.«

»Was?«

»Wo das Testament ist. Los, komm!« Und er drehte sich auf der Stelle um, rannte aus dem Raum hinaus, den Korridor entlang und in den Keller hinunter. April folgte ihm auf den Fersen. »Der einzige Ort, an den wir nicht gedacht haben …«, sagte er keuchend. »Der Trick, den wir vergessen haben. Die Illusion, mit der alles angefangen hat. Und Miss Edie hat uns den Hinweis gegeben, erinnerst du dich? Sie sagte, das Testament sei tief versteckt. Kapierst du?«

Die schäbige Ansammlung von Zaubertricks stand vor ihnen. »Hilf mir, den hier wegzuschieben«, sagte Stuart, der am Fächer der Fantastikheit zog.

Zusammen schoben sie ihn zur Seite. Dahinter kam nun der Wunschbrunnen vollständig ins Blickfeld und April lachte, als es ihr plötzlich dämmerte.

»Du hast Recht«, sagte sie. »Tief versteckt. Das ist der Ort.«

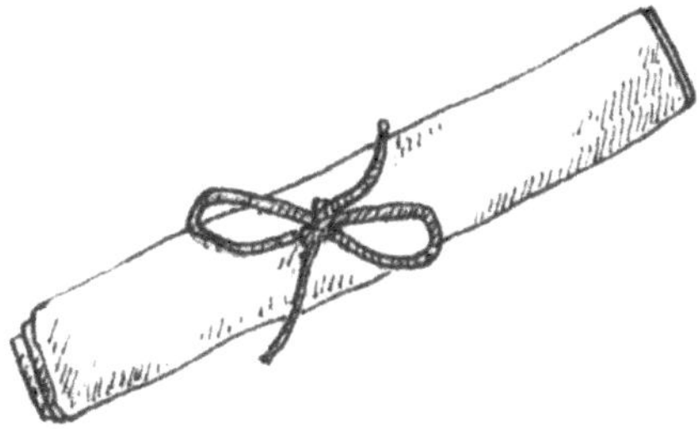

Kapitel 41

Jeder von ihnen stand auf einer Seite des Wunschbrunnens. So verkratzt und geschunden er auch war, er war immer noch wunderschön, wie er so vom Schatten durchdrungen da stand, überpudert mit dem Glitzern der Sterne.

»Und was hat Miss Edie noch gesagt?«, fragte April.

»Benutze die Typen. Benutze die Typen, um es zu finden.« Stuart konnte Miss Edies krächzende Stimme beinahe hören. April starrte gedankenverloren in den Brunnen, dann quiekte sie und lehnte sich weiter nach vorne. »Ich kann etwas sehen«, sagte sie.

Stuart reckte den Hals über den Brunnenrand. Kaum sichtbar war eine Reihe krakeliger Kupferbuchstaben gleichmäßig auf der Innenseite des Brunnens verteilt.

»Da steht etwas«, sagte April, die schon beinahe auf dem Kopf stand. »Da steht ... warte ... da steht: *Wo man es gefunden hat*. Und die Abstände zwischen den Buchstaben sind immer gleich.«

Sie stellte sich wieder aufrecht hin. Ihr Gesicht war ganz rot. »Ich verstehe das nicht«, sagte sie. »Wie sollen diese Wörter uns helfen können?«

Stuart wollte gerade mit den Achseln zucken, als ihm die Antwort wie ein Geistesblitz in den Sinn kam. »Es sind nicht die Wörter, auf die es ankommt«, sagte er.

»Was?«

»Als Miss Eide sagte *Benutze die Typen, um es zu finden*, hat sie gar nicht Typen, also die Mehrzahl von Typ gemeint, sondern *Typen*, die Mehrzahl von Type. Type, so nannte man früher in Druckereien oder auf Schreibmaschinen einen einzelnen Buchstaben.« Insgeheim bedankte sich Stuart bei seinem Vater, dass er so oft altmodische Begriffe verwendete.

»Und die Hinweise, die wir bekommen haben, waren Buchstaben«, sagte er. »WOMSGE.«

Zusammen lehnten sie sich wieder über den Brunnenrand. Die Kupferbuchstaben schienen sanft zu leuchten.

W O M A N E S G E F U N D E N H A T

Stuart streckte seine Hand aus und berührte das *W* im Wort WO. Der Kupferbuchstabe war leicht erhaben. Er drückte dagegen und er bewegte sich mit einem sanften *Klick* nach innen.

Ohne Worte griff April zum *O* und tat dasselbe.

Einen nach dem anderen berührten sie abwechselnd die Buchstaben *M, S, G*, dann hielt April mit ausgestrecktem Arm inne.

»Es gibt drei *E*s«, sagte sie. »Welches soll ich drücken?«

Sie richteten sich auf und sahen sich an.

»Das war definitiv ein *E* in der letzten Illusion, oder?«, fragte April.

Stuart wollte mit Ja antworten, doch dann stockte er. »Ich musste die richtige Welt im Buch der Gefahren finden«, sagte er. »Meine richtige Welt. In *A* war mein falscher Vater, und genauso in *B*. *C* war – na ja, *C* war einfach nicht richtig, in *D* war meine Mutter falsch und in *E* ...« Er zögerte und sprach dann leiser weiter. »In *E* war ich nicht richtig. Ich war größer. Ich sollte überhaupt nicht *E* wählen, ich hätte weitergehen sollen, ich hatte nur solche Angst, dass wir dort feststecken könnten.«

»Was ja auch beinahe so war«, sagte April. »Also, zum Glück hast du sie gewählt. Aber das bedeutet, dass der letzte Buchstabe kein *E* ist – es könnte jeder Buchstabe weiter hinten im Alphabet sein. Welchen soll ich also drücken? *S*? Oder *T*? *T* wie Tiefe?«

»Oder *F*«, schlug Stuart vor. »*F* wie Fertig. *F* wie Final.«

»*F* wie Freundschaft«, sagte April. »Ich denke das ist der, den wir versuchen sollten. Oder?«

Stuart nickte und April lehnte sich wieder über den Rand und drückte den Buchstaben. Mit einem Geräusch wie einem leisen Seufzer glitt ein Teil der Mauer zur Seite und hinterließ ein Loch in der Größe und Form eines Briefkastens.

Sie spähten beide hinein.

»Na, dann los«, drängte April und gab Stuart einen herrischen Schubs. »Es ist deins.«

Stuart begann zögernd, die Hand auszustrecken, doch dann hielt er inne. Er dachte daran, wie April ihm im Spiegelbogen Hinweise zugerufen hatte. Er dachte daran, wie sie herausgefunden hatte, wie der Rosen-Thron funktionierte. Er dachte daran, wie sie sich ohne zu zögern in Gefahr gebracht hatte, um Charlie zu finden.

»Nein«, sagte er. »Es ist nicht nur meins.«

»Was?«

»Es wäre nicht fair. Alleine wäre ich überhaupt nie so weit gekommen.«

April sah verwirrt aus, doch dann, als ihr die Bedeutung bewusst wurde, wurden ihre Augen groß. »Meinst du das ernst?«, fragte sie.

»Ja, das tue ich«, sagte Stuart bestimmt. »Wir werden das Testament zusammen rausholen. Eins. Zwei. Drei.«

Gemeinsam fassten sie in den Briefkasten, und gemeinsam berührten ihre Finger einen papiernen Zylinder und zogen ihn heraus. Er war mit einem Stück rotem Faden zusammengebunden und nachdem April den Knoten gelöst hatte, strich Stuart das Papier glatt. Darüber stand:

LETZTER WILLE UND TESTAMENT
VON KENNETH HORTEN

Dann folgte eine halbe handgeschriebene Seite voll von langen verschachtelten Sätzen, die mit schwierigen Wörtern gespickt waren.

»Kompliziert, oder?«, murmelte Stuart.

»Darf ich mal sehen?«, fragte eine andere Stimme hinter ihnen.

Als sie sich umdrehten, sahen sie Maxwell Lacey.

»Denn wenn ihr das Testament gefunden habt, dann würde ich euch wirklich raten, einen Anwalt zu konsultieren«, sagte er und streckte eine Hand aus. »Ich garantiere, dass meine Dienstleistung kostenfrei ist.«

Stuart sah April an und zuckte mit den Schultern. »Warum nicht«, sagte er. »Wir können damit nichts anfangen.«

Maxwell Lacey studierte das Dokument sorgfältig, dann ließ er es wieder zu einer Rolle zusammenschnappen, bevor er es zurückgab.

»Ganz geradlinig«, sagte er. »Und vollkommen rechtskräftig. Zusammengefasst, der Entdecker des Testaments ist der Besitzer der magischen Illusionen. Oder einfacher gesagt: wer's findet, darf's behalten.«

»Wir dürfen es behalten«, sagte Stuart, dessen Mund sich zu einem Grinsen verzog. »Und wir dürfen es verkaufen.«

»In der Tat«, stimmte Maxwell Lacey zu. »Und ich bin mir sicher, das Angebot meiner Klientin wird euch beide zufrieden stellen. Ich werde natürlich mit euren jeweiligen Eltern sprechen müssen, die gut daran tun würden, sich finanzielle Beratung zu holen, aber im Fall von –«

»Entschuldigen Sie«, sagte April und hob eine Hand. »Kann ich etwas fragen?«

»Nur zu, junge Dame.«

»Ich bin nur neugierig: Was wird Miss Edie eigentlich mit den Illusionen machen?«

Zum ersten Mal schien Maxwell Lacey aus der Fassung zu geraten. Er wartete und schien nach Worten zu suchen. »Ich glaube, sie hat einen speziellen Bestimmungsort dafür im Kopf.«

»Sie meinen, ein Museum oder so etwas?«

»Nein, ich denke ein Museum ist nicht Teil ihrer Pläne.«

Es wurde still. Stuart sah zu April und dann wieder zurück auf Mister Lacey. »Was meinen Sie mit *Bestimmungsort?*«, fragte er.

Der Anwalt stieß einen kurzen Seufzer aus. »Die Großmutter meiner Klientin, Jeannie Carr, war eine scharfsinnige Geschäftsfrau mit einem besonderen Interesse an der Entwicklung und Herstellung von Bühnentricks. Sie emigrierte von England nach Kanada und gründete dort eine riesige, sehr erfolgreiche Firma.«

»Das wissen wir«, sagten April und Stuart gleichzeitig.

»Ach, wirklich? Nun, mit einem Teil ihres offen gesagt enormen Vermögens ließ sie eine Statue von sich vor der Fabrik aufstellen, mit Platz darunter für eine große Plakette aus Metall, die Details über ihr bemerkenswertes Leben und ihre Errungenschaften aufzählen sollte. Nun, fünfundachtzig Jahre nach ihrem Tod, ist der Platz für diese Plakette noch immer leer.«

»Warum?«

»Weil sie sich anscheinend – und ich weiß selbst nicht, warum – gewünscht hatte, dass sie aus dem Metall einer ganz speziellen Quelle hergestellt wird.«

Er räusperte sich, und sein Blick schweifte über Stuart hinweg zu den Objekten, die hinter ihm standen.

Stuart holte tief Luft. »Großonkel Kennys Tricks«, sagte er. »Sie wollte, dass die Tricks gefunden und dann geschmolzen und zu der Plakette verarbeitet werden!«

Maxwell Lacey nickte steif. »Das ist korrekt. Und genau das ist das Vorhaben meiner Klientin.«

»Aber das ist so eine Verschwendung«, rief April. »Eine Verschwendung von Geld und von Dingen – diese Tricks sind fantastisch, sie sind einzigartig.«

»Es ist Jeannie Carrs Rache«, sagte Stuart mit absoluter Sicherheit. »Da sie sie nicht haben konnte, wollte sie wenigstens sicherstellen, dass auch kein anderer sie jemals besitzen würde.«

Plötzlich hatte er das Gefühl, er müsse diesen Haufen heruntergekommener Illusionen beschützen. Sie hatten es nicht verdient, zerquetscht und zerstört zu werden. Sie sollten in Ehren gehalten werden, dachte er. In Ehren gehalten und benutzt. Er erinnerte sich an das komische Gefühl, das er gehabt hatte, als stehe er auf einer Brücke: auf der einen Seite von ihm ein Haufen Geld, auf der anderen eine Welt aus Illusion und Abenteuer, herbeigezaubert von seinem Großonkel Kenny.

April hielt wieder ihre Hand hoch.

»Ja?«, fragte Maxwell Lacey.

»Warum haben Sie uns das erzählt?«

»Verzeihung?«

»Warum haben Sie uns erzählt, was Miss Edie mit den Tricks vorhat? Mussten Sie das? Rechtlich, meine ich?«

Der Anwalt zog vor Überraschung die Augenbrauen hoch.

»Hast du schon einmal daran gedacht, selbst Anwältin zu werden?«, fragte er.

»Ja«, gab April zu.

»Okay, na dann – nein, ich musste euch das nicht sagen.«

»Und warum haben Sie es gemacht?«

»Weil ich zufällig mit euch übereinstimme, dass es eine Verschwendung ist. Ich denke, Miss Edie könnte eine Menge wohltätige Dinge mit dem Geld machen, das sie besitzt, anstatt es dazu zu benutzen, irgendeine uralte Rechnung zu begleichen. Ich kann das überhaupt nicht verstehen. Als ihr Anwalt bin ich jedoch dazu verpflichtet, ihre Wünsche auszuführen.«

»Ja, aber wir nicht«, sagte Stuart.

»Nein«, wiederholte April. »Und wenn wir nicht zustimmen, sie zu verkaufen, dann gibt Miss Edie ihr Geld vielleicht für eine bessere Sache aus.«

Ein kleines Lächeln erschien auf Maxwell Laceys blassem, gefasstem Gesicht. »Ihr würdet eine Summe Geld ablehnen, die euer Leben verändern würde.«

»Mein Leben hat sich schon verändert«, stellte Stuart fest.

»Und ich weiß gar nicht, ob ich mein Leben überhaupt so sehr verändern will«, sagte April. »Ich streite mich sowieso schon die meiste Zeit mit meinen Schwestern. Stellen Sie sich den Streit vor, den wir hätten, wenn ich die einzige Millionärin in der Familie wäre. Und überhaupt will ich lieber Millionärin werden, indem ich etwas Großartiges und Nützliches tue.«

Maxwell Lacey nickte. »Ja, das kann ich mir vorstellen«, sagte er trocken. »Und du?«, fragte er Stuart. »Wirst du Bühnenmagier werden wie dein Großonkel?«

Stuart versuchte sich vorzustellen, wie er im Scheinwerferlicht vor einem riesigen, erwartungsvollen Publikum stand, und schüttelte heftig den Kopf. »Ich glaube, ich möchte lieber etwas Abenteuerliches tun. Draußen. Wüsten auf Kamelen durchqueren, unerforschtes Gelände erkunden.«

»Mutig Menschen retten, die festsitzen«, ergänzte April und gab ihm einen Stups.

»Ja, so in der Art«, sagte er, ein wenig verlegen.

»Und was werdet ihr mit Großonkel Kennys Vermächtnis anstellen«, fragte der Anwalt, »wenn ihr es nicht an meine Klientin verkauft?«

Sie blickten alle drei zu den Illusionen, und Stuart dachte an die Nachricht seines Großonkels:

werden sie
dich zu meinem T   *führen. Du kannst*
entscheiden ob du   *halten willst*
oder sie lieber An   *ben willst,*

Der Wunschbrunnen, das Kabinett des Pharaos, der Spiegelbogen, der Fächer der Fantastikheit, der Rosen-Thron, die Kammer des Bluts, das Buch der Gefahren: sieben Wunder der Technik, sieben Portale zu magischen Welten (die nun für immer geschlossen waren), sieben Zaubertricks, die fachmännische und liebevolle Pflege und ein bewunderndes Publikum brauchten.

»Ich habe eine Idee«, sagte Stuart.

Epilog

»Wir sehen uns dann morgen, Stuey«, rief einer von Stuarts Freunden, als er um die Ecke in die Beech Road bog.

»Bis dann!«

Es war ein knackig kalter Tag im November, der Himmel war leuchtend blau und Stuart kam gerade von der Schule nach Hause. Jeder in seiner neuen Klasse nannte ihn *Stuey,* und ihm gefiel das ganz gut. Es war sicherlich nicht schlimmer als die Spitznamen der anderen und viel, viel besser als *Shorty Shorten*. So nannte ihn niemand mehr.

»Sei gegrüßt«, sagte sein Vater. »Ein weiterer zufrieden stellender Tag in deiner pädagogischen Einrichtung?«

»Ja, es war ziemlich gut«, erwiderte Stuart.

»Und wie war das Antrittstreffen des Erfinderclubs nach der Schule?«

»Ganz okay. Tatsächlich haben sie mich, äh … sie haben mich zum Präsidenten gewählt. Einstimmig.« Er versuchte, es ganz beiläufig zu sagen, aber es war schwer, nicht zu zeigen, wie sehr er sich darüber freute.

Sein Vater lächelte. »Famos!«

»Dad, darf ich nach dem Abendessen zu April rüber? Sie schreibt an einem Artikel über Hundetraining für die Schulzeitung und wir wollen versuchen, Charlie beizubringen, einen Keks auf seiner Nase zu balancieren.«

Obwohl es Stuart lieber wäre, ihm beibringen zu können, auf seinen Namen zu hören. Er öffnete die Hintertür und versuchte es mit zwei neuen Namen, die ihm auf dem Heimweg eingefallen waren.

»Chuckle! Chopper!« Der Hund schnüffelte weiter im Garten herum.

»Ein Duett postalischer Einsendungen ist für dich angekommen«, sagte sein Vater.

»Zwei Briefe? Für mich?«

Der erste war ein großer Umschlag mit einigen kanadischen Briefmarken darauf. Stuart öffnete ihn und zog eine rechteckige, cremefarbene, goldumrandete Karte heraus.

SIE SIND HERZLICH EINGELADEN
ZUM GROSSEN EMPFANG
ANLÄSSLICH DER ERÖFFNUNGSFEIER

DES WUNSCHBRUNNEN-PROJEKTS
DER JEANNIE CARR-WOHLTÄTIGKEITS-
ORGANISATION

EINE MASSNAHME, UM ÄRMERE ORTE
AUF DER GANZEN WELT
MIT SAUBEREM TRINKWASSER ZU
VERSORGEN

Sowie des »Gute Manieren«-Projekts der Jeannie Carr-Wohltätigkeitsorganisation, eine Maßnahme, um Kinder von heute respektvoller und weniger aufmüpfig den Älteren gegenüber zu machen.

Grinsend drehte Stuart die Karte um und entdeckte einige handschriftliche Zeilen.

Lieber Stuart, liebe April,
ich kann mir vorstellen, dass es unwahrscheinlich ist, dass ihr diese Veranstaltung besuchen könnt, da sie in Toronto ist. Daher werde ich leider nicht in der Lage sein, euch persönlich zu danken. Ihr solltet stolz auf die Folgen eures Entschlusses sein, die Zaubertricks nicht zu verkaufen – anstatt ihr Vermögen für einen sinnlosen Racheakt auszugeben, tut meine Klientin nun endlich etwas Nützliches mit dem Geld ihrer Großmutter. Gut gemacht, ihr zwei, und viel Glück – jetzt und in der Zukunft.
Herzlich,
Maxwell Lacey

Der andere Umschlag enthielt einen kleinen Gegenstand, der in Seidenpapier gewickelt war, einen Zeitungsausschnitt und eine Postkarte mit dem Bild eines Theaters, auf deren Rückseite eine Nachricht in fröhlichen Bleistiftkrickeln stand.

Weiss nicht, ob Du das schon gesehen hast – beste Kritik, die ich je bekommen habe!
Im Publikum befand sich auch ein Talentsucher,

und Elaine und ich haben nun ein fünfwöchiges Engagement als Palastzauberer in »Dornröschen« im Theater Royal in Southend-on-Sea. Alles dank April und Dir! Komm uns besuchen!
CLIFFORD

PS: WIR HEIRATEN IM JANUAR.

PPS: Elaine hat dieses Ding gefunden, als sie den Wunschbrunnen renoviert hat – es war am gleichen Ort, an dem Du das Testament gefunden hast. Hoffe, du kannst es brauchen.

Stuart nahm den kleinen, in Seidenpapier gewickelten Gegenstand in die Hand. Durch die Verpackung konnte er fühlen, dass es etwas Kleines, Rundes war. Es ist eine Münze, dachte er und schnaufte kurz.

Eine Münze.

Eine Münze, die im Wunschbrunnen gefunden wurde.

Er hielt den Gegenstand in der Hand und wusste nicht, wie er sich fühlen sollte – angespannt? Ängstlich? Aufgeregt? Könnte das der Beginn einer weiteren Suche sein?, fragte er sich. Er zögerte lange, bevor er sie, noch immer verpackt, wieder hinlegte und den Ausschnitt aus dem *Beech Road Guardian* auseinanderfaltete.

TRIUMPH!

Die Menschen im Publikum, die bereits die ersten beiden Auftritte von Mysterioso dem Magier gesehen hatten, wurden letzte Woche bei seinem triumphalen dritten Versuch für ihre Loyalität belohnt. Hier waren die magischen Tricks selbst in der Tat ebenso fabelhaft wie die wunderbare Lichttechnik.

STAUNEN!!

Dem Publikum blieb vor Verblüffung der Mund offen stehen, als sich eine Reihe unglaublicher Illusionen direkt vor ihren eigenen Augen abspielte. Mysteriosos reizende Assistentin Elaine, gekleidet in einen eleganten silbernen Overall, überlebte es, von Schwertern aufgespießt zu werden, in einer Pyramide gefangen zu sein und in ein riesiges Buch eingeschlossen zu werden. Und als dann ein ganzer Bogen, der aus Spiegeln bestand, vollständig verschwand, gab es Beifallsstürme, die fast eine Minute andauerten.

SPENDE!!

Nach der Show dankte Mysterioso (auch bekannt als Mister Clifford Capstone) öffentlich seinen jungen Freunden April Kingley (10) und Stuart Horten (ebenfalls 10) für ihre großzügige Spende der Zaubertricks, die ursprünglich vor rund siebzig Jahren von einem außergewöhnlichen und brillanten Magier, der als Klitze-Kleiner Kenny Horten bekannt ist, geschaffen wurden. Mysterioso dankte auch seiner Assistentin Elaine für ihre fachmännische Restaurierung der etwas angeschlagenen Illusionen, die nun wie neu aussehen. Schließlich dankte er seinem Meerschweinchen, Gerald, für

»Stuart!«

April stand am Gartenzaun, deutete auf ihre Uhr und hielt dann ein Hundeleckerli hoch.

»ZEHN MINUTEN!«, rief Stuart durch das Fenster. »ICH WILL ERST NOCH WAS ESSEN.«

»Okay.«

Stuart warf noch einen Blick auf Cliffords Postkarte und hob dann zum zweiten Mal die eingewickelte

Münze auf. Schnell, bevor er es sich anders überlegte, packte er sie aus.

Eine kleine Metallscheibe fiel heraus, hüpfte auf die Tischplatte und kam dann zum Liegen.

Erleichterung und Enttäuschung stiegen gleichzeitig in ihm hoch und er merkte, dass er lachen musste.

Es war keine Münze.

In die Scheibe war ein Loch eingestanzt und auf beiden Seiten war ein Name eingraviert. Ein kurzer Name. Ein kurzer Name für einen kleinen Hund.

Stuart rannte zur Hintertür und riss sie auf.

»Chips!«, rief er.

Und Chips kam angerannt.

ENDE

Lissa Evans kommt aus einer Familie von Leseratten und hat die meiste Zeit ihrer Jugend in der Bücherei verbracht. Sie arbeitete vier Jahre als Ärztin, bevor sie nach Zwischenstationen beim Radio und Fernsehen schließlich zum Schreiben kam. Ihre Kinderbücher wurden mehrfach für den Costa Award und die Carnegie Medal nominiert. Sie lebt mit ihrer Familie im Norden von London und liest immer noch für ihr Leben gern.

Das erste Abenteuer von Stuart Horten

Gerade ist Stuart mit seinen Eltern nach Beeton gezogen. Dort findet er in der Schatulle seines Großonkels einen mysteriösen Hinweis und acht alte Münzen. Stuart macht sich sofort auf die Suche nach den passenden Automaten.
Ein magisches Abenteuer beginnt!

Stuart Horten (Band 1)
Acht Münzen und eine magische Werkstatt
ISBN 978-3-939435-135-1

Willkommen im Wimbli-Land

Phine landet durch einen Zufall in einem Land voller merkwürdiger bunter Bewohner, die von einem missmutigen Herrscher unterdrückt werden. Zusammen mit ihren außergewöhnlichen Begleitern versucht sie alles, um das Land zu befreien und zurück nach Hause zu kommen.

Fitz Fups muss weg
ISBN 978-3-95854-119-1